NASCIDA DO FOGO

AISLING FOWLER

NASCIDA DO FOGO
A FLORESTA CONGELADA

Tradução
Laura Folgueira

Rio de Janeiro, 2021

Copyright © 2021 por Aisling Fowler. Todos os direitos reservados.
Copyright da tradução © 2021 por Casa dos Livros Editora LTDA
Título original: *Fireborn*

Todos os direitos desta publicação são reservados à Casa dos Livros Editora LTDA.

Nenhuma parte desta obra pode ser apropriada e estocada em sistema de banco de dados ou processo similar, em qualquer forma ou meio, seja eletrônico, de fotocópia, gravação etc., sem a permissão do detentor do copyright.

Diretora editorial: *Raquel Cozer*
Gerente editorial: *Alice Mello*
Editor: *Victor Almeida*
Assistência editorial: *Anna Clara Gonçalves e Camila Carneiro*
Copidesque: *Gabriela Colicigno*
Revisão: *João Rodrigues*
Capa e ilustrações: *Sophie Medvedeva*
Adaptação de capa: *Julio Moreira*
Diagramação: *Abreu's System*
Mapa: *Virginia Allyn*
Adaptação de mapa: *Adilson Liporage*

CIP-Brasil. Catalogação na Publicação
Sindicato Nacional dos Editores de Livros, RJ

Fowler, Aisling
 Nascida do fogo: a floresta congelada: livro 1 / Aisling Fowler; tradução de Laura Folgueira. – Rio de Janeiro: HarperCollins Brasil, 2021.

 Título original: Fireborn
 ISBN 978-65-5511-213-9

 1. Ficção de fantasia 2. Ficção juvenil I. Título.

21-76455   CDD: 028.5

Cibele Maria Dias – Bibliotecária – CRB-8/9427

Os pontos de vista desta obra são de responsabilidade de seu autor, não refletindo necessariamente a posição da HarperCollins Brasil, da HarperCollins Publishers ou de sua equipe editorial.

HarperCollins Brasil é uma marca licenciada à Casa dos Livros Editora LTDA.
Todos os direitos reservados à Casa dos Livros Editora LTDA.
Rua da Quitanda, 86, sala 218 — Centro
Rio de Janeiro, RJ — CEP 20091-005
Tel.: (21) 3175-1030
www.harpercollins.com.br

Para Ben, meu maior apoio e inspiração.

Prólogo

*Prometo dar a vida ao Pavilhão de Caça.
Juro servir a todos os sete clãs como se fossem meus,
protegê-los do que está além.
Renuncio a todos os laços de sangue e disputas de sangue
para oferecer meu nome e meu passado.
Os Caçadores agora e sempre serão minha família.
Juro diante deles que nunca
abaixarei minhas armas
frente à escuridão
nem permitirei a ascensão da tirania.*

Capítulo 1

O CÉU ACIMA DO PAVILHÃO DE CAÇA ESTAVA ASSUSTADORAMENTE escuro, e o ar cheirava a neve. Doze olhou as nuvens encobertas com olhos cinza-tempestade e se encolheu mais fundo nas peles, batendo os pés para se manter aquecida. A conversa dos colegas de turma fazia vapor no ar ao seu redor, e Doze olhou para eles de mau humor, tentando engolir a impaciência.

— Céus! — gritou a Mestre de Armas Vitória, olhando o grupo. — Se vocês não conseguem nem *levantar uma arma*, como vão lutar? Quem não conseguir levantar as armas acima da cabeça troque-as no arsenal por algo mais leve *imediatamente*!

Vários alunos correram, e o cenho de Doze franziu. Perder a cabeça nas aulas de batalha nunca valia a pena. Vitória tinha mais probabilidade do que qualquer outro Caçador de punir alunos com vigílias noturnas ou as temidas masmorras. Além do mais, a aula parecia interessante: tocos de madeira verticais cobriam o campo de treinamento nevado, prometendo algo extraordinário.

— Pela geada! — berrou Vitória enquanto os alunos voltavam lentamente. — Se não conseguirem se mexer mais rápido do que isso, vão ser uma refeição fácil para cada criatura daqui até a Floresta Congelada.

Um silêncio nervoso caiu sobre a turma reunida.

— Os mais inteligentes de vocês talvez já tenham identificado o objetivo de hoje — continuou Vitória, com óbvia descrença enquanto falava. — Vocês lutarão em pares em cima dos tocos para melhorar o equilíbrio e a agilidade dos pés.

Doze quase sorriu com a antecipação que vibrava pelo corpo. Seria um desafio.

— Quem não dominou os exercícios da semana passada vai sofrer — disse Vitória, com os olhos parando em alguns dos alunos mais novos, que pareciam bastante ansiosos. — Agora, formem duplas e comecem a sequência de ataque de ontem. Lembrem-se: vigilância constante!

Como sempre, todo mundo se afastou avidamente de Doze. Ela revirou os olhos. Se tinham medo de lutar com ela, era problema deles. Seu olhar foi para os prédios familiares ao redor. A cozinha, o salão de refeições, o arsenal e os dormitórios circundavam o campo de treinamentos octogonal. Todas eram estruturas robustas que haviam suportado intempéries por séculos, mas eram minúsculas em comparação com as muralhas defensivas que se elevavam acima delas. Até a casa do conselho, de longe o mais imponente dos prédios, com seus lindos pilares entalhados, parecia pouco mais que um brinquedo sob aquelas muralhas. Muito acima da cabeça de Doze, as duas pontes aéreas faziam um gracioso arco entre os baluartes, dividindo em quatro o céu e permitindo aos Caçadores patrulheiros que vissem a quilômetros de distância.

— Doze. — Vitória franziu o cenho. — Sem parceiro de novo? — Houve algumas risadinhas dissimuladas. A Mestre de Armas fechou a cara e se aproximou, abaixando a voz. — Praticar sozinha só vai levá-la até certo ponto. Você precisa de um parceiro decente para se desafiar.

Os olhos azuis analisaram o rosto de Doze, penetrantes e cheios de expectativa.

A resposta de Doze foi interrompida por uma mão apertando seu braço.

— Eu p-p-pratico com você — ofereceu-se Sete, cuidadosamente evitando o olhar da Mestre de Armas.

O suspiro de Vitória ao se afastar dizia tudo.

— Mantendo as esquisitonas juntas — murmurou alguém.

Doze se virou, bochechas queimando, mas a pessoa que falara já havia se perdido na multidão.

A menina ruiva e pálida ao lado dela abriu um sorriso enorme, e Doze grunhiu. Lutar com Sete era pior que praticar com um boneco de palha. Sua capacidade de concentração era mais curta que a de um relincho, e suas habilidades com qualquer arma, na melhor das hipóteses, eram duvidosas. Além disso, embora provavelmente tivesse treze anos, como Doze, sua constituição era de uma garota bem mais jovem. Doze se sentia uma gigante ao lado dela, o que as tornava inadequadas uma para a outra, mas frequentemente ficavam juntas. Todos os outros as evitavam: Sete era estranha; Doze era assustadora.

A maioria dos troncos já estava ocupada, portanto atravessaram o campo de treinamento até um ponto menos lotado.

— O-onde está Widge? — perguntou Sete enquanto caminhavam. — Eu não vi ele hoje.

Widge era o esquilo de Doze, mas, na verdade, a outra menina o encontrara quando filhote caído do ninho. Em vez de ficar com ele, Sete o entregara a Doze, algo que ela não entendeu.

— Não sei. — Doze deu de ombros. — Você sabe que ele vem e vai quando quer.

Ela mordeu a língua para se impedir de dizer mais.

Sete assentiu enquanto desembainhava a espada de modo desajeitado. Doze esticou as mãos por trás dos ombros, agarrando os cabos de seus dois machados. Com eles nas mãos, sua confiança aumentou, e ela pulou com leveza para o tronco mais próximo.

— Vamos? — chamou.

Sete deu uma risada de porco ao experimentar pular de um toco para o outro.

— Meio bambos, né?

— Esse é o ponto — disse Doze, incapaz de falar sem irritação. — Podemos começar?

Risadas altas, gritos de surpresa e o clangor de metal soavam pelo campo de treinamento, mas era só Doze balançar um machado na direção de Sete que a menina derrubava a arma ou caía dos tocos. No fim, praticou sozinha enquanto Sete a assistia sentada.

Girar, atacar, esquivar, bloquear, estocar, desviar. Doze repetiu a coreografia cada vez mais rápido até seus machados serem um borrão brilhante. Toda vestida de peles, estava com um calor insuportável, mas não quebrou o fluxo, desfrutando do desafio de manter o equilíbrio nos tocos precários.

— C-cuidado! — gritou Sete de repente. A isso, seguiu-se um berro e um estrondo.

Doze girou e viu um menino alto, de cabelo escuro, estatelado no chão. O rosto dele estava vermelho e furioso enquanto cuspia um bocado de neve suja. Era Cinco, a pessoa que ela mais detestava no Pavilhão de Caça, se bem que a competição era dura.

— Ele estava r-r-rastejando atrás de você — falou Sete, com o rosto pálido e desafiador.

Cinco se levantou, mais alto do que ela.

— É aula de batalha, sua idiota. *Obviamente*, é para a gente lutar — disse ele, os olhos passaram afiados pela postura fraca e a empunhadura incorreta de espada da menina. — Os *bons* nisso, pelo menos.

— Ah, tipo você? — desdenhou Doze.

— Todos sabemos que sou o melhor espadachim daqui — afirmou Cinco, dando de ombros. — Achei que podia ajudar, Doze. Testar seus reflexos, sabe? Afinal, as criaturas da sombra lá fora não vão se anunciar.

— Você não estava tentando ajudar — contrariou Sete, com a voz mais aguda do que o normal. — Você queria m-m-machucar ela. Eu vi sua cara.

— É mesmo? — disse Cinco, revirando os olhos. — E você também viu dentro da minha cabeça? Conseguiu saber exatamente no que eu estava pensando? Quem diria que temos tal *t-t-talento* entre nós.

Alunos próximos riram alto e se aproximaram enquanto o rosto de Sete se fechava em mágoa. Inesperadamente, uma raiva cega pulsou em Doze, que desceu do toco, segurando os machados com força nas duas mãos.

— Por falar em talentos — disse Doze, tentando manter a voz estável —, será que você tem algum além de ser horrível? — Cinco apertou os olhos, mas ela continuou falando: — Você não é o melhor espadachim e não é nem de perto tão engraçado quanto acha...

Cinco deu meio passo na direção dela, enquanto um garoto atarracado de cabelo loiro-palha abria caminho pela multidão.

— Acho que vocês dois precisam se acalmar — falou Seis, com firmeza, pegando Cinco pelo braço e o afastando. Ele era o melhor amigo de Cinco, mais tranquilo e menos insuportável, mas, mesmo assim, Doze lhe lançou seu olhar mais irado.

— Eu estou *sempre* calma! — afirmou. Saiu bem mais alto do que ela pretendia.

Seis sorriu para ela, os olhos brilhando de diversão.

— Estou vendo.

— O que está acontecendo aqui? — A voz de Vitória soou dura e afiada enquanto ela caminhava na direção do grupo de alunos. — Voltem agora mesmo ao treino!

O grupo não podia ter se espalhado mais rápido nem se um lobo de inverno tivesse saltado entre eles.

— Obrigada — disse Sete enquanto Cinco e Seis se afastavam.

— Pelo quê? — Doze quis saber.

— M-me defender daquele jeito.

A reação brusca de Doze vacilou — o rosto de Sete estava cheio de afeto, seu sorriso fazia uma covinha nas bochechas. Por um instante, ficou muito parecida com...

Doze rapidamente afastou o pensamento. Sempre era má ideia pensar na vida antes do pavilhão. Apesar disso, antes de conseguir impedir, sentiu seus lábios se curvando num sorriso em resposta.

Virou-se, chocada consigo mesma, e pulou de volta no toco.

— Você me defendeu primeiro — disse por cima do ombro para Sete. — De todo modo, Cinco devia agradecer. Arrastar aquele ego enorme por aí deve ser difícil. Se eu consegui diminuir pelo menos um pouquinho...

Antes de Sete conseguir responder, Vitória chegou com uma expressão retumbante.

— Por que está aí parada, Doze? — soltou. — Anda.

A Mestre de Armas ficou de braços cruzados e olhos semicerrados enquanto Doze fluía por sua coreografia impecavelmente, até uma pedrinha bater de forma dolorosa em sua têmpora.

— Ai! — Doze arfou, balançando pela primeira vez no toco.

Vitória inclinou a cabeça, crítica, e chacoalhou mais pedrinhas na palma da mão.

— Você devia ter previsto isso e reagido. Vigilância constante, Doze.

Doze olhou fixamente. A Mestre de Armas tinha acabado de jogar uma *pedra* nela?

— Cinco tinha razão, sabe? — disse Vitória, com os olhos fixos nos de Doze. — As criaturas das sombras não se anunciam e não vão dar a você uma segunda chance. Agora, de novo.

Ela fez um gesto de cabeça na direção dos machados de Doze.

E jogou outra pedra.

Capítulo 2

Doze sentiu o ardor de mais uma dezena de pedras antes de conseguir desviar delas com confiança sem perder o equilíbrio.

— Ótimo! Bem melhor — elogiou Vitória, com um sorriso passando pelos lábios. Ela soltou as pedrinhas na mão de Sete e foi embora, já vociferando críticas para o próximo grupo.

A boca de Sete estava aberta quando ela levantou os olhos para Doze.

— E-ela sorriu para você?

No alto, o céu escureceu com a chegada de uma noite gélida. Caçadores contornaram a base da muralha na penumbra para acender as tochas, os pés triturando o solo congelado, as sombras saltando estranhamente no canto dos olhos de Doze. Bem lá em cima, nas pontes aéreas, fogareiros se acenderam. A temperatura diminuiu e alguns flocos de neve tímidos caíram. Vapores de respiração flutuavam em frente aos rostos vermelhos de frio, e gorros de pele foram puxados para cobrir lóbulos congelados. Aromas apetitosos começaram a atravessar o campo de treinamento, informando aos alunos que o jantar era iminente. A energia do grupo caiu de maneira notável.

— Já chega — chamou Vitória, reunindo a turma. — Não posso dizer que muitos de vocês tenham me impressionado, então vamos repetir o exercício todos os dias até isso acontecer. Devolvam as armas ao arsenal e estejam prontos para o jantar em meia hora. Lembrem-se: vigilância constante.

Olhou para os alunos como se sua raiva fosse capaz de fazer cada um deles ficar mais alerta. Guardou o olhar mais duro para Sete.

— Sete, quero falar com você.

Olhando por cima do ombro enquanto caminhava até o arsenal, Doze chutou que Vitória fosse dar um sermão em Sete por não participar. A menina pareceu chateada. Por um momento, Doze considerou esperar por ela, depois balançou a cabeça, afastando com culpa a imagem dos ombros caídos de Sete e sua expressão derrotada.

O arsenal era um prédio baixo e longo, o lugar favorito de Doze. Havia algo reconfortante no cheiro de aço, madeira polida e armadura de couro endurecido que usavam no treinamento. Fileira após fileira de lanças brilhantes, espadas e machados se estendiam pela escuridão, enquanto, mais atrás, ficavam as armas incomuns: chicotes de armas, manguais e martelos de guerra.

Ela tirou uma das tochas flamejantes da parede logo atrás da porta e passou por fileiras familiares de arcos longos até onde guardava seus machados, abrindo caminho em meio a seus colegas, que riam. Ao passar por uma prateleira alta de flechas, escutou a voz de Cinco do outro lado.

— Isso me deixa enojado. Ela atrapalha e é horrível todo dia! Se dependesse de mim, seria banida *assim*. — Ele estalou os dedos.

— Bom, não depende de você — apontou Seis. — E você sabe que os Caçadores não vão fazer isso. Para onde ela iria? Para onde qualquer um de nós iria? — Havia um pesar no tom dele que fez Doze estremecer. — Além do mais, você que começou hoje, e acho que se safou fácil.

— Argh, você é racional demais — grunhiu Cinco. — Mas ela não incomoda você? Abrimos mão de nossas famílias, nossas casas, até do nosso nome para estar aqui. E, em troca, precisamos aguentar *ela*, a pior garota de todo o Ember. Mesmo que ainda tenha uma família, *claramente* não iam querê-la. Ela é terrível, um inseto de caverna total.

— Cinco! — disse Seis.

O caixote ao lado deles rangeu quando Doze o empurrou o mais forte que conseguia, o rosto fechado, um músculo do maxilar tremendo furiosamente. Ela faria Cinco pagar por aquilo. O caixote balançou, rangendo ao se inclinar de volta e bater contra uma prateleira de lanças.

Cinco e Seis se jogaram para o lado bem a tempo. Uma chuva deslizante de lanças e prateleiras pesadas não os pegou por um triz. Gritos de alerta e surpresa soaram pelas fileiras enquanto cada prateleira caía em cima da que estava ao lado. Armas se bateram com um som estridente. A madeira lascou e os alunos berraram.

Doze engoliu em seco, num silêncio chocado depois que a última pilha caiu. À sua frente, uma longa linha de devastação total.

— Pela geada, Doze! — exclamou Seis, se levantando. — Qual é o *seu* problema?

— A *Doze* fez isso? — O rosto de Cinco apareceu ao lado do de Seis, seus traços alegres à luz bruxuleante da tocha. — Rá! Você vai se dar *muito* mal!

A expressão de triunfo dele era mais do que ela podia suportar. Doze deu um passo à frente, pronta para voar nele por cima das prateleiras quebradas.

— O QUE ESTÁ ACONTECENDO AQUI? — O rugido de Vitória era um vento congelante, silenciando todos.

Então, num vozerio, todo mundo falou de uma vez. Um momento depois, a Mestre de Armas estava diante de Doze, vibrando com uma fúria sem palavras.

Doze endireitou a coluna e levantou o queixo, desafiadora.

— Não vou nem perguntar — rosnou Vitória, os olhos passando pelos danos. Uma veia pulsava de forma desconcertante na têmpora dela. Ela respirou fundo e agarrou o braço de Doze com tanta força que a machucou. — Você, direto para os Anciãos. De novo.

— Cinco a chamou de inseto de caverna — disse Seis, com o rosto fechado, se afastando de Cinco. — Foi por isso.

Um murmúrio escandalizado varreu o grupo de alunos, e Vitória fez um som de nojo.

— Cinco, é verdade?

Cinco deu alguns passos para a frente, arrastando os pés e lançando um olhar magoado para Seis, antes de meio dar de ombros, meio assentir, se desculpando.

— Sim, mas, sabe, é que...

— Silêncio! Não quero saber por que nenhum de vocês fez o que fez. Sigam-me e fiquem de boca calada!

Vitória soltou o braço de Doze e saiu batendo os pés, forçando-os a manter um trote indigno atrás dela.

Fora do arsenal, a neve caía mais pesada e as janelas brilhavam laranja, dando aos prédios uma improvável aparência aconchegante.

Algo caiu leve no ombro de Doze quando ela passou pela porta da casa ocupada, e seu ânimo melhorou quando Widge, seu esquilo, se acomodou suavemente contra a bochecha dela. Seu pelo castanho brilhava como cobre à luz baixa, os olhos brilhavam e a cauda era densa.

— Ei, você — sussurrou ela. — Por onde andou?

Em resposta, ele lambeu a orelha dela e guinchou alegre quando lhe ofereceu um punhado de nozes do bolso. Depois de enfiá-las nas bochechas até inflarem, ele se enfiou pelo colarinho nas roupas de pele de Doze e imediatamente começou a roncar.

— Andem! — reclamou Vitória, irritada.

A neve fresca chiou sob as botas dela, enquanto corria pelo campo de treinamento até a casa do conselho, lançando olhares irados para a cozinha. O estômago de Doze roncou e, com um peso no coração, ela percebeu que, ao contrário de Widge, provavelmente ficaria sem jantar. Suspirando, guardou os machados de volta nos suportes das costas e seguiu Vitória.

— Não sei por que você está suspirando — sussurrou Cinco, furioso. — Isto é *obviamente* culpa sua. — Virando-se, ele levantou a voz. — E também não sei o que *você* está olhando!

Sete abaixou a cabeça quando eles passaram correndo e quase caiu de seu toco. Vitória claramente tinha mandado que continuasse praticando durante o jantar. Com um murmúrio de chateação, Doze viu que a garota cometia mil erros a cada tentativa. Pior ainda, imitava a coreografia de dois machados de Doze, ignorando o fato de que sua arma era uma espada.

Endireite as costas, Doze a aconselhou em silêncio, fazendo uma careta quando Sete caiu mais uma vez no chão duro como aço. Ela abriu a boca para soltar algum encorajamento, depois fechou. Não estava ali para fazer amizade. Isso só complicaria as coisas. Várias respirações fundas a acalmaram enquanto subia os degraus da casa do conselho atrás de Vitória.

As magníficas portas de pé-direito alto eram ricamente entalhadas com cenas de batalhas de caçadas lendárias. Para além delas ficava o Grande Salão, o espaço mais grandioso do Pavilhão de Caça.

Nas paredes de painéis de madeira, armas antigas serviam de decoração, e cabeças de criaturas caçadas pairavam sobre as lareiras. Lobos de inverno, ogros e outras estranhas feras a miravam com ódio, os olhos de vidro brilhando. Doze piscou enquanto seus próprios olhos se ajustavam e então estremeceu. Era um espaço imponente, feito para impressionar os raros visitantes com as proezas dos Caçadores.

Ao contrário do resto do Pavilhão de Caça, a casa do conselho era iluminada por pedras da lua, em vez de tochas. Cravejadas no teto, as minúsculas pedras brilhavam à noite, jogando sua luz prateada e misteriosa em tudo. Antes de chegar ao pavilhão, Doze mal acreditava na existência delas. Pedras da lua eram como bruxas, muitas vezes discutidas, mas nunca vistas. Quem as minerava raramente as vendia. O estômago dela deu um salto com o lembrete repentino do clã das cavernas. Eles terem acesso a tal maravilha a enojava. Afastou rapidamente o pensamento antes que memórias indesejadas começassem a surgir.

Vitória bateu a neve das botas e os levou por um lance de escadas. Tapetes macios e empilhados, enviados em agradecimento por caravanas do deserto, abafavam os passos. Mais pedras da lua brilhavam num longo corredor, no qual cada um dos três Anciãos tinha uma sala. O peito de Doze apertou quando Vitória os marchou até a porta mais distante. Ela os estava levando à Anciã Prata. Para se distrair, Doze examinou os presentes de vários clãs, cada um pendurado com cuidado nas paredes: pernas de pau cobertas de pele de sapo do povo dos pântanos; um enorme leme do clã dos rios; um manto de casca de árvore macio como a pele dos habitantes das florestas; e asas para planar com penas coloridas do clã das montanhas.

Os olhos de Doze absorveram tudo, mesmo quando pararam em frente à sala de prata. Dentro de suas peles, Widge acordou. Ele colocou a cabeça pelo colarinho dela para ver os arredores e guinchou desconsolado. Doze só pôde suspirar, concordando, enquanto Vitória batia à porta, que se abria.

Capítulo 3

— Vitória?

A Anciã Prata era uma figura imponente, alta e esguia. Cada movimento tinha uma graça fluida que desmentia sua idade. Seu cabelo estava preso para cima em tufos brancos macios que suavizavam muito pouco os traços do rosto. O nariz era afilado e levemente bicudo; os lábios, finos e os olhos, desconcertantemente pálidos, como o azul de um lago congelado. Aqueles olhos percorreram o grupo diante dela e pararam em Doze.

— Ó, céus! —A decepção na voz da Anciã era óbvia.

Doze mordeu o lábio e afastou uma onda de vergonha. Widge se enfiou de volta nas peles, fora de vista e em segurança.

— Sim — disse Vitória, com clara irritação. — Problemas com esses dois de novo. Posso entrar?

Prata fez que sim e deu um passo para o lado.

— Esperem aqui — rugiu Vitória por cima do ombro antes de fechar a porta.

Cinco se apoiou na parede de um lado da porta e Doze, do outro. Um fez questão de ignorar o outro enquanto se esforçavam para ouvir o murmúrio das vozes lá dentro.

— Venham! — chamou Prata, por fim. Cinco deu um empurrão em Doze para entrar na frente, e ela resistiu à vontade de empurrá-lo o mais forte que conseguia.

O escritório era largo e espaçado; as paredes de pedra, quase vazias. Um trio de janelas arqueadas dava para o campo de treinamento e havia fogo ardendo alegremente na lareira. Em cima dela, estava a cabeça empalhada de um enorme ygrex, seus chifres cruéis e presas finas como agulha brilhavam. Duas poltronas de couro estavam viradas na direção das chamas, mas Prata se sentava na cadeira ereta e desconfortável atrás de sua enorme escrivaninha. Doze conhecia a Anciã o suficiente para reconhecer que era um mau sinal.

— Vitória me trouxe uma história e tanto — disse Prata após um tempo, as pontas dos dedos unidas enquanto Cinco e Doze caminhavam até ela. — Vocês têm muita sorte de ninguém ter se machucado, mas Vitória me diz que houve danos significativos ao arsenal.

— Horas de reparos. — Vitória fechou a cara.

— Foi a Doze — falou Cinco, rápido. — Honestamente, eu não fiz nada.

Doze segurou a risada. Não havia nada que Prata detestasse mais do que alguém tentando terceirizar a responsabilidade. Cinco parecia nunca aprender.

Prata lançou um olhar gelado a ele, cuja pose desafiadora murchou.

— Você não fez nada? — perguntou ela, com a voz perigosamente baixa. — Vitória me disse que você insultou abertamente o clã das cavernas.

Cinco engoliu em seco, com o rosto da cor de leite.

— Sim — murmurou ele —, mas eu tinha, hum... motivos.

— Quais? — Ela se sentou perfeitamente imóvel, olhando para Cinco.

— A Doze... ahn... ela...

Doze permitiu que o canto de seus lábios tremelicasse. Estava gostando daquilo mais do que esperava.

— Olhe para ela! — gritou Cinco, com a cor voltando ao rosto. — Ela está rindo! Ela faz pouco caso de tudo! É *óbvio* que ela acha que é melhor que todo mundo! Ela é intolerável e...

— Silêncio. — Prata não elevou a voz, mas mesmo assim os cabelos da nuca de Doze se arrepiaram.

Cinco fez um som de sufoco, meio engasgado nas próprias palavras.

— Então, só para deixar claro, a *personalidade* de Doze foi o que o levou a falar aquilo? — Se a voz de Prata ficasse mais fria, o ar ao redor deles ia congelar.

Cinco passou a língua pelos lábios e fez um barulho de rato sendo esmagado por um gato.

— Diga o Juramento — ordenou Prata, as pontas dos dedos brancas onde se uniam.

Cinco piscou, surpreso, e rapidamente disfarçou com uma tosse. O Juramento era feito toda manhã, no café, e toda noite, no jantar, mas era incomum ouvi-lo fora desses momentos. Ele falou rápido, as palavras eram automáticas depois de anos de repetição:

— Prometo dar a vida ao Pavilhão de Caça. Juro servir a todos os sete clãs como se fossem meus, protegê-los do que está além. Renuncio a todos os laços de sangue e disputas de sangue para oferecer meu nome e meu passado. Os Caçadores agora e sempre serão minha família. Juro diante deles que nunca abaixarei minhas armas frente à escuridão nem permitirei a ascensão da tirania.

No silêncio que escorreu da última sílaba, uma madeira na lareira se moveu e faíscas subiram pela chaminé. Doze suprimiu um tremor.

— Renunciar a todos os laços de sangue e disputas de sangue — repetiu Prata, meditativa. — O que isso significa para você, Cinco?

— Esquecer de que clã a gente veio e aceitar todos como iguais — disse ele, com a voz levemente trêmula.

— Exatamente — respondeu Prata com o tom articulado e preciso. — É a regra mais importante e mais difícil do pavilhão: nunca mencionar sua vida passada, nunca falar dos clãs e das famílias que antes lhes eram importantes. É o maior dos sacrifícios, mas vital à confiança entre pavilhão e clãs. Você colocaria tudo isso em risco só para insultar uma aluna de quem não gosta?

Cinco abriu a boca para falar, mas Prata o cortou, a voz tremendo com emoção suprimida.

— Se a notícia desses incidentes se espalhasse pelo Ember, você acha que os clãs ainda nos convidariam às aldeias para caçar as criaturas das sombras que os atormentam? Ainda nos achariam imparciais?

Confiariam em nós para arbitrar suas disputas com neutralidade? Quanto tempo acha que levaria até a guerra eclodir de novo? — Prata balançou a cabeça, enojada. — Você pronuncia as palavras do Juramento sem pensar, sem considerar seu significado. Sugiro que conserte isso imediatamente. — Ela inspirou fundo. — Gostaria de um minuto para falar sozinha com Doze. Você pode esperar lá fora até eu decidir sua punição.

Cinco engoliu em seco e saiu com pressa, o rosto pálido como cera.

— Aquele garoto — suspirou Vitória. — Ele acha que o mundo lhe deve algo.

— Lembra alguém que eu conheço — disse Prata, com o canto dos lábios se levantando.

Vitória pareceu levar aquilo como uma afronta.

— Eu? Eu não era nada parecida com ele. — Ela pausou, com a testa franzida. — *Era?*

Prata deu de ombros, divertida, e olhou para Doze. O bom humor sumiu de seu rosto.

— Você podia ter matado alguém, Doze — disse.

Doze assentiu, sabendo que era verdade, incapaz de olhar nos olhos de Prata ou de Vitória.

Por fim, a Anciã suspirou e passou uma mão pelo rosto.

— O que vamos fazer com ela, Vitória?

A Mestre de Armas mudou de posição na cadeira.

— Se alguém sabe o melhor caminho, é você, Prata. Pela geada, você já foi mentora de jovens difíceis o bastante, e eu estou inclusa nisso.

— Hum, bem. Você é minha maior história de sucesso.

As duas trocaram um sorriso, o afeto entre elas era palpável.

— Mas essa aqui... — Prata se interrompeu e balançou a cabeça. — Ah, Doze — lamentou. — O que vou fazer com você? Punições que afetam os outros alunos não a incomodam em nada, e ainda recebo pelo menos uma reclamação por dia de seu comportamento com os Caçadores ou outros estudantes.

Doze se encolheu, desesperadamente tentando se convencer de que a opinião de Prata a respeito dela não tinha importância.

— Sim, Anciã Prata — disse ela, com a voz mais trêmula do que pretendia.

— Eu entendo... — hesitou Prata — por que você é cautelosa ao formar relacionamentos aqui, especialmente dadas... bem... nós duas sabemos as circunstâncias que a trouxeram ao pavilhão...

Doze ficou tensa de horror. Prata tinha prometido a ela, *prometido* quando chegara, que nunca mais falariam sobre aquilo.

— Mas você não está sozinha, Doze — continuou Prata. — Certamente não é a única estudante aqui que perdeu a família.

Doze pressionou o maxilar com mais força. A família dela não estava "perdida". Estava morta, assassinada pelo clã das cavernas a sangue-frio, o mais frio de todos.

Prata deve ter visto a expressão dela. Parou de falar e suspirou, buscando apoio em Vitória.

— Você é uma das melhores alunas da aula de batalha — disse a Mestre de Armas, pegando Doze de surpresa. — Provavelmente é *a* melhor. Mas também tem a menor probabilidade de passar em um Batismo de Sangue.

Doze não conseguiu evitar o choque.

— Por quê? Você acabou de dizer que sou uma das melhores!

— Ela sabe o que disse — falou Prata, em voz baixa. — O que acha, Doze? O que sabe sobre o Batismo de Sangue?

Doze desejou mais uma vez que Vitória a tivesse levado a outro Ancião. O Ancião Gear provavelmente gritaria com ela, depois lhe daria uma vigília noturna nas pontes aéreas e se esqueceria dela imediatamente. O Ancião Argyll provavelmente só teria colocado limites. Por que Prata tinha que se importar tanto? A culpa a corroeu.

— Ahn — disse Doze, reunindo seus pensamentos —, sei que, quando é considerado pronto, um time de estudantes sai para a Floresta Congelada, como quando um time de Caçadores é chamado para uma caçada real numa aldeia. Eles recebem uma tarefa para completar e, quando voltam, é decidido se os alunos podem se tornar Caçadores e escolher novos nomes.

Se eles voltarem.

Doze levantou os olhos para a cabeça ameaçadora do ygrex acima dela e ficou com um nó na garganta. Ele a olhava de soslaio de volta. Os ygrex eram notoriamente difíceis de derrotar. Entravam na sua mente, contorciam suas memórias para ludibriar você. Dizia a lenda que Prata tinha batalhado com essa criatura na Floresta Congelada em seu Batismo de Sangue na tenra idade de quinze anos. Era um feito inédito até então por alguém tão jovem, e servira de base para sua temível reputação.

— E não acha que teria dificuldade com isso? — perguntou Prata, suas sobrancelhas expressivas subindo até o couro cabeludo. — Nenhuma parte da tarefa a preocupa?

— Se eu tiver meus machados, posso fazer qualquer coisa — respondeu Doze, teimosa, contente com o peso tranquilizador deles em suas costas. Nenhum dos Caçadores precisava saber que ela não tinha intenção alguma de jamais participar de um Batismo de Sangue.

— Você acha que eu consegui derrotar um ygrex sozinha? — perguntou Prata, apontando com o queixo para a cabeça empalhada. Doze hesitou. Segundo as histórias, era *exatamente* o que ela tinha feito. Prata suspirou e balançou a cabeça.

— Lendas têm uma tendência de ganhar vida própria — falou, por fim. — Eu não estaria aqui sem o time que estava comigo naquele dia. Essa é a verdade. E é por isso que me preocupo com você, Doze. Quem vai estar no *seu* time?

Doze gemeu enquanto Prata chegava ao ponto:

— Lutar é só uma das habilidades que um Caçador deve ter — disse a Anciã, com cuidado. — Ela é necessária contra criaturas das sombras, é claro, mas nosso papel no mundo está mudando. Hoje, passamos mais tempo mantendo a paz entre os clãs do que caçando. Para isso, você precisa de *trabalho em equipe*, paciência, diplomacia e uma mente aberta. Você não tem nenhuma dessas qualidades e parece determinada a permanecer assim. Da última vez que esteve aqui, segundo me lembro, você me prometeu se esforçar mais com seus colegas estudantes. Fez isso?

O rosto de Sete apareceu na mente de Doze, que rapidamente o afastou, examinando, em vez disso, as tábuas do piso.

Ao lado dela, Vitória suspirou.

— Não, não fez. Ela sempre fica praticamente sem parceiro nas minhas aulas. — O volume da voz dela aumentou em frustração. — Ela devia estar se forçando com os oponentes mais duros que há. Tem mais habilidades do que jamais tive na idade dela.

A vergonha inundou Doze, grossa e amarga. Ela havia decepcionado as duas.

Prata assentiu e fez um gesto para Vitória se acalmar. Levantando a voz, chamou:

— Cinco, entre aqui, por favor!

A porta foi aberta, e Cinco se aproximou, assumindo seu lugar ao lado de Doze.

Quando Prata falou de novo, soava determinada, com raiva:

— Vocês dois se comportaram de forma desprezível nesta tarde e suas atitudes me preocupam, para dizer o mínimo. Acho que um período de reflexão em silêncio faria muito bem aos dois. — Ela pausou e olhou para eles. — Vou mandá-los para as masmorras esta noite. — A cabeça de Cinco se levantou de horror, e o fôlego de Doze ficou preso no peito. Sob suas peles, Widge tremeu. — Vão ter muito tempo para pensar lá embaixo — seguiu Prata, sem remorso —, e, como resultado, espero uma melhoria *imediata* no comportamento de vocês.

Prata assentiu, como que se convencendo, e se levantou, fazendo um gesto na direção da porta. Chocados demais até para empurrar um ao outro, Doze e Cinco a seguiram.

Capítulo 4

A ENTRADA DA MASMORRA FICAVA AO LADO DO ARSENAL. Quando Prata abriu a porta com um rangido, uma escuridão engolidora pareceu deslizar para fora, agarrando-os com dedos silenciosos. Doze se encolheu e Widge, agora em seu ombro, guinchou de preocupação. Atrás dela, Cinco segurou a respiração e Doze tentou ficar satisfeita por saber que ele sentia o mesmo temor.

Ela voltou o olhar para onde Sete ainda praticava no campo de treinamento. Os olhos da garota encontraram os dela, cheios de simpatia enquanto levantava a espada em uma solidariedade silenciosa. Doze fez um aceno de cabeça, o peso em seu peito ficando um pouco mais leve. Quando se virou de volta à masmorra, a escuridão parecia um pouco menos escura.

A tocha solitária de Prata jogava sombras no grupo enquanto desciam por uma escadaria íngreme em espiral até um labirinto sombrio de passagens. A Anciã os guiou por um túnel estreito, cela após cela cavada na terra. Um frio pegajoso se enrolou no pescoço de Doze apesar do calor de Widge, e o cheiro de solo úmido encheu suas narinas. Em algum lugar próximo, água pingava.

— Cinco pode ficar aqui — disse Prata para Vitória, a tocha a iluminando de perfil. — Vou levar Doze um pouco mais à frente.

Atrás dela, Doze ouviu uma porta bater e uma chave virar. Cerrando os dentes, jogou os ombros para trás e inspirou fundo. Só porque estava com medo não significava que precisasse demonstrar. Algumas celas adiante, Prata parou e abriu uma porta de madeira pesada, com barras no nível dos olhos.

— Pode entrar — ordenou pesadamente.

O olhar de Doze varreu o espaço ao entrar. Uma pilha de palha mofada estava sob um grande dossel de teias de aranha grandes o bastante para terem sido feitas por uma fiadora da morte. No canto, um balde fedia demais. Doze apertou em punhos os dedos trêmulos e virou-se de volta para Prata. Sombras dançaram no rosto da Anciã, e os olhos dela eram poças de arrependimento à luz da tocha.

— É só por um dia, Doze — falou com suavidade, e sua mão encontrou o ombro da garota na penumbra. — Use esse tempo com sabedoria. Por favor. Pense se tem um futuro no pavilhão. Pense em quem você quer ser.

Ela deu um passo para trás e trancou a porta. Na parede em frente à cela havia uma pequena alcova. Prata colocou a chave nela e acendeu uma vela que estava ali.

— Vou mandar alguém com seu leite dos sonhos — disse, por cima do ombro, enquanto se afastava. — Não quero que sofra mais do que o necessário.

Devagar, os dedos de Doze relaxaram e ela deu um passo à frente sem fazer som. Apertou o rosto contra as barras frias de metal para manter Prata e Vitória à vista pelo maior tempo possível. Quando desapareceram, o silêncio incomodou Doze. Ela não conseguia deixar de imaginar o enorme peso da terra acima de sua cabeça, esperando para esmagá-la. O pânico se agitou no peito como uma mariposa. Widge sentiu, apertando-se contra o pescoço de Doze e lambendo sua bochecha até os pensamentos da garota se acalmarem e sua respiração voltar ao normal.

Ela levantou uma mão para coçar a bochecha dele, como ele gostava.

— Desculpe — sussurrou. — É culpa minha. Você merece coisa melhor.

Widge guinchou, concordando, mas seguiu lambendo a bochecha dela.

Furiosa, Doze fechou os olhos e deixou a luz laranja quente entrar por suas pálpebras. Se ficasse assim, quase conseguia imaginar que estava em outro lugar.

— Você *obviamente* não tem. — A voz de Cinco invadiu grosseiramente os pensamentos dela.

Doze abriu os olhos, o horror da masmorra a sufocou de novo. Ela só falou quando teve certeza de que sua voz não a decepcionaria.

— Não tenho o quê? — disse em voz alta, contente com a frieza de gelo em seu tom.

— Um futuro no pavilhão, é claro — respondeu Cinco. — Se alguém neste lugar não tem o temperamento certo, é você. Você seria terrível em resolver disputas entre os clãs. Parece piada, totalmente ridículo.

Internamente, Doze concordava com ele: o pavilhão era um meio para um fim. Só isso.

— Tem razão — disse Doze. Ela se permitiu um momento de prazer com o silêncio chocado que se seguiu.

— Ahn... tenho? Quer dizer, sim, tenho! — Cinco se corrigiu rápido. — Claramente.

— Meu único consolo é que você vai ser pior — continuou Doze, começando a se divertir, apesar da espiral de escuridão. — Simplesmente não consigo ver os clãs suportando suas lamúrias. Vão contratar um mago da morte para acabar com você antes do fim da semana. Eu duraria pelo menos uns quinze dias a mais do que você.

— Lamúrias? — Cinco parecia irritado. — Minhas *lamúrias* são só sobre você e todas totalmente válidas.

— Tente dizer isso ao mago da morte. — Doze deu de ombros.

Houve um baque quando Cinco chutou sua porta. Depois, falou, irônico:

— Ouvi Prata mencionar leite dos sonhos.

Doze continuou em silêncio, o sorriso desaparecendo. Widge se eriçou.

— Será que alguém tem sonhos ruins? Coitadinha da Doze, tentando ser tão durona quando, na verdade, é uma florzinha delicada.

A risada dele foi aguda e forçada. Doze rangeu os dentes, afastando-se da porta até sentir a palha sob os pés. Sentou-se devagar, apoiando-se na parede dos fundos e mantendo os olhos no brilho atrás das barras. Widge foi para o colo dela ganhar carinho, o movimento repetitivo reconfortante para os dois.

Os pensamentos dela foram para Prata. Queria sentir raiva da Anciã, mas, em vez disso, só sentia vergonha por tê-la decepcionado... de novo. O mesmo valia para Sete — devia ter esperado por ela depois da aula de batalha. Sete faria isso. Se Doze tivesse esperado, não teria escutado Cinco nem estaria nessa situação. Curvou os ombros, infeliz, e tentou voltar os pensamentos para caminhos mais seguros.

Parecia que horas haviam se passado quando foi acordada de seus sonhos num susto pelo som de alguém se aproximando.

— Olá? — O sussurro de Cinco na escuridão era dolorosamente esperançoso.

Passos chegaram até o fim da escadaria e caminharam pela passagem, passando pela cela de Cinco e indo até a de Doze. Uma figura pequena e encapuzada estava recortada contra as barras, e um copo de leite dos sonhos foi colocado entre elas. Ao lado, o visitante colocou cuidadosamente um pequeno pacote antes de ir embora.

Widge saltou do colo de Doze na direção da porta, o nariz se contorcendo com esperança.

— Obrigada! — agradeceu ela, levantando-se ansiosa.

Em geral, não gostava de conversas, mas hoje talvez tivesse sido a exceção. Porém, a figura se afastou com pressa, os passos desaparecendo na escuridão.

Ela pegou avidamente o copo de leite, esperando que saciasse sua fome estrondosa. Na pressa, derrubou o pacote. Caiu com um baque pesado fora de alcance, e Doze resmungou, percebendo tardiamente que talvez fosse comida.

Amaldiçoando sua falta de jeito, levou o leite dos sonhos com cuidado até os fundos da cela e se sentou de novo, Widge seguindo-a de perto. Ela o afastou com gentileza.

— Você ainda tem nozes para comer — disse ela, cutucando as bochechas estufadas dele. — E, de todo modo, não precisa disso.

Ele a olhou, primeiro surpreso, depois, encantado. Um momento depois, havia uma noz nas patas dele, a que ele mordeu alegremente.

Ela queria desfrutar do leite, mas acabou engolindo tudo de uma vez. Seu gosto calmante de ervas era um bálsamo para a fome e o medo. Imediatamente, sentiu-se mais calma, a escuridão pareceu recuar e a respiração ficou mais fácil. Um calor agradável se espalhou por seus membros congelados, e suas pálpebras se fecharam. Widge subiu em seu peito e Doze se entregou de bom grado ao sono.

Quando, algum tempo depois, acordou sobressaltada, seu coração estava acelerado, e ela não sabia por quê. Ficou deitada na palha arenosa, piscando e desorientada, questionando se, afinal, tivera um pesadelo. Empoleirado na barriga dela, Widge estava com a cauda dura e para cima, como um pincel, cada músculo retesado enquanto ele olhava para a escuridão no fundo da cela.

Então, Doze escutou: a parede estava sussurrando.

Ela se sentou devagar e se afastou, mal confiando nos próprios sentidos. Haveria aqui embaixo espectros ou algo do tipo? Alguns segundos depois, ouviu de novo: um murmúrio abafado, e então um barulho de briga e um grunhido. Um torrão de terra caiu do teto, a areia rasgando as teias transparentes e parando aos pés de Doze.

Confusa, franziu a testa. Independentemente do que fosse aquilo, não podia ser um espectro, não segundo seu exemplar bem gasto de *Um bestiário mágico*. Ela tinha lido a coisa toda tantas vezes que praticamente sabia de cor.

Espectros são os espíritos perdidos daqueles que morreram violentamente. Reconhecê-los é fácil: o formato que tinham quando eram vivos permanece, embora de uma maneira diáfana. Como criatura espiritual, não conseguem tocar nem alterar um objeto inanimado, mas podem interagir com criaturas que também contêm espíritos. A possessão de animais e, ocasionalmente, até a de pessoas permite aos espectros que causem danos consideráveis.

Não é possível matar um espectro, pois ele já está morto. A única forma de libertá-lo deste mundo permanentemente é encontrar seus restos mortais e queimá-los.

Agressão: 5/10.
Perigo representado: 5/10.
Dificuldade de incapacitar: 7/10.

Doze ficou olhando para a terra caída. Um espectro não seria capaz disso, nem faria sons de briga.

Engolindo em seco, Widge e ela se afastaram da parede ainda mais, até estarem encostados contra a porta trancada. O medo surgiu nas entranhas de Doze, que procurou seus machados. Os grunhidos e sons de briga soaram de novo, e mais terra caiu do teto. O terror a tomou com tanta força que a deixou enjoada. Estava presa no escuro. Machados não a salvariam se o teto caísse; eles seriam enterrados vivos. Uma faixa de pânico apertou-se ao redor do peito de Doze, que teve dificuldade de respirar, e ela abraçou Widge com uma mão enquanto segurava os machados com a outra.

O sussurro voltou, abafado e indistinto enquanto o solo tremia de novo. O ar ficou mais frio e a pele dela se arrepiou inteira. Algo estava muito errado. Ela podia sentir com cada fibra de seu ser. Havia algo sombrio ali embaixo com ela.

Capítulo 5

Doze não sabia o que temer mais: a criatura próxima ou o teto cedendo que podia esmagá-la a qualquer momento.

— Ahn... Doze, está acordada? — O sussurro de Cinco era baixo e urgente, fazendo-a pular.

— É claro — sussurrou ela de volta. Havia se esquecido dele.

— Precisamos sair daqui! — A voz dele estava à beira do pânico. — Widge consegue pegar a chave da sua porta para você?

Doze piscou com a sugestão. Nunca havia treinado Widge, mas ele a acompanhava para todo canto e parecia entender a maior parte do que estava acontecendo. Ela detestava que a ideia tivesse vindo de Cinco, mas valia a pena tentar.

Ficou de pé, sentindo o chão tremer pela sola das botas, e se virou na direção da alcova com a vela, queimando baixa, mas ainda acesa. Notou que o esquilo era pequeno o bastante para passar pelas barras da cela.

— A chave, Widge — sussurrou ela, apontando. — Consegue pegar?

Ela lhe deu um empurrãozinho, e ele saltou com leveza entre as barras, desaparecendo no chão. Um momento depois, reapareceu triunfante, segurando nos dentes o pacote que ela acidentalmente derrubara.

Forçando a voz a ficar calma, Doze tirou dele — era mais pesado do que esperava — e o colocou no bolso.

— A chave — sussurrou, enquanto mais terra caía. — Rápido!

Mais uma vez, ele saltou para fora da cela e, desta vez, sob o brilho da vela, ela pode vê-lo subindo pela parede oposta até a alcova, os olhos claros e determinados. Ele circulou a vela com cuidado, a chama tremendo enquanto se movia, e pegou a chave.

Doze engoliu um urro de orgulho e deleite quando ele colocou o objeto na palma da mão dela. Abraçou-o o mais forte que ele permitiu e beijou o topo de sua cabeça.

— Esquilo genial — cochichou ela enquanto ele guinchava alegre. E para Cinco: — Peguei!

Antes que ele conseguisse responder, uma explosão balançou a passagem. Um sopro de ar podre e malcheiroso varreu o lugar. A vela gotejou, quase se apagando. A temperatura caiu drasticamente e os dois ouviram um barulho sinistro em cima deles.

Com o coração na boca e a chave na mão, Doze se atrapalhou com a fechadura até abri-la com um clique. Ela mal tinha dado um passo quando parou: um brilho verde fantasmagórico surgia no corredor úmido entre ela e a escadaria em espiral. E, de onde viera um sussurro abafado, agora vinham palavras claras.

— Excelente trabalho — disse uma voz rouca e grave.

Uma pequena figura entrou no facho da estranha luz, olhando por cima do ombro, de modo que não a viu de imediato. Trazia uma bola de fogo verde na mão. O brilho cegou Doze, que tropeçou, os pensamentos saindo de controle. As muralhas do pavilhão nunca tinham sido violadas em seus mil anos de história, mas, de alguma forma, ainda que impossível, havia um trasgo a apenas alguns metros deles.

Um *trasgo*.

No *pavilhão*.

E, com base na espada brilhante que vira na outra mão dele, ela tinha uma forte suspeita de que estavam sendo atacados.

Capítulo 6

Doze agarrou os machados com tanta força que o veio da madeira ficou marcado em suas palmas. Não conseguia acreditar no que vira. Trasgos evitavam Caçadores, e isso desde antes da Guerra Sombria.

Mordeu o lábio e arriscou mais um olhar pelo batente da porta. Agora dois deles estavam visíveis, ambos mais baixos do que ela, mas de constituição robusta, os traços grandes demais para os rostos morenos. A armadura brilhante refletia a luz verde macabra e suas armas reluziam — era como ver as páginas dos livros ganhando vida.

Um deles falou:

— Tem os planos, Ferrick?

— Eu os memorizei, meu senhor Morgren. Vou encontrá-la — respondeu Ferrick, a voz ofegante, excitada.

— Excelente.

— Há prisioneiros aqui embaixo — observou Ferrick. — Devo matá-los?

Doze prendeu a respiração. Em seu ombro, Widge parecia feito de pedra.

— Não, deixe-os. Logo não haverá ninguém para lhes trazer comida nem água. A desidratação é uma morte mais lenta e cruel do que você jamais seria capaz de dar a eles. — A risada de Morgren fez o estômago de Doze revirar. — Venha, Ferrick, temos coisas a fazer.

— Sim, meu senhor.

Houve outro rugido. O fedor que o acompanhou quase fez Doze vomitar. Em seu ombro, Widge tremia de medo, o nariz enrugado de nojo. Ela se encolheu de volta na cela e estremeceu de horror. Havia um ogro lá fora com os trasgos — ela tinha certeza disso. Só um ogro podia ter um cheiro tão terrível. Um rosnado fez os cabelos de sua nuca se arrepiarem — *aquilo* era o som de um lobo de inverno.

Doze se agachou, pressionou as costas contra a parede e fechou os olhos, escutando uma procissão de criaturas abrir caminho pela passagem estreita até a escadaria. O brilho verde diminuiu conforme os trasgos subiam.

A paralização pelo medo que tinha caído sobre Doze lentamente se dissipou. Ela ficou de pé, instável, agarrando um Widge trêmulo contra si. Sempre pensou que estaria ansiosa por sua primeira batalha; a verdade foi um choque brutal.

Pense em quem você quer ser.

Doze tinha certeza de que Prata não iria se acovardar numa cela desse jeito. Nem Vitória, com certeza. Decidindo-se, saiu como um raio da cela e agarrou a vela antes de correr até Cinco. Pedaços inteiros do teto tinham caído em frente à cela dele. Doze tentou não fazer barulho, mas sua respiração soava alta como uma sirene de nevoeiro enquanto escalava os escombros. Milagrosamente, a vela dele ainda estava acesa e a chave, na alcova. Quando Doze se virou com ela na mão, o rosto pálido dele surgiu, olhos fixos.

— O-o que em nome de Ember aconteceu? — sussurrou ele, perplexo.

— O pavilhão está sendo atacado — respondeu Doze, entregando-lhe a vela da alcova. — Precisamos subir para o campo de treinamento e avisar todo mundo.

— Você vai me soltar? — perguntou ele. Sua arrogância de sempre tinha desaparecido, e ele soava muito mais jovem.

— É claro — murmurou Doze, enfiando a chave na fechadura. — Você... você está bem?

Ele não parecia bem quando a porta foi aberta. Ela esperava que Cinco a empurrasse e saísse correndo, mas ele ficou paralisado. Um fio de sangue brilhava escuro na testa dele e as calças estavam manchadas. A cela atrás do garoto estava devastada —tinha sorte de estar vivo.

Doze agarrou o braço de Cinco e o puxou, mas ele resistiu com um solavanco, sua expressão familiar de superioridade voltando.

— Avisar todo mundo? É para isso que serve a vigília noturna!

Como se seguisse uma deixa, o estrondo profundo e doloroso do sino de alarme soou. Tremeu pelas muralhas de terra até o fundo do coração de Doze.

Tinha começado.

Cinco se encolheu com o som. Doze se lembrou, desagradavelmente, de si mesma há poucos momentos. Mas, se o pavilhão estivesse sob ataque, ela estava determinada a fazer sua parte para defendê-lo.

— Está bem — disse ela, irritada, a adrenalina fazendo suas mãos tremerem. — Fica aí. Eu vou ajudar.

Sem esperar por resposta, passou por cima dos torrões de terra e correu para a escada, xingando quando a chama de sua vela tremeu, quase apagando. As patas de Widge estavam enfiadas nas peles de sua roupa, e sons de luta vinham de cima, fazendo seus pés se apressarem. Rugidos e urros, ordens gritadas, o clangor de metal e os berros dos feridos se mesclavam numa cacofonia aterrorizante de sons de batalha.

No topo da escadaria de espiral, a porta da masmorra tinha sido arrancada das dobradiças. A cena além dela fez Doze paralisar. À luz pálida do alvorecer, um pesadelo de violência e destruição se espalhava.

A vela escorregou de seus dedos, e Widge guinchou de choque.

Quatro ogros crescidos rugiam no centro do campo de treinamento, a saliva voando da boca. Com seis metros de altura e armados com chicotes, eles os giravam furiosamente na direção dos Caçadores que se aglomeravam em torno de suas pernas. Lanças e flechas choviam da vigília noturna nas pontes aéreas, mas tinham pouco efeito na couraça dura dos ogros.

Doze parou na porta quebrada, machados nas mãos, reunindo coragem.

— Melhor se mandar, Widge — sussurrou. — Essa luta é de verdade. Não é lugar para um esquilo.

Widge lhe lançou um olhar de desprezo e mostrou os dentes. Ela não conseguiu segurar uma risada nervosa.

— Não sei se seus dentes vão adiantar muito contra um ogro, mas você quem sabe. Só acho que é melhor subir nas minhas costas.

O esquilo obedeceu.

Doze respirou fundo e correu para o meio do caos.

Capítulo 7

DOZE NÃO PENSOU, NÃO HESITOU — SÓ CORREU DIRETO PARA O OGRO mais próximo.

Mal tinha dado três passos quando algo enorme se chocou contra ela — uma muralha de pelos, dentes e fedor de carne. Ela caiu com força no chão e rolou, dentes se fechando a centímetros de seu rosto. O impulso do lobo de inverno o fez voar direto por cima dela e de Widge. Ele lutou para se virar, os olhos azuis brilhando, a língua balançando de forma maníaca.

Xingando, Doze ficou de pé num salto, ignorando a dor que nascia na lateral do corpo. O cabo dos machados estavam escorregadios, mas, se havia algo que ela aprendera com *Um bestiário mágico*, era que nunca se devia fugir de um lobo de inverno. Eles *sempre* eram mais rápidos. Ela o encarou enquanto ele a rodeava, atenta a cada onda dos músculos, cada centelha de seus olhos, tentando saber quando daria o bote. A vida dela dependia daquilo.

Agora.

O lobo pulou e Doze se jogou para o lado, os machados prontos. Do nada, um Caçador mergulhou na frente dela, duas lâminas de espada abrindo uma curva mortal na garganta do lobo. Um arco de sangue brilhante jorrou pelo campo de treinamento e subiu pela muralha. O coração de Doze deu um solavanco quando Prata se virou para ela, os olhos ensandecidos.

— Doze — gritou Prata, por cima da cacofonia. — Você está viva! Quando vi que tinham entrado pela masmorra, eu... — Ela apertava com força o braço de Doze. Uma das fivelas de sua armadura estava solta e o sangue manchava seu rosto, mas seu alívio era inegável. — Você não pode ficar aqui. Não está treinada. Vá para os dormitórios. Eu nunca me perdoaria se algo acontecesse com você.

— Prata! — berrou Vitória, gesticulando do outro lado do campo de treinamento para um círculo de Caçadores que acuava outra criatura contra a muralha. Precisavam dela. Um dos ogros rugiu de novo e o chão tremeu.

Prata olhou de Vitória para Doze, dividida.

— Não se preocupe comigo — disse Doze, rápido. — Eu sei me cuidar.

— Para os dormitórios, Doze — falou Prata, apertando mais forte o braço dela. — Não me decepcione. Fique à sombra da muralha. Abaixada. Não chame nenhuma atenção.

Havia uma urgência na voz dela que Doze não podia ignorar e, por baixo, outra coisa... medo. Prata estava com medo por ela, seu corpo ágil passando bem no meio das pernas de um ogro furioso para se reunir com o time.

O frenesi da batalha manchava o ar. Doze deu um passo para trás, entrando na escuridão da base das muralhas, a respiração trêmula. Widge deu um guincho agudo de susto: a poça de sangue do lobo estava bem ao lado deles. O estômago dela revirou. Então, devagar, o sangue foi absorvido pela pedra... e desapareceu.

Naquele mesmo ponto, a pedra dura... não havia outra forma de descrever... *ondulou*. Como a superfície de uma poça perturbada por uma pedrinha.

Doze engoliu em seco e se afastou, olhando a carnificina por cima do ombro. Seria isso parte do ataque? A muralha inchou, distorcendo-se insanamente. Ela se jogou no chão bem a tempo. Com o som de pedra raspando em pedra, uma forma animal se soltou da muralha, saltou por cima de Doze e entrou na batalha.

Em seu ombro, Widge guinchou com a surpresa. Doze se virou para olhar e sentiu o queixo caindo. A coisa que tinha pulado por cima dela era um enorme cachorro de pedra, facilmente do tamanho de um cavalo. Ele enfiou os dentes num lobo de inverno e o sacudiu ferozmente, jogando-o para longe, como se não fosse maior que um coelho. Os Caçadores que o viram puxaram uma comemoração calorosa quando ele despachou os outros lobos e voltou sua atenção ao ogro mais próximo. Doze encarou aquilo perplexa. Será? Ela achava que era só uma história para entreter os estudantes mais jovens. Mas lá estava: o Guardião do pavilhão.

Com o coração mais leve, Doze correu pela base da muralha em direção aos dormitórios. E teria entrado, não fosse um rugido que sacudiu o chão atrás dela. Um dos ogros arranhou o próprio rosto, uma flecha funda na bochecha. Ele cambaleou, caindo apoiado em um dos joelhos. Os pelos de suas costas chegavam quase até o chão e eram felpudos o bastante para ser possível subir por eles. Antes que um pensamento consciente se formasse, Doze estava correndo naquela direção. No ombro dela, Widge manifestou sua revolta.

O rosto de Prata tremulou diante dela enquanto corria. A Anciã ficaria orgulhosa se ela ajudasse a defender os outros Caçadores, não? Não era esse o propósito do pavilhão?

Doze se jogou nas costas do ogro um segundo antes de ele ficar de pé. Ela o segurou com força enquanto o solo se afastava, depois começou a escalá-lo, mantendo o foco nas mãos e nos pés, grata pelo ogro estar irritado demais com os Caçadores para notá-la. Widge sabia que era melhor não distrair a garota, mas a desaprovação irradiava dele em ondas. Ela respirava pela boca. Mesmo assim, o cheiro lhe dava náuseas.

Pelos grossos, da largura de um dedo, cresciam nos ombros do ogro. Ela agarrou dois e se içou. Imediatamente, a criatura virou a cabeça para olhá-la. Seu rosto assomava desagradavelmente próximo, olhos castanhos embotados e esbugalhados para ela, dentes cinzas e repulsivos. Ele abriu a boca e rugiu. Doze achou que sua cabeça fosse explodir quando o som chacoalhou seus ossos. Fios de saliva caíram nela. Widge correu para dentro das peles para se esconder.

O ogro a agarrou com uma mão enorme, e Doze se abaixou, golpeando os dedos dele furiosamente com o machado. Ele rugiu de novo e tentou pegá-la outra vez, mas um guincho arrepiante do campo de treinamento, lá embaixo, o distraiu. Por um momento, todo o mundo congelou e caiu num silêncio sobrenatural.

Do outro lado da arena, um círculo de Caçadores tinha acuado uma criatura bem diferente contra a parede.

— Não. É. Possível. — Doze arfou, completamente chocada com o novo terror que avistava. Widge colocou a cabeça para fora, os olhos brilhando de curiosidade.

À luz da manhã, era quase translúcido. Mas, nas sombras, ficava mais claro — muito alto, esquelético, quase sem cor. Seu "rosto" era de um oval liso e sem traços. Um cabelo escuro imensamente longo se contorcia como serpentes atrás dele. Em cada palma, uma boca, negra e faminta, se abria num grito silencioso. Não havia dúvida na mente de Doze de que aquilo era um grim.

Aquilo mudava tudo. Eles ainda nem tinham visto os grims nas aulas de criaturas; eram tão raros e perigosos que mal consideravam a possibilidade de um Caçador novato encontrar um. Mesmo a maioria dos Caçadores jamais vira essas criaturas, quanto mais lutara contra uma delas.

Forçando-se a respirar, Doze lembrou o que *Um bestiário mágico* tinha a dizer sobre o assunto:

> *Essas criaturas mortais fazem tocaia nos Desertos Congelados do extremo norte e, felizmente, raras vezes são vistas. Poucos tentaram estudar seus hábitos, e os que o fizeram raramente sobreviveram à experiência. Evidências anedóticas sugerem que um grim se alimenta de calor, sendo capaz de sentir um corpo vivo a muitos quilômetros de distância e usar esse calor para rastrear sua presa.*
>
> *Caso encontre um grim e esteja carregando armas feitas de bronze, você talvez tenha uma pequena chance de matá-lo, embora sua pele seja extraordinariamente dura. Se não estiver, deve fugir e tentar levar o grim até uma presa maior e mais tentadora. Nunca se esqueça de que um único toque das mãos do grim significa morte; todo o calor será sugado do corpo pelas mãos abomináveis da criatura. A vítima infeliz imediatamente morre congelada.*
>
> *Agressão: 10/10.*
> *Perigo representado: 10/10.*
> *Dificuldade de incapacitar: 10/10.*

Doze ajustou sua posição e agarrou o cabelo do ogro com as duas mãos enquanto ele chutava os Caçadores ao redor. Mas a atenção dela estava firme no grim. Viu com orgulho que Prata e Vitória estavam liderando um ataque conjunto.

O grim estava acuado num canto e uma barreira de escudos o mantinha lá. Caçadores armados com armas de bronze atacavam em ondas perfeitamente sincronizadas, entrando no círculo por cima dos escudeiros para atacar, depois voltando à segurança quando os escudos se moviam para permitir que saíssem. Era uma coreografia que praticavam com frequência em treinamento de armas e que Doze, em particular, achava inútil. Vê-la em ação quase tirou o fôlego da garota.

O grim gritou de novo, e os dentes de Doze bateram diante daquele som. Com um frio na barriga, viu que dois Caçadores não se moviam dentro da barreira de escudos, ainda parados em pose de batalha, as armas prontas para atacar; estátuas de gelo em vez de feitos de carne, vivos e respirando.

A próxima onda de Caçadores se preparou.

— Avante! — rugiu Prata, as espadas firmes nas duas mãos enquanto passava por cima dos escudos.

Em um mesmo movimento, vinte Caçadores saíram do círculo defensivo e foram em direção à presa, com as armas a postos. Doze assistiu estupefata ao ataque conjunto de Vitória e Prata, ambas indo e voltando com fluidez até o grim ficar tão confuso que não sabia para onde se virar. Ele gritou de novo, e o ogro embaixo de Doze uivou em resposta.

Então, no meio daqueles movimentos precisos, o impensável aconteceu: Vitória tropeçou e bateu em Prata. O estômago de Doze se revirou de horror. Prata teve dificuldade de recuperar o equilíbrio. O grim sentiu a oportunidade, virando-se para ela antes que qualquer um dos outros pudesse reagir. Seus cabelos se enrolaram como corda, agarraram a Anciã pelo pulso e a puxaram na direção de suas mãos monstruosas e esticadas.

Doze não se mexeu, incapaz de tirar os olhos do que acontecia. Em seu ombro, Widge começou a tremer. Sem desistir de lutar, Prata golpeou o grim várias e várias vezes, mas ele não parou de puxá-la.

— Cortem esse cabelo! — gritou Vitória, correndo para consertar seu erro.

Os Caçadores obedeceram, golpeando desesperadamente o grim. Não adiantava. Com as mãos em concha, ele segurou o rosto de Prata num gesto estranhamento terno. A cor imediatamente começou a se esvair dela. Até sua armadura empalideceu enquanto ela virava gelo diante dos olhos horrorizados dos Caçadores. Conforme Prata diminuía, o grim pulsava com vida, seu contorno momentaneamente mais claro à luz fraca da manhã.

Doze não tinha certeza se o grito que escutava era seu ou de Vitória. O tempo pareceu desacelerar e os sons da batalha ficaram abafados. A respiração de Doze, por algum motivo, parecia errada. Era como se houvesse uma faixa de ferro se apertando ao redor do peito cada vez que expirava. Os joelhos bambearam e sua visão ficou borrada. Widge se apertou contra a bochecha dela, a cauda tendo espasmos de aflição.

Não podia ser verdade, simplesmente não podia. Prata não estava morta. Era impossível.

Não, não é impossível, os pensamentos dela redemoinhavam amargos. *É isso que acontece com as pessoas que você ama. Certamente você não precisa de mais uma lição sobre isso.*

Manchas escuras dançaram na visão de Doze e, então, ela estava caindo entre uma saraivada de flechas. Quando o chão a encontrou, tudo se tornou escuridão.

Capítulo 8

Tudo doía. A boca de Doze estava cheia de sangue e seu nariz, empesteado de fedor de ogro. Não importava quantas vezes piscasse, sua visão não clareava.

— Widge — resmungou ela assim que recobrou a consciência —, cadê você?

Algo se mexeu no peito dela e um pequeno nariz afagou sua bochecha. O alívio a inundou. Ela moveu a mão para acariciá-lo timidamente, surpresa por nada parecer quebrado.

— Doze, consegue me ouvir? — Uma voz familiar soou ao seu lado.

Doze piscou furiosamente, a visão escura e instável.

— Vitória? — perguntou Doze quando as sombras lentamente viraram uma forma reconhecível.

A Mestre de Armas estava sentada ao seu lado. O rosto, mortalmente pálido, estava manchado de sangue e sujeira.

Ela estava na enfermaria pequena e pintada de branco, o cheiro de menta e da flor vulnerária forte no ar. Cinco Caçadores estavam imóveis em camas alinhadas sob as janelas altas e estreitas. À frente das camas, o fogo queimava em uma pequena lareira. Raios de sol invernal rajavam os pisos esfregados. Alguém tinha coberto Doze com uma pele de urso, mas ela sentiu frio até os ossos quando suas memórias foram retornando aos poucos.

— Sim, consigo ouvir você — murmurou, tentando se levantar em meio a uma onda de dor e tontura. Ela ignorou o barulhinho de desaprovação de Widge. Para sua surpresa, descobriu que ainda segurava os machados. — O que aconteceu?

— Você caiu do ombro do ogro — disse Vitória. — Bateu na perna dele e um dos Caçadores conseguiu pegá-la. Tem sorte de não ter quebrado todos os ossos do corpo.

— E Prata...? — perguntou Doze. Ela não conseguia se forçar a terminar a pergunta.

— Morta — confirmou Vitória, engasgando-se com a palavra.

Doze engoliu em seco, furiosa por sentir os olhos cheios de lágrimas. Vitória segurou a mão dela. O rosto da Caçadora espelhava a devastação que Doze sentia.

— Morta, e foi culpa minha — sussurrou Vitória. — Vigilância constante, Doze. Sempre. Só leva um momento, um lapso, mas as consequências...

Ela enterrou o rosto nas mãos, depois se sacudiu e ficou ereta antes de Doze conseguir achar as palavras certas. Era um lado da Mestre de Armas que nunca tinha visto.

— Preciso saber tudo o que você viu e ouviu nas masmorras antes do ataque — comandou ela, a voz normal de novo, ainda que mais aguda que o normal.

Assentindo e engolindo o luto, Doze relatou tudo do que se lembrava.

— Você tem certeza absoluta de que eram trasgos? — perguntou Vitória quando ela terminou.

— Sim — respondeu Doze com firmeza. — São fáceis de reconhecer.

— São — disse Vitória, devagar —, mas você foi a única que os viu.

Doze a olhou com surpresa.

— E o Cinco? Ele estava lá!

— Deve ter ficado inconsciente na explosão — falou a Caçadora, num tom sombrio. — Ele só subiu ao pátio quando estávamos finalizando o último ogro. E ninguém da vigília noturna os viu também.

Doze absorveu aquilo em silêncio.

— Sim — disse Doze, franzindo o cenho. — Tenho certeza.

— Tem certeza de que os ouviu dizendo que iam "encontrá-la"? — Vitória quis saber, com urgência.

Vitória ficou de pé andando em frente às camas, a mandíbula tensa.

— Uma aluna sumiu — disse ela, enfim, com a voz fatigada. — Sete não está mais no pavilhão.

— O quê? — O choque foi uma dor física, um espinho rasgando o centro do peito de Doze. Widge ficou imóvel, mal parecendo respirar. *Sete, não. Ela também?*

— Achamos que ela foi sequestrada — continuou Vitória. A Mestre de Armas se voltou para ela, vendo o tremor repentino nos dedos de Doze. — Você está bem?

Por um momento, Doze não conseguiu falar, só imaginar Sete como a vira pela última vez, dando um sorriso de encorajamento enquanto Doze entrava na masmorra atrás de Prata. O tipo de sorriso a que Doze raramente retribuía.

— Eu... sim. — A boca dela parecia seca como um deserto. — O que houve? Como eles a levaram? E para onde?

— Não sabemos — disse Vitória, devagar. — Você disse que o que se chamava Morgren tinha magia. Os feiticeiros trasgos costumavam ser notoriamente poderosos. Mesmo assim... — Ela parou e balançou a cabeça. — Preciso reportar isso ao conselho. Seu depoimento é vital.

Antes que Doze pudesse responder, a Mestre de Armas se virou e saiu andando, as botas ecoando no chão de laje.

O olhar perturbado de Doze perpassou o cômodo. *Onde estava Sete?* A preocupação vibrou nela como uma colmeia de abelhas sob a pele.

As palavras de Vitória ecoaram em sua mente. *Trasgos. Sequestro. Magia.*

Se o que tinha visto na masmorra era tão importante, não devia ela mesma contar ao conselho?

Seus olhos encontraram os de Widge, e ela se decidiu. Devia. Sim, definitivamente devia. Jogou a pele de lado e se levantou, instável. O chão pareceu se inclinar sob seus pés, mas ela foi até a porta e cambaleou escada abaixo. Widge guinchou encorajamentos, as garras afundando no ombro dela quando balançava.

O campo de treinamento foi um choque, quase irreconhecível depois da destruição da batalha. Os ogros e lobos de inverno estavam mortos, o cheiro de sangue grosso no ar. As únicas coisas ainda de pé eram os

Caçadores congelados pelo grim e o próprio grim. O coração de Doze quase parou quando o viu, até que notou a espada de bronze no peito dele. Estava morto, transformado em gelo como suas vítimas. Ela desviou o rosto de outras estátuas de gelo, que pouco a pouco derretiam, mas o luto por Prata urrava dentro dela.

Engolindo um soluço, Doze curvou os ombros e correu até o Grande Salão. Antes mesmo de chegar às portas, ouviu uma discussão em voz alta.

— Relinchos relincários! — estrondou a voz inconfundível do Ancião Gear. — Não estamos no maldito mercado flutuante, Cirro. Não tem necessidade de gritar assim!

— Vai me perdoar — berrou Cirro —, mas com certeza tem! Vitória tem razão: o Guardião devia estar rastreando a menina agora mesmo. A cada momento que perdemos luz do dia, ela se afasta mais! E se os *trasgos* a tiverem levado...

— Sim — disse Gear. — *Se* os trasgos a tiverem levado. Guardião, o que diz?

— Meu lugar é aqui — respondeu uma voz estranhamente grave e grossa. — Nossas muralhas foram violadas. Isso nunca aconteceu antes. Ainda pode haver perigo.

Doze se aproximou das portas enormes, abrindo uma delas apenas o suficiente para espiar lá dentro. Os Caçadores estavam de costas, olhando para o Guardião de pedra.

— Mande Caçadores atrás da garota — pediu ele. — Eu preciso ficar.

Através da massa de corpos, Doze conseguiu ver Vitória, o rosto tenso.

— Guardião, com todo o respeito, devo discordar. Sua força na batalha é *exatamente* do que precisamos para recuperar a estudante perdida. — A voz dela soou com autoridade, e um murmúrio de concordância varreu os Caçadores reunidos. — Você é mais rápido que nossos garrapés e conseguiria encontrar a menina antes. Nós, Caçadores, somos mais numerosos: podemos colapsar o túnel e deixar o pavilhão seguro mais rapidamente que você. — Uma pontada de frustração entrou na voz da Mestre de Armas. — Minha lógica faz sentido. Não entendo por que você ainda está aqui. Coisas como o incidente de hoje não acontecem desde a Guerra Sombria. Nossa reação precisa ser um golpe de martelo. Guardião, você é esse golpe!

Gritos mistos de concordância e dissidência se levantaram, fazendo a porta de madeira tremer nos dedos de Doze.

— SILÊNCIO! — rugiu o Ancião Gear.

O burburinho morreu imediatamente.

Doze entrou um pouco mais no cômodo para ouvir o que ele dizia.

— Só temos a palavra de uma garota de que havia trasgos aqui. Nenhum de vocês os viu. Nosso Guardião não os viu. Nenhum dos alunos *confiáveis* os viu. Verrugas verrosas! O que Doze disse não faz sentido. Não existem mais feiticeiros trasgos, as bruxas dos Jardins de Gelo garantiram isso.

Doze sentiu uma onda de entorpecimento subir pelo rosto, e suas mãos se fecharam em punhos. O Ancião Gear achava mesmo que ela estava mentindo? Em seu ombro, Widge grunhiu de leve.

— Prata confiava na menina — respondeu Vitória, sem se alterar. — Ela teria dado ouvidos.

— Prata está morta — disse Gear, grosseiro.

No silêncio que se seguiu, as palavras baixas de Vitória foram ouvidas com clareza.

— *Eu* confio nela.

Por um momento, Doze só conseguiu ouvir as batidas do próprio coração. Uma sensação quente e líquida se espalhou por ela ao ouvir as palavras de Vitória.

— Isso é condizente com um padrão de evidências — apontou uma voz um momento depois. — Os lobos de inverno, os relinchos, *todas* as criaturas supostamente sazonais que encontramos agora são perigosas o ano todo. Criaturas das sombras estão mais problemáticas do que nunca, e possessões por espectros estão mais frequentes do que nos últimos séculos. Deve ter uma razão por trás de tudo isso.

Uma voz tímida falou:

— Devemos avisar os Jardins de Gelo sobre o ataque?

Sons de desdém chegaram aos ouvidos de Doze.

— As *bruxas*? O que elas vão fazer?

A mesma voz se levantou de novo, em defensiva:

— Talvez saibam algo que a gente não sabe. Podem nos ajudar a achar a menina.

— Não temos notícias das bruxas há décadas — argumentou o Ancião Gear. — E, se bem me lembro, não se dariam ao trabalho de nos ajudar.

Doze soltou a respiração que não percebera que estava segurando e deu um passo para trás, voltando ao campo de treinamento, a mente girando. O horror do destino de Sete revirava seu estômago. A garota tinha sido levada e o Guardião se recusava a ir atrás dela. Pior, os Caçadores estavam simplesmente lá, sentados em sua casa de conselho, discutindo, enquanto Sete ficava cada vez mais longe.

Uma ideia, clara como um farol, ganhou vida, mas Doze a afastou. Não podia abandonar seus planos por uma garota que mal conhecia. Virou-se e saiu pisando duro pelo campo de treinamento na direção dos dormitórios.

— Não estou nem aí. Não *estou* — sussurrou para si mesma.

Mas a mentira tinha um gosto amargo, e os Caçadores congelados a miraram em um julgamento silencioso.

Widge a escutou com a cabeça virada para o lado, sem se convencer, depois cutucou gentilmente a bochecha dela e lambeu o lóbulo da sua orelha. Ele sempre sabia quando ela estava chateada. Doze passou os dedos no pelo dele e lembrou-se de quando Sete o dera a ela.

Não sou boa nisso... de cuidar das coisas, dissera Sete, o sorriso estranho e contorcido. *Mas acho que talvez você seja.*

Widge era pequeno o bastante para caber na palma da mão. Os olhos mal haviam aberto, ele quase não tinha pelos, mas já era lindo. Era óbvio que Sete queria ficar com ele, mas o tinha dado a Doze em vez disso, sem nunca pedir nada em troca.

O rosto da menina apareceu na mente de Doze, o afeto em seu sorriso muito parecido com como Poppy costumava olhá-la.

Poppy. O nome causou uma descarga pelo corpo de Doze, que se encolheu.

Não. Isso tinha a ver com Sete, não com *ela*.

A voz ecoou em sua memória. *Pense em quem você quer ser.*

Doze se endireitou e olhou pelo campo de treinamento para a figura congelada de Prata, o estômago embrulhando com a dor. Será que a Anciã aprovaria o plano? Doze tinha a sensação de que sim.

Com os punhos fechados e decidida, Doze correu até o dormitório com um propósito renovado. Ela precisaria ser rápida. Na penumbra dos corredores femininos e masculinos, viu que os quartos estavam trancados para manter os alunos dentro. Ela se apressou até a porta mais próxima, puxando a tranca e a abrindo com tudo.

— Os Caçadores disseram que já podemos sair — anunciou ela, alegre, dentro do quarto. Rostos mal iluminados a olharam, esperançosos.

— Já estava na hora! — urrou um menino, passando como um raio em direção ao campo de treinamento. — Os ogros ainda estão lá? E os lobos de inverno? O Guardião apareceu mesmo?

Os outros alunos saíram correndo atrás dele, e ela destrancou as outras portas até os corredores estarem cheios de gritos superexcitados de surpresa e descrença.

Doze entrou em seu quarto, aliviada por vê-lo vazio. Colocou rapidamente as roupas mais quentes: duas camadas de calças de lã — com acabamento de cera para serem à prova d'água, mas macias por dentro —, três pares de meias enfiados em botas forradas de pele, três túnicas grossas sob a pele de urso e seu chapéu de pele mais quente, além de cachecol e luvas. Por cima de tudo, afivelou o cinto e colocou os dois machados nos suportes das costas enquanto Widge lutava para arrastar uma bolsa de lona empoeirada debaixo da cama dela. Doze enfiou cobertores e oleados nela, além do exemplar de *Um bestiário mágico*. Sem parar para respirar, correu de volta para o campo de treinamento e não conseguiu conter um sorriso ao sair para a luz do dia outra vez.

Era o caos. Alunos se espalhavam por todo lado, subindo por cima de ogros, cutucando os lobos mortos. Alguns Caçadores tentavam reuni-los, mas era como pastorear abelhas. Depois de tanto tempo trancadas nos quartos, as crianças não tinham pressa de voltar.

Doze correu até as cozinhas e entrou escondida, os olhos analisando as prateleiras compridas e organizadas, cheias de jarros e garrafas com rótulos. No ombro, o interesse de Widge se aguçou notavelmente, o nariz franzindo com esperança. Havia bandejas de pão do dia anterior ao lado dos fornos, e ela pegou dois filões, além de um pouco de carne seca, um saco pequeno de uvas-passas e três maçãs. Esvaziou um jarro de nozes no bolso, para Widge, e depois adicionou uma caixa de fósforos e algumas velas à bolsa. Tentando não atrair a atenção dos Caçadores, saiu de fininho da cozinha e correu para o arsenal.

Lá dentro, a ordem havia sido restaurada. As prateleiras estavam de novo em fileiras ordenadas; as armas, cuidadosamente organizadas e brilhando. Doze pegou uma das tochas detrás da porta e passou pelas espadas, arcos longos e machados, até mesmo pelos raramente usados manguais e martelos de guerra, para chegar aos fundos do edifício. Lá, escondida como se os Caçadores torcessem para ser esquecida, estava uma grande gaiola de malha de aço com um cadeado na porta.

Os machados de Doze rapidamente abriram o cadeado e ela entrou, respirando o mais silenciosamente possível. Widge deu um guincho assustado e desapareceu em sua pele de urso. Em frente a ela, havia uma estante única de quatro prateleiras e, em cada uma delas, em intervalos perfeitamente espaçados, estavam três caixas simples de madeira menores do que a mão de Doze aberta.

Sem titubear, pegou a caixa mais próxima. Com os dedos trêmulos, abriu a tampa. Houve tempo suficiente apenas para discernir três formas curvadas e brilhantes, antes de um par de olhos se abrir e Doze bater a tampa de novo. Sob seus dedos, a madeira ficou quente, depois esfriou de novo. Com um suspiro de alívio, Doze guardou a caixa no fundo da bolsa e saiu correndo para o campo de treinamento.

Lá fora, mais Caçadores haviam emergido da casa do conselho, e os alunos estavam rapidamente sendo levados de volta aos dormitórios. Não havia muito tempo. Encostada à parede, Doze passou pela base da fortaleza e foi até a masmorra. Na fronteira, parou e respirou fundo, depois, resistindo à vontade de olhar para trás, saiu da luz pálida do dia para a escuridão cavernosa.

Capítulo 9

DOZE DESCEU CORRENDO PELAS ESCADAS E A NOITE A ENVOLVEU, sufocante como um abraço indesejado. Ela encontrou os fósforos e acendeu um, a chama momentaneamente a cegando enquanto tateava atrás de uma vela. Sob seus pés, as escadas em espiral apareceram, sombras dançando estranhamente sobre elas.

Engolindo o medo, Doze desceu para onde tinha visto os trasgos, maravilhada com a destruição pela qual passara antes. Em alguns lugares, havia seções inteiras do teto caídas. Raízes pálidas desciam, obscenas, do alto, roçando o rosto de Doze como o cabelo úmido de uma criança afogada. Tremendo, ela se abaixou e entrou na cela de onde tinham vindo os trasgos.

A parede dos fundos havia explodido. No lugar, estava a boca aberta da entrada de um túnel. Um fedor de ogro saía da passagem, e a escuridão se aproximava, faminta e maléfica. Doze respirou fundo e olhou para o buraco, transformando seu temor em nojo.

Vitória não teria medo. Pense em Sete. Pense em Prata.

Ela engoliu em seco e escalou a terra para entrar no túnel. Widge correu pelo braço dela até ficar a um bigode da chama da vela, seus olhos percorrendo as sombras além. Quatro olhos eram melhor do que dois. Cera quente caiu pelos dedos de Doze, e o único som era o da respiração irregular enquanto começava a andar, os olhos mirando diretamente a escuridão. O túnel era perfeitamente redondo e reto, cada centímetro denunciando que não era algo natural. Aquilo tinha sido feito por mágica, Doze tinha certeza.

Caminhou por horas, até a vela ser só um toco e sua imaginação encher sua mente com um exército de terrores. E se o túnel não fosse direto para fora? E se ela se perdesse no subterrâneo? E se ela e Widge não estivessem sozinhos?

Apertando os dentes, Doze acelerou até o gradiente do túnel mudar e um ponto de luz aparecer à distância. Widge balançou a cauda contente, pulando do pulso para o ombro dela e de volta ao pulso. Engolindo um grito de alívio, ela irrompeu numa corrida até o túnel os cuspir na luz suave da tarde. Encheu o pulmão com um ar estupidamente frio e se permitiu um momento de triunfo.

Pinheiros jovens e esguios a circundavam, as sombras criando faixas no solo nevado. Entre as árvores, o sol de inverno mergulhava atrás das Montanhas Caninas, seus raios moribundos tingindo a terra de dourado. A respiração de Doze fez vapor quando ela se virou, tentando se orientar, mas o pavilhão não estava à vista. O túnel a tinha levado mais para dentro das montanhas. Árvores e neve se estendiam até onde conseguia ver. O silêncio era absoluto. No ombro, Widge estava imóvel e sério, a euforia compartilhada entre os dois se esvaindo.

O medo saltou nas entranhas dela, que instintivamente começou a analisar o terreno ao seu redor, mantendo os pensamentos focados em interpretar os rastros, qualquer coisa exceto a enormidade da tarefa que tomara para si.

Havia uma enorme quantidade de pegadas, mas, enquanto Doze as examinava, uma história começou a emergir. Todas as criaturas tinham chegado de direções diversas, mas entrado juntas na passagem. Três conjuntos de pegadas indo na direção oposta chamaram a atenção, e ela suspirou de alívio. Não havia garantia de que os trasgos tinham ido embora pelo mesmo caminho usado para entrar, mas ali estavam dois conjuntos de pegadas de trasgos com um outro que era inegavelmente humano entre eles.

— Sete — sussurrou Doze, encarando as pegadas. Ainda viva e capaz de caminhar.

Por enquanto.

Doze balançou a cabeça, afastando todas as atrocidades sobre trasgos que havia aprendido em aula, desejando não ter uma memória tão boa. Ela encontraria Sete e a traria de volta. Precisava fazer isso.

— Melhor a gente ir — murmurou para Widge. Os bigodes dele coçaram no nariz dela enquanto checava os machados e começava a andar. — Só temos mais algumas horas de luz.

A voz dela parecia estranhamente alta no vasto silêncio ao redor.

Depois da clareira, as árvores se adensavam, seus troncos brilhando com a geada. As pegadas costuravam por elas até se dispersarem em um campo branco de neve levemente inclinado. À distância, as Caninas arranhavam o céu. Doze derrapou e parou, os olhos correndo por uma desordem de marcas na neve. Três trenós e pelo menos mais quatro trasgos haviam esperado ali pelo retorno dos colegas.

Ela fez uma careta para o sol que se punha e inspirou fundo para acalmar o coração que batia rápido, com raiva de si mesma por não ter previsto aquilo. Os trasgos haviam orquestrado vários feitos aparentemente impossíveis. É claro que haviam planejado a fuga com o mesmo cuidado.

Um ruído na neve atrás dela fez a cauda de Widge arrepiar. Num instante, Doze estava com os machados na mão, mas não havia lugar para se esconder. Ela se virou para as árvores, com a determinação e o medo passando por ela enquanto uma figura sombria se movia à distância com o andar confiante de um predador em sua direção.

O coração de Doze tamborilou num ritmo frenético, mas ela manteve a bravura.

Só quando ele chegou mais perto, que ela percebeu para o que estava olhando: o Guardião do pavilhão. Não abaixou os machados quando ele se aproximou. Widge, concordando, mostrou os dentes, o pelo eriçado.

Doze tinha visto muitas coisas estranhas desde sua chegada ao pavilhão, mas o Guardião era de longe a mais estranha delas. Era feito da pedra avermelhada das muralhas do pavilhão e tão realista que podia se passar por um ser de carne e osso, exceto pelo tamanho enorme. Uma de suas orelhas estava seriamente rasgada, o que lhe dava uma aparência perigosa. Com uma centelha de terror, Doze se lembrou de como ele tinha jogado um lobo de inverno longe como se não pesasse nada. Seus dedos agarraram os cabos dos machados com mais força, e lançou a ele um olhar zangado quando parou à sua frente, as orelhas em pé, a expressão séria.

— O que está fazendo aqui? — perguntou ele, a voz áspera como pedras de moinho. Os olhos dele foram de Doze para Widge e vice-versa. — Volte imediatamente ao pavilhão. Os Caçadores vão ficar preocupados.

Doze não conseguiu conter uma expressão de desprezo.

— Que nem estão preocupados com a Sete? Acho que estou melhor aqui. — Doze resistiu à vontade de se encolher quando ele pairou sobre ela, olhando com atenção suas roupas e a bolsa de lona cheia.

— Você está tentando ir atrás da Caçadora novata sozinha — observou ele, em óbvia desaprovação.

— Não estou *tentando*, estou indo — respondeu ela, levantando o queixo. Sua expressão, bem como a de Widge, que mostrava os dentes, o desafiava a contrariá-la.

O rosnado de risada grave dele a pegou de surpresa.

— Mas agora estou aqui — falou o Guardião, com a cauda balançando devagar enquanto a olhava. — Você deve voltar.

O fato de ele estar se divertindo a enfurecia, e a raiva de Doze rugiu por dentro.

— Você nem *quer* estar aqui — disse ela, com a voz bem mais alta do que pretendia. — Eu escutei você no Grande Salão. Duvido que você vá *tentar* trazer a Sete de volta.

A cauda do Guardião parou de balançar, e um rugido grave e funesto soou no fundo de sua garganta. Apertando os dentes, Doze deu as costas para ele, olhando as pegadas a seus pés.

— Falei a verdade para o conselho — disse o Guardião atrás dela. — Este plano não é sólido. Os Anciãos ordenaram que encontrasse a criança de todo jeito. Portanto, devo fazê-lo. — O rugido dele ficou mais pronunciado. — Volte ao pavilhão. *Agora*.

Doze girou para olhá-lo, com as mãos ainda agarrando os machados.

— Não! — A palavra vibrou de determinação. No silêncio que se seguiu, a expressão do Guardião passou de irritação a preocupação, e então de volta a irritação.

— Você está desperdiçando tempo — rosnou ele, olhando as sombras profundas se espalhando pela neve. — A menina está se afastando.

— Então melhor ir andando — disse Doze.

O Guardião a olhou, espantado.

— Você não tem garrapé. Como vai cruzar as Caninas?

Widge olhou para o Guardião fixamente, depois se virou para escutar a resposta de Doze, a expectativa na ponta dos bigodes.

Doze fez uma careta. Teria trazido um garrapé se houvesse alguma forma de arrastá-lo pelo campo de treinamento sem ser vista.

— Com um pé na frente do outro — respondeu, com mais confiança do que sentia. — Que nem você.

O Guardião latiu outra risada, desta vez sem achar graça.

— Criança ridícula.

Doze se eriçou.

— Eu sei o que esperar e consigo me cuidar. — Ela olhou de maneira incisiva para o sol mergulhando atrás das montanhas. — Não é melhor *você* ir andando?

Em vez de passar direto por ela, como esperava que fizesse, o Guardião começou a andar de lá para cá, a agitação clara em cada movimento.

Doze se voltou para as pegadas na neve, deixando o Guardião de lado enquanto as examinava com mais atenção. O rastro de Sete ficava mais confuso perto dos trenós. Os passos dela levavam a um deles, depois eram arrastados e espalhados antes de se afastarem de novo. As marcas davam a entender que ela tinha sido puxada de volta. As últimas pegadas claras chamaram a atenção de Doze — para longe do trenó, com o contorno dos dedos de Sete visível. Parecia que a menina tinha quase escapado, mas tinha sido agarrada de volta pelos sequestradores e perdido as botas na luta. Três conjuntos de marcas de trenó se estendiam pelo campo nevado à distância, indo direto para as montanhas.

Doze se virou e quase colidiu com o Guardião, que não parecia feliz.

— Vamos viajar juntos — disse ele, sem preâmbulo, um vento gelado eriçando seu pelo de pedra. — Não posso deixar uma aluna em favor de outra. Se eu levar você de volta, vou perder a última luz do dia. Mas você tem que ir nas minhas costas. Vai ser desconfortável, porém mais rápido. Você estará mais segura do que sozinha.

Fosse lá o que Doze estivesse esperando, não era isso. O Guardião se sentou como uma esfinge na neve e fez um gesto de cabeça indicando que ela subisse nele. A mente dela acelerou. Não queria um companheiro de viagem, muito menos um que obviamente achava que ela era uma irritação inútil. Apesar disso...

Os olhos de Doze foram para os cumes das montanhas, e uma parte minúscula e traiçoeira dela admitiu que não queria enfrentar os perigos sozinha com Widge.

— Eu estou no comando — alertou Doze, a voz soando mais autoritária do que se sentia.

Podia jurar que o Guardião levantou as sobrancelhas.

— Você é Pura — disse ele. O tom transbordava desdém, e Doze sentiu um prazer sombrio naquela afronta.

— É isso ou me largar no meio do nada. — Ela deu de ombros. — Só com um esquilo e minha inteligência como proteção.

Um brilho de algo como admiração apareceu nos olhos do Guardião.

— Você é ardilosa como uma raposa disfarçada. Mas não posso concordar com seus termos. — A expressão dele ficou séria. — Tudo o que eu fizer será para encontrar a garota. Para trazê-la de volta com vida. Se compartilharmos esse objetivo, teremos poucas discordâncias.

Doze semicerrou os olhos, mas não conseguiu achar nada censurável no rosto dele. Depois de um momento, estendeu a mão.

— É um acordo — falou.

Ele riu, uma risada que parecia pedrinhas chacoalhando num copo.

— Meu primeiro aperto de mão. — Com cuidado, ele levantou uma pata enormemente pesada e a colocou em cima da mão de Doze. — Pode me chamar de "Cão". É mais simples do que Glorioso Guardião do Pavilhão de Caça.

Doze deu uma risadinha de desdém, mas viu que ele não estava brincando.

— As pessoas realmente chamam você assim?

— Sim — disse ele. — Mas Cão está bom.

— Bom, eu sou a Doze — falou ela, subindo nas costas dele. — E este é Widge. Mas eu prefiro que você me chame de Estupenda Estudante do Pavilhão de Caça.

Cão definitivamente lançou um *olhar* por cima do ombro. Então, sem mais uma palavra, saltou no caminho dos rastros extensos.

Doze se agarrou com força enquanto, com passos cada vez mais largos, eles corriam na direção das montanhas furiosas.

Capítulo 10

ATRAVESSARAM O CAMPO NEVADO E PASSARAM POR UM DESFILADEIRO estreito e nas sombras. Além dele, um vale amplo, cheio de pinheiros, se estendia adiante. A cordilheira da Primeira Canina apareceu, a face marcada por sombras índigo, beijada pela neve em tons de lilás. A lua abria um caminho por um céu de veludo que se adensava, e as primeiras estrelas valentes surgiram. A noite se aproximava e Cão corria como se fosse capaz de ultrapassá-la.

A temperatura caía vertiginosamente e o vento batia nas bochechas de Doze, congelando o ranho dela e assoviando em seu pescoço. Os olhos da garota se encheram d'água, e as lágrimas congelaram nos cílios, mas ela continuou em silêncio, determinada a não reclamar. A única parte quente era sua barriga, onde Widge tinha se acomodado embaixo das peles, aparentemente dormindo a sono solto.

Pelo menos um deles estava aconchegado. Cão não tinha mentido. Andar nele era desconfortável: as costas eram de pedra dura e fria, e ele saltava pela neve em passadas enormes e bruscas, que a chacoalhavam sem dó.

A boa notícia era que estavam indo rápido. O coração de Doze ficou mais leve enquanto o ar gelado a chicoteava. Talvez, afinal, eles tivessem uma chance de alcançar Sete. A esperança borbulhou no peito dela conforme corriam por um conjunto denso de pinheiros.

Quando Cão parou, foi tão de repente que ela foi jogada longe, escapando por pouco de um tronco de árvore.

— Mas que...? — Doze cuspiu neve, furiosa. Sob suas peles, incrivelmente parecia que Widge continuava dormindo.

— Tem alguma coisa nos seguindo — grunhiu Cão.

Os pelos de seu pescoço se eriçaram em cristas pedregosas quando olhou para trás, a cabeça inclinada para um lado.

Doze aguçou os ouvidos, mas não conseguia ouvir nada.

— Tem certeza?

Estava escuro entre as árvores, mas a expressão de ira dele era óbvia. A reação de Cão foi interrompida pelo som inconfundível de um galho se quebrando. Um pássaro gritou em alerta e explodiu no céu que escurecia, as asas fantasmagóricas à luz do luar.

Doze segurou a respiração e tentou pegar os machados com dedos congelados.

— Esconda-se nas árvores — sussurrou Cão, os olhos fixos nos rastros atrás de si.

Doze se esforçou para acalmar seus pensamentos de pânico, como Prata ensinara.

— Não — cochichou firme. — Vamos enfrentar, seja lá o que for. Juntos.

Cão se encolheu, como se ela tivesse lhe dado um tapa, e virou seu olhar para as árvores. Antes que Doze pudesse dizer mais uma palavra, Cão saltou sobre ela e a carregou pelos suportes dos machados, direto para as sombras no meio dos galhos densos e pontudos.

— Você é um estorvo — rugiu, enquanto arrastava sem esforço o corpo dela, que lutava. — No futuro, é melhor me ouvir.

Doze resistiu furiosa e silenciosamente, sua ira era algo vivo, fervendo por dentro. Como ele ousava?

Acordado subitamente e muitíssimo ofendido, Widge voou no nariz de Cão e tentou, sem sucesso, mordê-lo.

Outro galho se quebrou, bem mais perto dessa vez, e o vento levou um fragmento de conversa indecifrável até eles. Patas trituravam a neve e se aproximavam. Parecia haver mais de um, e eram grandes.

Doze paralisou.

Num instante, Cão saltou para longe, em cima do que quer que estivesse à espreita.

Capítulo 11

UM GRITO ESTRIDENTE ATRAVESSOU AS ÁRVORES, SEGUIDO POR UM fluxo de xingamentos e o latido de choque de Cão. Doze correu para se levantar, com o coração pesando: aquele som não era de nenhuma criatura das sombras.

Ela abriu caminho pelo emaranhado de galhos e, de fato, lá estavam Cinco e Seis. Os dois estavam montados em garrapés peludos, armados até os dentes e vestidos com suas peles mais quentes. Ambos os grupos ficaram se olhando, armas empunhadas, olhos arregalados. Widge fugiu do ombro de Cão de volta para o de Doze.

Corcel, o garrapé cinza de Cinco, revirou loucamente os olhos. Seus chifres curtos e curvados brilhavam à luz translúcida do luar, e seu focinho de urso soltava respirações assustadas no ar fresco da noite. A garrapé de Seis, Certeira, estava calma, em comparação. Seu longo pelo castanho ondulava na brisa, garras poderosas escondidas sob a neve.

Doze foi a primeira a relaxar, recolocando os machados nos suportes e olhando para os meninos.

— Então, qual de vocês deu aquele gritinho agudo? Cinco? Aposto que foi você.

Nenhum dos dois respondeu, ocupados demais olhando boquiabertos para Cão.

— Eu disse para você — murmurou Cinco para Seis. — Eu *disse* que o bicho tinha acordado!

— O bicho? — rugiu Cão, os lábios se retraindo para mostrar caninos afiados como lâminas.

— Ele acabou de falar? — Cinco arfou, com os olhos arregalados.

Seis deu uma cotovelada forte no amigo.

— Desculpe por ele... Ele tagarela quando está nervoso.

Cão rosnou, encarando Cinco com raiva.

— O que vocês dois estão fazendo aqui? — Doze exigiu saber.

Cinco rapidamente recuperou a compostura.

— O mesmo que você, *obviamente* — disse, olhando-a de cima. — Resgatando a Sete.

— Por quê? — perguntou Doze. — Desde quando vocês ligam para a Sete?

— Temos nossos motivos — falou Seis, o rosto pálido na penumbra.

Havia na voz dele uma urgência e sinceridade que pegaram Doze de surpresa. Ele sempre tinha tratado Sete com o mesmo desprezo que todo mundo.

— Seus motivos não têm importância aqui — afirmou Cão. — Precisam voltar ao pavilhão.

Seis se voltou ao Guardião, ignorando a ordem dada.

— Fico feliz por estar aqui. Achávamos que os Caçadores não estavam fazendo nada.

— Eles me enviaram — disse Cão. — Mas vocês, Caçadores novatos, estão dificultando minha tarefa.

— A gente não vai atrapalhar seu ritmo em nada — explicou Cinco, os olhos passando admirados por Cão. — Escolhemos os garrapés mais rápidos.

— Vocês não vão atrapalhar meu ritmo — concordou Cão, abaixando a cabeça para olhar os rastros na penumbra que se aprofundava. — Porque vão estar em outro lugar. Levem Doze de volta ao pavilhão.

O tom dele era tão confiante e autoritário que Doze se perguntou se alguma vez alguém o desobedecera.

— Não! — As vozes de Seis e Doze soaram em uníssono. Os dois se olharam, surpresos.

— A gente vai com você — completou Seis, rápido, a voz tão determinada quanto a de Doze.

— Isso mesmo — concordou Cinco. Ele deu um sorrisinho para Doze. — Se você vai ficar, *claramente* vai precisar da nossa proteção.

Doze se preparou para voar nele, Widge se eriçando no ombro dela, mas Cão se interpôs, sólido, entre os dois.

— Silêncio! — O latido dele era alto de fazer estremecer. — Estão desperdiçando um tempo precioso com suas briguinhas. — Doze se sentiu pequena enquanto ele balançava a cabeça. — Vou achar a menina sozi...

— Sete — interrompeu Seis. — O nome dela é Sete.

Cão latiu, a frustração se tornando mais óbvia.

— Sou mais rápido sozinho. *Voltem. Agora.*

— Eu não vou voltar — disse Seis, decidido. — Está escuro demais para continuar seguindo os rastros hoje. Você não precisa ficar de babá se não quiser. Vamos acampar aqui e seguir à primeira luz. Faça o que quiser. Finge que não estamos aqui, se preferir.

Partes iguais de admiração e consternação passaram por Doze. Seis tinha lidado com Cão sem nem levantar a voz, mas a ideia de viajar com Cinco era impensável. Mesmo um minuto do desprezo pomposo dele fazia com que quisesses enforcá-lo. Seis tinha razão, porém: a noite tinha caído. O céu era de um negro insondável atrás de uma explosão de estrelas, e a neve entre as árvores brilhava com um verniz fantasmagórico.

— Loucura — resmungou Cão para si mesmo, andando de lá para cá. — Loucura e insubordinação.

Seis o ignorou, virando-se para descarregar Certeira, com uma expressão obstinada.

— Então, vamos ficar. — Cinco sorriu, desmontando-se de um Corcel inquieto.

Doze franziu o cenho para o garrapé de Cinco, andando de lado. Corcel não era uma das montarias regulares dos Caçadores — ainda era verde demais. Ela revirou os olhos.

— É sério que você trouxe um garrapé que não está treinado? — questionou.

— Estamos aqui, não estamos? — desdenhou Cinco. — Então, *obviamente* eu consigo lidar com ele.

— Igual lidou lá na masmorra? — disparou ela, com um sorriso sinistro quando os ombros dele ficaram tensos.

— Já chega! — grunhiu Cão, sentando-se. O solo tremeu embaixo dele e choveram agulhas de pinheiro ao redor. — Hoje vamos acampar. Juntos. Amanhã, todos vocês voltam ao pavilhão.

Doze o olhou.

— Não vou acampar com eles! — exclamou, cada vez mais horrorizada.

— Vai, sim — disse Cão, sem emoção. — O perigo está à espreita. Não posso proteger dois acampamentos.

— Eu não preciso ser protegida! — vociferou Doze.

— Claro que não — falou Cão, seco. — Você tem seu esquilo e sua inteligência.

Cinco deu um sorriso irônico.

Com o rosto vermelho, Doze saiu andando, mordendo a língua para não gritar. Aquilo não era o que ela imaginara ao sair. Respirou fundo várias vezes para se acalmar e enfiou os punhos nos bolsos. Os nós dos dedos afundaram no estoque de nozes de Widge e bateram, sólidos, em algo maior, e ela lembrou do pacote misterioso das masmorras. Parecia há uma vida, mas fora há apenas um dia.

O objeto era levemente maior que o punho dela e estava embrulhado em linho. Ela o apertou com curiosidade enquanto Widge farejava, depois puxou uma ponta do embrulho, que se abriu com o próprio peso. Uma pedra lisa e leitosa caiu na mão dela. Doze encarou a pedra, confusa e decepcionada, até que ela começou a brilhar.

Começou tão devagar que Doze pensou estar imaginando coisas, depois pareceu pegar impulso até irromper dela uma forte luz azul-prateada. Doze levantou a outra mão para proteger os olhos, enquanto Widge guinchava, alerta. Os outros se reuniram ao redor deles com exclamações de surpresa.

— O que em nome de Ember...? — A voz de Cinco estava muito próxima, e Doze piscou furiosamente até seus olhos se ajustarem. Ele a olhava fixamente com uma expressão de assombro. — De onde você roubou isso? — Depois, por cima do ombro: — Você precisa ver isso! Nunca vi uma pedra da lua tão grande!

Uma pedra da lua?

Doze apertou os olhos para o objeto brilhante, incerta, tão surpresa que mal registrou o insulto de Cinco. Pedras da lua eram as luzes minúsculas na casa do conselho, seu brilho pálido mal sendo suficiente para enxergar. Aquilo parecia outra coisa. Resplandecia como raios engarrafados, queimando as sombras, branqueando tudo com uma luz limpa e brilhante.

— Onde você arranjou isso? — Seis quis saber, o rosto branco como osso à luz da pedra da lua. Até Cão a olhava com desconfiança. O desafio a fez endireitar a coluna, e a confusão, a fechar os lábios. Em resposta, Doze olhou para todos com raiva.

— Não acho que tenha roubado — disse Seis, respirando fundo —, mas de onde veio?

Doze cedeu.

— Alguém levou leite dos sonhos para as masmorras ontem à noite e colocou isso ao lado do...

Ela parou de falar. Com um solavanco nauseante, percebeu que tinha esquecido de trazer leite dos sonhos. Sua boca de repente ficou seca.

— Quem levou? — perguntou Seis, enquanto a mente de Doze girava. Ela precisaria se certificar de não dormir esta noite. Mas a dúvida fervilhava; estava cansada demais.

— Deve ter sido um aluno; era alguém pequeno para ser um Caçador — respondeu Cinco por ela. — Mas não faz sentido. Nenhum aluno teria algo assim. Não temos permissão de ficar com nada de antes, nem nosso nome. Isso *claramente* vale uma fortuna. Por que dar a ela?

— Segure para mim — rosnou Cão. Ele olhou as profundezas rodopiantes da pedra, depois deu um passo para trás e sacudiu a cabeça. — Impecável — disse, simplesmente. — O valor é inestimável.

— Isso é ridículo! — gaguejou Doze, a revolta sufocando seu medo e incerteza crescentes.

— Pedras da lua impecáveis são incrivelmente raras — disse Seis, com os olhos ainda fixos na pedra na mão dela. — Talvez uma seja mineirada a cada século, e olhe lá.

— Eu só vi uma — concordou Cão. — Durante a Guerra Sombria.

Cinco e Seis ficaram boquiabertos, e Doze piscou assombrada. Aquilo significava que ele tinha centenas de anos de idade, talvez mais.

Sem prestar atenção neles, Cão continuou falando:

— Mas já ouvi histórias. Pedras da lua como essa talvez façam mais do que só fornecer luz.

— Mais? — perguntou Cinco. Ele parecia tão perplexo quanto Doze.

— Uma pedra da lua normal fornece luz — explicou Seis, franzindo a testa —, mas uma impecável é capaz de furar ilusões, de mostrar a verdade.

Cinco franziu o nariz, mas Cão assentiu outra vez, parecendo pensativo.

— Pode ser útil. — Ele olhou para Doze. — Talvez você guarde mais surpresas do que pensei.

O elogio foi tão fraco que Doze quase riu. Widge, por sua vez, ficou animado.

O rosto de Seis se iluminou.

— Pode ser útil agora mesmo! Com essa luz, podemos seguir os rastros deles na escuridão. Dá para a gente pegá-los dormindo. Quem sabe a gente consiga trazer Sete de volta hoje!

Doze sentiu uma onda de animação. Ele tinha razão.

— Então, o que estamos esperando?

Seis já estava colocando a sela em Certeira quando Doze se virou para Cão. Ele parecia completamente consternado.

— Voltem. — Ele balançou a cauda, esperançoso. — Por favor?

Doze fez que não devagar.

— Não posso — disse ela —, pelo mesmo motivo que você. Preciso encontrá-la.

Cão fez um som que era meio suspiro, meio grunhido, mas, por fim, assentiu e deixou que ela subisse de novo em suas costas.

O coração de Doze comemorou duas vezes: uma pela aceitação de Cão e uma pela inveja no rosto de Cinco quando ela pulou nas costas largas do Guardião.

E, então, partiram.

Capítulo 12

CÃO E DOZE DISPARARAM À FRENTE, A PEDRA DA LUA LEVANTADA BEM alto para revelar a trilha. O coração dela batia forte enquanto o grupo acelerava, animação e descrença se mesclando com o desgosto por Cinco e Seis terem se juntado a eles.

— Isso é incrível! — gritou Cinco, a voz chocantemente alta por cima da neve triturada e das respirações irregulares.

— Shhh! — sibilou Doze. — Você quer contar para *todos* os trasgos que estamos aqui?

— Não só para os trasgos — completou Cão, sombrio, enquanto suas patas batiam no chão. — Baixo é preferível. Silêncio, melhor.

— Ele quis dizer para calarem a boca — esclareceu Doze.

— *Como* o Cão tem sorte de ter você para traduzir por ele — reclamou Cinco, rabugento. Depois, para Cão: — Você não liga de ela ser condescendente com você?

— Silêncio — grunhiu Cão enquanto seu grande corpo pulava à frente, os garrapés correndo ao lado dele. — Por favor.

Dali em diante, viajaram em silêncio, a escuridão rodopiando atrás deles como um manto. Doze apertou todas as suas peles, puxou o chapéu para baixo e o cachecol para cima. Apenas seus olhos estavam visíveis, mas mesmo assim o ar gelado pinicava, congelando dentro das narinas. Widge voltou ao relativo conforto da pele de urso, só os olhos e as orelhas dele visíveis acima do colarinho.

O rastro de Sete atraía o olhar de todos para a frente, e a pedra da lua era um farol que enchia corações de esperança. Aceleraram em meio a pinheiros pesados de neve, fazendo nuvens de mariposas esféricas zunirem acima deles, suas luzes brilhantes fizeram Cinco arfar.

— Que lindas! — suspirou ele. — Nunca vi tantas assim juntas.

— Tem mais de tudo para o norte — resmungou Cão.

Um arrepio de antecipação passou por Doze. Do norte das Caninas vinham todas as melhores histórias e os piores monstros. Não era um lugar para estudantes antes de passarem pelo Batismo de Sangue na Floresta Congelada. Apesar de seu bom senso gritando perigo, Doze estava animada.

Por fim, eles correram para o campo aberto e o céu se estendeu diante deles. A respiração de Doze ficou presa na garganta — não havia uma única nuvem para embotar o brilho cravejado de diamantes. A lua crescente sorriu para eles, e os picos ásperos, íngremes demais para a neve, mesclaram-se à escuridão acima. A imensidão lhes deu boas-vindas, faminta, sua beleza brilhando com cantos duros e dentes.

Espontaneamente, Cão desacelerou, passou a caminhar e parou. Estavam num vale amplo, os morros cheios de árvores, mas o solo era plano e aberto. A vastidão larga, coberta de neve brilhava à luz das estrelas.

— Vamos acampar no morro. Podemos continuar seguindo os rastros ao alvorecer — disse ele.

Em uníssono, os três novatos começaram a protestar, mas Cão estava inabalável.

— A exaustão leva a erros — falou ele. — Até eu preciso descansar. Vocês todos são peso morto.

— Peso cansado, isso sim — murmurou Cinco, contorcendo-se nas costas de Corcel.

Os braços de Doze estavam exaustos e as pálpebras, pesadas. Dormir estava fora de questão sem o leite dos sonhos, mas deitar em silêncio por uma ou duas horas parecia perfeito. Ela pensou em Sete, o afeto em seu sorriso, as covinhas que lhe lembravam tanto de Poppy, e todos os outros pensamentos desapareceram. Eles *precisavam* seguir em frente.

— Não podemos parar agora. Podemos estar perto! — A voz de Seis interrompeu seus pensamentos.

— E, de todo modo, não estamos cansados — mentiu Doze, rapidamente.

— Fale por você — murmurou Cinco, fechando a cara para ela.

Cão balançou a cabeça.

— Eles estão meio dia à nossa frente. Mesmo se os pegássemos, estaríamos exaustos. Eles, não.

Doze franziu o cenho, tentando não admitir que ele tinha razão.

O rosto de Seis parecia abatido enquanto olhava para a trilha, depois para o céu. Ele cheirou o ar.

— É, acho que o céu está claro — disse, finalmente. — Os rastros ainda vão estar lá em algumas horas. Só espero...

Ele balançou a cabeça, e o grupo ficou parado em silêncio, cada um desesperadamente torcendo para Sete estar bem. Admitir que ela teria que passar o resto da noite prisioneira tornava o sofrimento dela terrivelmente mais real.

— Venham — chamou Cão, o tom mais gentil do que Doze esperara. Ele os levou para longe da trilha e dentro das árvores, o cheiro de pinheiro forte, apesar do frio.

Meio tontos de exaustão, Doze e Seis usaram machados para cortar lenha para uma fogueira. Doze analisou Seis pelo canto do olho enquanto trabalhavam. Sua antipatia por Cinco era tão intensa que ela nunca prestara atenção ao menino ao lado dele. Decidiu que Seis não era o que ela esperava. Ao contrário de Cinco, era quieto, mas as coisas que dizia pareciam conscientes e deliberadas. Isso o tornava quase o oposto de Cinco, e Doze não conseguiu evitar de se perguntar o que ele via no amigo.

Quando as madeiras estavam alegremente crepitando, os três novatos se acomodaram em seus oleados e peles, mordiscando com gratidão suas rações. Widge se animou com a promessa de comida, depois saiu correndo para explorar. Doze se deitou apoiada na bolsa de lona com um suspiro, esticando os membros cansados. Cão se sentou como uma esfinge ao lado das chamas, observando tudo ao mesmo tempo.

— Quer um pouco? — perguntou Doze, levantando um pedaço de sua carne seca para Cão. Todos estavam comendo, exceto ele.

O olhar que ele lhe lançou era de diversão.

— Eu sou feito de pedra. Não preciso comer.

— Ah. — Doze guardou a carne de volta na mala, se sentindo idiota enquanto Cinco reprimia um sorrisinho.

— Foi gentil da sua parte oferecer — adicionou Cão, vendo a expressão de Cinco. — Meu olfato é muito apurado, mas não tenho paladar. Eu amaria poder comer. Tortas de frango têm um cheiro delicioso. — O suspiro dele era cheio de desejo.

Doze continuou em silêncio, sem saber bem o que dizer.

— Você dorme? — Seis quis saber, intrigado.

— Não. Mas passei centenas de anos dentro de uma muralha — respondeu Cão, seco. — Isso conta?

— E dor? — Cinco se meteu. Os olhos dele foram para a orelha aleijada de Cão. — Você *deve* ter sentido isso aí.

Cão ficou olhando para o fogo.

— Não como você sentiria — disse, por fim. O tom dele deixava claro que a conversa tinha chegado ao fim.

Cinco deu de ombros e começou a mastigar ruidosamente.

— Pela geada, é tudo meio misterioso, né? — falou, limpando os dedos nas peles. Ele revirou os olhos quando todos o miraram. — Todos vocês esqueceram a floresta porque estão focados demais em uma árvore só. As muralhas do pavilhão foram invadidas pela primeira vez *na vida* e, de todo mundo, eles levaram a Sete. Por quê?

Doze franziu o cenho e arriscou um olhar rancoroso para Cinco. Era uma boa pergunta, que ela mesma devia ter feito. O grupo pensou naquilo em silêncio.

— Durante a Guerra Sombria, os trasgos muitas vezes sequestravam inimigos — disse Cão, por fim. — Pessoas que podiam revelar informações quando torturadas. — Todos se encolheram, mas Cão seguiu falando. — Líderes de clã, bruxas e Caçadores eram alvos. — Ele pausou. — Às vezes, as famílias. A filha de um líder do clã das cavernas foi levada para forçá-lo a cooperar. Ele aceitou. Mesmo assim, ela foi devolvida em pedacinhos.

— Estamos falando, hum, em termos emocionais, certo? — perguntou Cinco. — Ela estava em pedacinhos figurativos, emocionalmente?

— Não. Pedacinhos de verdade — rosnou Cão. — Pernas, braços e...

— Está bem — interrompeu Cinco rapidamente, parecendo doente. — Já entendi.

O estômago de Doze revirou com a menção do clã das cavernas.

— Estou surpresa que tenham precisado levar a filha dele — falou ela, a voz dura. — O clã das cavernas sempre foi um colaborador.

— Não — corrigiu Cão, com autoridade. — Nunca foi assim tão simples.

— É mesmo? — perguntou Doze, a raiva quente nas veias. — Então não devo ter prestado atenção direito às aulas do Ancião Gear. O clã das cavernas não abrigou os trasgos depois da Batalha de Quebrapescoço, permitindo que eles escapassem de ser capturados? E os mesmos trasgos depois não atacaram uma aldeia do clã dos rios, afundando-a por completo?

A voz dela aumentou de volume enquanto falava, até estar quase gritando.

— Alguns simpatizavam com os trasgos — admitiu Cão, a expressão distante, perdido em lembranças. — A maioria do clã das cavernas, não. Ficaram horrorizados com as atrocidades dos trasgos. E com medo. O tipo de medo que muda as pessoas. Vocês não entendem a escuridão que reinava naquela época. O terror dominava o mundo. Muito foi sacrificado para bani-lo.

Um silêncio mortal tinha caído sobre o grupo enquanto eles escutavam, e os cabelos da nuca de Doze se arrepiaram.

— Linhas de batalha foram marcadas nas cavernas. A luta mais feroz foi ali. E foi onde passei a maior parte da guerra. — Um tremor estranho passou por ele, que se levantou de repente, se chacoalhando. — Não dá para julgar todo um clã com base nas ações de alguns poucos. — A voz dele era dura. — Você devia saber disso, Doze.

Doze bufou com desdém. Ela os julgava mesmo assim.

Antes que ela conseguisse falar de novo, Seis interrompeu:

— Estamos mudando de assunto. — A voz dele estava tensa. — A Guerra Sombria é coisa do passado. Vamos falar de *agora*. Como os trasgos entraram no pavilhão sem ninguém saber?

Cão o olhou por um momento, sua expressão indecifrável.

— Passado para você, talvez. Eu lembro como se fosse ontem.

— Sim — disse Cinco —, mas você não é exatamente normal.

— Cale a boca, Cinco — murmurou Doze. Cão tinha se virado, a tensão vibrando pelo corpo dele.

— O que foi? — perguntou Cinco, o rosto dele a imagem da inocência. — O que eu disse?

— Esse ataque não devia ser possível — falou Cão, abruptamente, voltando-se ao grupo e fazendo questão de ignorar Cinco. — As bruxas dos Jardins de Gelo colocaram proteções no pavilhão quando ele foi construído. Até as elementares ajudaram. — Ele suspirou e franziu a sobrancelha. — Mas aquela magia já está muito velha. Talvez esteja enfraquecendo. Um feiticeiro trasgo poderia explorar isso. — Cão pausou e balançou a cabeça. — Mas um feiticeiro trasgo também não devia existir desde a guerra.

Ele parecia preocupado. Doze puxou o cachecol mais para cima, de repente com frio. O Pavilhão de Caça nunca seria um lar, mas tinha dado a ela comida e segurança nos últimos dois anos, ensinando-lhe a sobreviver. O pensamento de que ele estava vulnerável, cercado de inimigos, fez seu estômago se retorcer.

— Talvez seja assim que eles entraram — disse Cinco, do outro lado da fogueira, o rosto distorcido na fumaça e no calor que subiam —, mas isso não explica por que, em nome de Ember, *Sete* foi levada, em vez de o Ancião Gear ou alguém do tipo.

Silêncio.

Cão assentiu.

— É verdade — admitiu ele. — O que sabemos da garota?

Sem ser solicitada, apareceu diante de Doze uma imagem de Sete. Seu cabelo escuro se agitando... Não, essa era Poppy. Doze balançou a cabeça. Parou na memória certa.

— Ela sempre está sozinha — contou a ele, se esforçando para pensar. — A maioria dos novatos a ignora. Ela é um pouco... esquisita, sempre distraída. É horrível com todas as armas que já tentou lutar.

Seis lançou a ela um olhar por cima do fogo.

Doze deu de ombros. Era verdade, mas parecia errado descrever Sete assim. Ela hesitou antes de continuar:

— *Tem* algo bem estranho nela, embora seja difícil de explicar. Algo no jeito dela. Mas, se houver algo que a distingue de todos os outros, é isso.

— Será que ela sabe de algo útil? — perguntou-se Cão em voz alta. — Talvez ela tenha conexões familiares?

— Ela é uma Caçadora novata — apontou Cinco —, então há grandes chances de os parentes dela estarem mortos. Se *estiverem* vivos, devem ser incrivelmente pobres, para terem que mandá-la ao pavilhão. — Ele deu uma risadinha. — Ou talvez... talvez só não a suportem! — Ele gargalhou, uma risada recebida com olhares gelados. Pigarreou desconfortável. — Só pensando em voz alta.

— Evite — rosnou Cão, e balançou a cabeça. — Ela é boa em algo?

Doze pensou em suas interações com Sete.

— Nada em que eu consiga pensar.

— Alguém? — perguntou Cão, olhando os meninos.

Outro silêncio.

Cão suspirou e baixou a cabeça nas patas.

— Quando pegarmos os trasgos, vamos exigir respostas.

Doze também se recostou, enrolando os cobertores ao seu redor e colocando outro oleado em cima para criar um saco de dormir. Abraçou os joelhos junto ao peito e olhou para a fogueira, pensando em Sete, esperando que ela estivesse bem.

Para além da fogueira, um movimento nas árvores chamou a atenção de Doze. Ela ficou de pé num pulo e olhou para a escuridão. Um medo estranho, sorrateiro, se aninhou no estômago dela. Instintivamente, ela agarrou um dos machados.

Cão tinha saltado com o movimento repentino de Doze, e os meninos também se sentaram, as armas já nas mãos.

— O que foi? — Cão quis saber, ao lado dela num instante.

— Eu... alguma coisa se mexeu — respondeu Doze, sua certeza vacilando.

Cão também olhou para a escuridão. Widge saltou da árvore mais próxima e se lançou em direção a Doze, os pelos em alerta.

— Esse menina ainda vai me matar do coração — bufou Cinco, enfiando a espada de volta na bainha.

Seis abaixou o arco com um suspiro de alívio. Cão relaxou e se virou para eles:

— Durmam. Eu faço a patrulha.

— Excelente. — Cinco bocejou. — Você é *muito* útil, Cão. — Um momento depois, estava roncando.

Doze se deitou de novo, agitada, certa de que não fora Widge que ela vira. Em seus braços, ele tremeu enquanto o acariciava com os olhos fixos na escuridão dos troncos das árvores.

— Você viu alguma coisa também? — sussurrou, desejando, não pela primeira vez, que ele soubesse falar.

Segurou os machados com ainda mais força. Seus pensamentos rodopiavam, mas ela achou isso bom. A última coisa de que precisava era dormir sem o leite dos sonhos.

Do outro lado da fogueira, a respiração de Seis ficou profunda e estável. As chamas crepitavam aconchegantes e Cão andou em silêncio ao redor deles. Widge relaxou e, devagar, os pensamentos de Doze se acalmaram. As pálpebras dela começaram a se fechar.

Não durma!

O pensamento desesperado fez os olhos dela se abrirem de novo. O medo arrepiou seu couro cabeludo. Rangeu os dentes e olhou para os galhos escuros emaranhados acima. Cão parou ao lado dela, o rosto intrigado. Então, compreendeu:

— Você não tem leite dos sonhos — disse, baixinho.

Doze fez uma careta, torcendo para a luz do fogo esconder a cor que preenchia suas bochechas.

— Não — falou ela, enfim, a voz tão tensa quanto as costas.

Cão hesitou, antes de dizer:

— Já ouvi falar muito de pesadelos. Eles não são capazes de matar. A falta de sono é. Você precisa estar afiada amanhã, Doze.

Doze não tinha energia para discutir, então se contentou com o silêncio. Quando ele continuou sua patrulha, forçou os olhos a se abrirem bem, sem piscar. Ela não se permitiria dormir.

Capítulo 13

OS OLHOS DE DOZE SE ABRIRAM DE REPENTE, E ELA SOUBE QUE ESTAVA *encrencada*. *Estava deitada num chão aveludado de grama grossa e, para além dos galhos, o céu estava claro, o azul de um dia de verão.*
Ela xingou e se beliscou forte, a respiração falhando.
Uma brisa quente fez o cabelo dela voar e trouxe vozes próximas. Uma conversa fácil e risadas, do tipo que nunca se ouvia no pavilhão. Os pelos dos braços de Doze se arrepiaram e o coração começou a bater forte.
— Starling? — Uma voz de mulher chamou do meio das árvores.
Doze ficou lá parada, a voz girando como uma faca em suas entranhas. Quando estava acordada, mal se lembrava da voz da mãe. Aqui estava, porém, vívida.
A mulher se retirou e os tons mais graves de um homem se mesclaram aos dela, suas palavras quase discerníveis. A risada de uma garota borbulhou.
Os sons eram uma agonia agridoce e Doze não conseguia resistir. Lentamente, quase contra sua vontade, caminhou na direção deles. Os olhos absorveram os detalhes ao redor com ganância. Intercaladas com a grama, havia flores silvestres: copos-de-sol e babivincas. Poppy certa vez fizera colares para Doze com elas.
Poppy.
O passo dela se apressou e ela irrompeu inesperadamente à luz do sol. Um homem e uma mulher se sentavam juntos num cobertor claro, feito à mão, enquanto duas garotas pequenas brincavam perto.
Nenhum deles a viu.

O homem era robusto, a barba grossa e escura, os olhos de um cinza tempestuoso. A mulher ao lado dele era alta e sólida. Tudo nela era firme e adequado, exceto pelo cabelo, quase etéreo: uma nuvem preta azulada flutuando ao redor de seu rosto de traços fortes. Seus dedos rápidos e espertos trançavam grama seca numa cesta enquanto o homem afiava amorosamente um par de lâminas de machado.

Doze absorveu o casal, faminta, chegando tão perto que era capaz de esticar a mão e tocá-los.

— Bom, o que vamos fazer, então? — perguntou a mulher, olhando para as crianças e abaixando a voz. — Se não vendermos a colheita de trigo, não vamos ter o suficiente para aguentar o inverno.

— Eu sei — disse o homem com pesar —, mas há conflitos por todo o Ember, e os caminhos seguros já não são mais seguros. O clã das florestas está irado por suas casas de árvore queimadas; os encantadores de árvores dizem que os incêndios foram propositais. A Chefe Torrente retirou todas as suas aldeias flutuantes para as terras à beira-rio. Os planadores das montanhas não são vistos fora das próprias terras, e o povo do deserto voltou direto para a tempestade de areia das Correntes. Todos estão inquietos com o que vai acontecer... abaixo de nós.

Ele baixou os olhos para o solo e seu rosto se fechou, uma nuvem de tempestade cruzando o céu.

— Se não podemos usar o caminho seguro, viajar pelo Amplexo ou pela floresta, estamos isolados — falou a mulher, mordendo o lábio. Pássaros trinaram e voaram rápido, perseguindo insetos pela clareira enquanto ela pensava. — Vamos ter que vender para Rifkin — disse ela um momento depois. — Ele não vai nos dar um preço justo, mas o risco vai ser dele, não seu.

— Rifkin? — O homem bufou, as narinas se abrindo de raiva. — Não vamos conseguir metade do que vale!

— As meninas precisam dos dois pais. — A voz dela era severa. — E metade é melhor que nada.

O homem assentiu devagar e passou a mão pelo cabelo.

— Posso ir para o riacho? — perguntou uma voz sem fôlego atrás de Doze.

Ela baixou os olhos para a garotinha que tinha falado: bochechas vermelhas, olhos cinza, um sorriso atrevido e a nuvem de cabelo escuro da mãe. Poppy.

A mulher sorriu.

— Só se Starling for com você.

A menina mais velha saltitou, os olhos ansiosos.

— Claro que eu vou!

— Cuide dela, ou vamos vender você para o clã das cavernas — disse o pai, um brilho no olhar. — Será que conseguimos uma pedra da lua grande em troca?

Starling riu alto e passou o braço pelo da irmã.

— Não preciso ser cuidada — murmurou Poppy, irritada, enquanto elas se afastavam. — Eu já sou grande!

— Eu sei disso — sussurrou Starling —, mas a mamãe e o papai não.

Poppy abriu um sorriso para a menina mais alta, as bochechas com covinhas.

Doze alcançou Poppy sem nem ter intenção, mas foi Starling quem se virou com um arquejo. Seus olhos se encontraram e Doze sentiu um solavanco perverso no peito. O mundo pareceu girar e deslizar ao redor delas, as cores borradas, as formas sangrando uma na outra.

Só Starling permaneceu, num vazio cinza sem características. Doze piscou com força, tentando e não conseguindo encontrar algo que não fosse ela própria para focar.

Em algum lugar atrás dela, um corvo crocitou baixo.

Lentamente, muito lentamente, os pelos do braço de Doze arrepiaram. Sua nuca se eriçou e sua respiração se transformou em arquejos irregulares, temerosos. Ela conhecia aquele som.

Starling se afastava. Parecia diferente, mais velha, vestida com roupas mais quentes. Seus passos eram certeiros e rápidos, apesar da carcaça de corça pendurada nos ombros. Começando a partir dela, o mundo voltou ao foco.

Uma trilha de carroças atravessando os morros se espalhava aos pés dela. Grama verde e dourada crescia até suas coxas, de cada lado da trilha. Teias de aranha grudavam nos talos e brilhavam com o orvalho. O ar estava fresco e frio; o mundo parecia novo. Mas Starling se apressou, mordendo o lábio.

Doze tentou caminhar para o outro lado, mas percebeu que não conseguia. O temor a sufocava. O mundo a puxava atrás da menina, atraindo-a contra sua vontade. Juntas, contornaram o morro e um vale se abriu em campos diante deles. Um riacho brilhante espiralava pelo meio e, do outro lado, havia uma aldeia do clã das gramas.

— Poa — murmurou Doze, absorvendo a vista. A brisa pegou a palavra e devolveu a ela.

Poa, Poa, Poa.

Starling meio se virou, ouvindo e franzindo o cenho, mas seus olhos passaram por Doze sem vê-la. Ela se apressou, arrastando Doze consigo.

Era um lugar pequeno, bonito. As casas eram construídas ao redor de um gramado amplo, confortavelmente sombreadas por três árvores antigas. Os prédios eram feitos de grama intrincadamente trançada e envernizada. Cada uma era única, os proprietários demonstravam sua engenhosidade com orgulho. Nos campos, o trigo maduro balançava, farfalhando na brisa. Andorinhas subiam e desciam, os bicos cheios de insetos.

Starling pausou ao descer o morro, algo chamando a atenção. Uma cerca corria ao longo da trilha e havia uma flecha enfiada fundo na mata. Definitivamente não estava lá quando saíra. O cabo era feito de uma madeira incomumente escura, um pedaço de noite contra o castanho quente. O acabamento também era estranho. Em vez de penas, asas de morcegos davam voo à flecha. Uma flecha do clã das cavernas, como a das histórias. Os dedos dela roçaram no objeto, como se para garantir que fosse real, e sua expressão se transformou em medo quando se virou para olhar direito para Poa.

Ainda era cedo, mas a aldeia estava muito silenciosa, incomumente imóvel. Não saía fumaça das chaminés; a brisa não carregava vozes; nada se mexia. Até os animais estavam em silêncio em seus currais. Starling respirou, tremendo de medo, e a corça escorregou de seus ombros. O cheiro do ar estava errado.

Doze tentou não olhar.

Com o arranhar de garras na madeira, um corvo pousou ao lado delas. Matreiros, os olhos negros observavam Starling enquanto ele mudava de posição na cerca, o bico afiado e manchado de vermelho. O olhar da garota foi da ave ensanguentada para a aldeia e voltou.

— Não! — sussurrou, balançando a cabeça.

Com um grito de terror, ela começou a correr, braços e pernas balançando, já sabendo que era tarde demais.

O anzol preso no peito de Doze deu um puxão de novo e o mundo desvaneceu. Quando se recompôs, estava parada em Poa à beira de um poço fundo no gramado da aldeia. Starling estava a quase dois metros abaixo dela, cavando mecanicamente, terra fresca acumulada como sangue ao redor do enorme buraco. Suor e lama se misturavam no rosto da menina, mas ela não quebrou o ritmo para limpá-lo, mesmo quando escorreu em seus olhos fundos.

As casas estavam vazias e quietas, os telhados negros de corvos gulosos, espinhosos de flechas. As respirações arquejantes da garota rasgavam o silêncio; o barulho da pá e o baque suave de terra sendo jogada eram os únicos sons enquanto o sol caía abaixo do horizonte.

Um temor gelado subiu pela coluna de Doze, que se virou, enjoada e tonta, o coração martelando no peito. Ela não queria ver mais nada, não isso. Para onde olhava, havia as mesmas flechas escuras descansando triunfantes no caos que haviam criado.

Starling saiu do poço e pegou um carrinho de mão. Doze apertou os olhos.
Um puxão.

Era noite no gramado. Com um grito de alívio, Doze viu que o túmulo estava preenchido, os corvos horríveis tinham ido embora. Uma pequena fogueira queimava na grama à sua frente, e via-se a silhueta de Starling, sentada de pernas cruzadas. A coluna estava muito ereta e, exceto pelo subir e descer do peito, a garota não se movia. O silêncio encobriu o lugar como um manto fúnebre.

Doze inspirou fundo e devagar, tentando amenizar a náusea enquanto as memórias a inundavam, quebrando-a como uma onda.

A garota ao lado da fogueira tremeu ao pegar os machados do pai com dedos trêmulos. Um soluço rasgou a garganta, depois um grito — um som cru, visceral, mais animal que humano.

No espaço entre batidas do coração, o mundo ao seu redor de repente estava pegando fogo. Cada casa, cada árvore, os campos, até a grama rugiam com chamas inexplicáveis.

No centro do inferno, intocada, estava Starling, ainda gritando.

Capítulo 14

— Doze... DOZE!
— Acorda!

Doze engoliu o ar como uma pessoa se afogando e abriu os olhos de repente. Devagar, os gritos recuaram e o mundo entrou em foco.

Estava sentada ereta, os cobertores enrolados ao redor dos tornozelos como cordas. Cinco, Seis e Cão estavam agachados à sua frente, os rostos variando entre pálidos e chocados. Widge arranhava um lado do rosto dela, e o outro ardia como se tivesse levado um tapa. A respiração dela estava trêmula, e lágrimas escorriam por seus cílios. As emoções ricocheteavam aparentemente a esmo, revirando suas entranhas e embotando seus pensamentos. Mas uma rapidamente engolfou as outras: humilhação.

— O que estão olhando? — engasgou ela. Esperava rebeldia, mas saiu como um guincho rouco.

Cão a cutucou gentilmente com o focinho. Em uníssono, as expressões de Cinco e Seis passaram de medo a pena. A humilhação mudou, transformando-se numa enchente raivosa de fúria. Cinco se desviou do soco dela por pouco.

— Mas o que...? — gritou ele, se levantando e pulando mais para trás. — Por Ember! Qual o seu *problema*?

Uma sensação familiar percorria as veias de Doze, uma que ela achava que o leite dos sonhos evitaria que voltasse a sentir: pânico aprisionado, uma borboleta numa jarra de morte, tentando inutilmente escapar. Seus membros estavam trêmulos; a boca, seca, e o coração batia forte. Pior do que isso, pior até do que os sonhos, era pensar que alguém sabia a respeito deles e tinha pena dela. Qualquer coisa menos isso.

— Está tudo bem, Doze — disse Seis com gentileza, o cenho pálido franzido de preocupação. Reunindo suas forças, ela também avançou nele. Mas Seis estava pronto e desviou com agilidade, porém sua expressão exasperante permaneceu. — Eu entendo, mesmo. Também usava leite dos sonhos. A primeira noite sem é a mais difícil. Cinco concorda.

— Ei! — gritou Cinco. — Cale a boca! *Obviamente*, isso é particular. Seis se encolheu.

A respiração de Doze finalmente começou a parecer mais tranquila, e o coração dela, a bater no ritmo normal. Conseguiu colocar o rosto no que esperava ser uma expressão de repulsa.

— É para a gente criar um laço por causa disso ou o quê? — disse, com a voz mais fria do que a neve sob seus dedos. — Não estou interessada nas suas histórias tristes.

O rosto de Seis se fechou. O olhar de nojo que Cinco lançou teria envergonhado a maioria das pessoas, mas Doze levantou o queixo, desafiando-o. Ele se encostou de novo nos oleados e começou a arrumar as coisas. Seis era mais difícil de interpretar: uma série de emoções, rápidas demais para identificar, passou por seu rosto e sumiu.

— Bom — disse ele, por fim, a expressão neutra —, o sol está nascendo. É melhor a gente ir.

Widge estava lambendo o sal das bochechas dela. Se estivessem sozinhos, ela teria enterrado o rosto no calor familiar do pelo dele, mas se contentou em acariciá-lo, o movimento repetitivo lentamente fazendo-a voltar a si.

A sombra de Cão pairou sobre ela.

— Você não é a primeira novata a ser assombrada pelo passado. Conheci muitos ao longo dos anos. Estou aqui se quiser conversar.

A raiva, fervilhando logo abaixo da superfície, irrompeu de novo, quente.

— Por que eu ia querer confiar meus segredos a um cão de pedra que não dorme nem sabe o que são dor e medo? — A voz dela era um chicote.

Cão a olhou com firmeza até ela desviar o olhar.

— Eu nunca disse que não sentia medo — falou ele, baixinho.

— Enfim, não é uma competição — murmurou Cinco, lançando a ela outro olhar raivoso e se voltando para selar Corcel. Os lábios de Seis formaram uma linha branca fina.

Doze enfiou os oleados na mala, tentando não sentir culpa, tentando não sentir nada. Widge lambeu de novo a bochecha dela, seus olhos preocupados.

— Está tudo bem — mentiu, dando tapinhas suaves nele. A atenção dele era a única que ela suportava.

Reunidos alguns minutos depois, estavam pálidos pela falta de sono, silenciosos e sombrios. Ninguém olhou Doze nos olhos, nem mesmo Cão quando ela subiu nas costas dele. Sem uma única palavra, o grupo partiu, seguindo o rastro dos trasgos enquanto o sol nascia ao lado deles.

Por mais que tentasse, Doze não conseguia se manter focada. Seus pensamentos ficavam voltando ao sonho. Os detalhes do rosto dos pais estavam mais claros e nítidos em sua mente do que em dois anos. E havia Poppy. Uma dor latejava no peito dela sempre que pensava na irmãzinha. Lembrou das covinhas no sorriso de Poppy, o calor de seus braços entrelaçados. Como desejava que as coisas tivessem ficado assim. Um gosto metálico encheu sua boca, e percebeu que tinha mordido o lábio com força demais.

Apertando a mandíbula e secando a boca, ela se chacoalhou. Daquele jeito não ia dar. Era exatamente por isso que precisava do leite dos sonhos, para parar de ficar choramingando desse jeito. Se um trasgo a tivesse atacado nos últimos minutos, teria sido decapitada antes mesmo de perceber a presença dele. Aí ela nunca encontraria Sete. Com dificuldade, forçou a atenção de volta aos rastros de trenó.

A paisagem ao redor deles mudava e a trilha os levava cada vez mais alto. Estavam acima da linha das árvores agora, e, em cada direção, a vista recortada era ofuscantemente branca. Os picos estavam bem mais próximos, e dedos contorcidos de gelo e pedra apontavam para o céu resplandecente. Apesar de um sol claro da manhã, estava um frio cortante.

Cristais de geada se penduravam no ar ao redor deles, reluzindo como diamantes. Acima da testa de Doze, o pelo do chapéu estava congelado e havia flocos de gelo em seus cílios, criando uma aura de arco-íris borrado nas extremidades de sua visão. Mesmo com o cachecol bem apertado, cada respiração ardia desconfortável e, nas raras ocasiões em que ela abria a boca para falar, o ar congelante fazia seus dentes doerem. Widge voltou para dentro das roupas dela, só a cabeça saindo da pele de urso para ver os arredores.

Era mais bonito do que qualquer coisa que ela já tivesse visto: uma espécie de beleza crua, implacável, que parecia tolerar a presença deles por enquanto. Mas Doze não se deixava enganar; sabia que as montanhas eram instáveis. Ela checava o céu e cheirava o ar a cada poucos minutos, atrás de algum sinal de mudança no clima, forçando-se a ficar concentrada.

Vigilância constante.

Pensar em Vitória fez Doze se endireitar. A Mestre de Armas nunca ficaria se lamentando desse jeito.

Atrás, os meninos conversavam baixinho, as vozes indistinguíveis. Os garrapés andavam exatamente no mesmo ritmo, de modo que os garotos podiam se inclinar para falar. Doze fez uma careta de desdém — provavelmente estavam falando dela. Ela se virou para olhá-los, mas outra coisa chamou a sua atenção à distância. Era difícil ver claramente — o gelo no ar causava uma espécie de névoa à distância —, mas, na bruma brilhante, só por um instante, algo se mexeu. Semicerrando os olhos, observou mais fixamente.

— O que foi, Doze? — Seis quis saber, levando Certeira mais para perto de Cão. Seus traços pálidos estavam fixos no rosto dela, a expressão preocupada, mas, por baixo, havia uma espécie de ansiedade da qual Doze instintivamente se protegeu.

— Nada — respondeu ela com o olhar cheio de raiva. — Mas, se você acha que tem algo para ver, devia procurar por si mesmo. Não sou a única que tem olhos.

Por um momento exasperante, Doze teve certeza de ver um flash de diversão no rosto de Seis. Como ele continuava animado mesmo quando agia assim? Ela balançou a cabeça, determinada a não reconhecer a centelha de carinho que sentiu por ele.

Cão tinha se virado e estava olhando sem piscar para longe.

— Não vejo inimigos — declarou ele, por fim. — Mas devemos ficar alertas. — Baixinho, Doze o escutou murmurar: — Eles devem ter *alguma* habilidade.

— Bom — falou Cinco, os olhos inexoráveis —, graças à geada que temos Doze. Se os olhos dela forem tão afiados quanto a língua ou tão rápidos quanto os punhos...

Seis resmungou.

— Podemos focar no que é importante? Vamos ter que lutar juntos, provavelmente mais cedo do que pensamos. Devíamos estar construindo pontes, não queimando as poucas que temos.

Cinco deu de ombros.

— Tanto faz. Estou aqui para resgatar Pop... — Ela se interrompeu bem a tempo, chocada. Qual era o problema dela? — Estou aqui para resgatar Sete, não para fazer amizade.

— Obviamente — desdenhou Cinco, as bochechas ficando cor-de-rosa. — Você é inacreditável. Não é à toa que todo mundo odeia tanto você.

O veneno na voz dele pegou Doze de surpresa, e a garganta dela apertou. Sem confiar em si mesma para falar, ficou de costas para ele, mantendo os olhos firmes no rastro. Um músculo de seu pescoço teve um espasmo doloroso, tamanha a tensão, mas ignorou. Em seu ombro, Widge lambeu a bochecha dela e guinchou suavemente.

Seis murmurou algo para Cinco, que não se deu ao trabalho de abaixar a voz para responder.

— Não, não é! — gritou, a indignação em cada sílaba. — Ela só está com vergonha porque a gente viu ela chorando, e está agindo como se fosse culpa *nossa*. É muito óbvio e muito patético. Não sou obrigado a aguentar só porque ela esqueceu o leite dos sonhos idiota.

Os dedos de Doze se contraíram na direção dos machados.

— Já chega! — latiu Cão, parando de repente, os pelos do pescoço se levantando. — Um bando de brilhasas levou a maior parte da minha orelha. Mas eu preferia a companhia deles à de vocês. — Cinco e Seis se entreolharam arrependidos enquanto Cão continuava. — Se suas palavras não forem úteis, permaneçam em silêncio.

Com isso, ele se virou e se lançou pela trilha, pedaços de murmúrios furiosos audíveis.

— Mais lentos que lesmas... Capacidade de concentração de um relincho...

Doze talvez ficasse irritada caso Cinco não tivesse descoberto o acampamento dos trasgos.

Capítulo 15

Ainda estavam na região dos picos quando Cinco encontrou rastros à frente, indo para a esquerda. Doze quase se impressionou, embora não quisesse. Ela achava que os olhos *dela* eram afiados. Seguindo o rastro, rapidamente chegaram ao acampamento dos trasgos. As pegadas se espalhavam por toda a área. Não havia árvores nem pedras para dar cobertura, e Doze tremeu ao pensar em como Sete devia ter passado frio durante a noite. Os restos de uma fogueira ainda queimavam suavemente, e ela correu direto para lá, os olhos varrendo as pegadas em busca de sinais de Sete. Widge saiu de suas peles para olhar também, o nariz farejando os novos cheiros.

— Belo lugar que eles escolheram, bem protegido — comentou Cinco, saltando de Corcel.

— O sarcasmo vai ser útil? — Doze pensou em voz alta. — Acho que não.

Ela estava mexendo nos fragmentos que sobravam na lareira e tirou a luva para sentir o calor que emanava deles.

— Um exemplo de contribuição útil seria algo assim: "Essas cinzas ainda estão quentes, então eles devem ter uma vantagem de no máximo quatro horas."

Manchas idênticas de cor apareceram nas bochechas de Cinco.

— Achar o acampamento foi uma contribuição bem útil.

Widge balançou a cauda em desdém. Doze começou a retrucar, mas olhou para Cão e continuou em silêncio, em vez disso focou no solo.

— Achei o rastro de oito trasgos — avisou Cinco, alguns minutos depois.

Ele olhou para Seis, mas Doze respondeu:

— Eu também, mas... — Ela se interrompeu e analisou o chão, o medo crescendo dentro de si. — Não vejo sinais de Sete.

— Aqui — chamou Seis. Ele estava agachado um pouco distante, os punhos fechados. — O que isso parece?

Os outros se reuniram ao redor para olhar as marcas na neve.

Cinco soltou uma respiração por entre os dentes.

— Parece que alguém estava se contorcendo na neve. Talvez amarrado, sem poder se levantar. Talvez tentando criar um elfo de neve. Mas as asas ficaram todas erradas.

Não houve reação à tentativa de Cinco de fazer graça. A neve estava tingida de vermelho. Talvez Sete nem tivesse sobrevivido à noite.

Como se lendo os pensamentos dela, Cão falou:

— Ela é valiosa. Eles não a deixariam perecer.

— Talvez ela tenha dado o que eles queriam — respondeu Cinco, duvidoso.

— Que seria o quê? — perguntou Doze, a frustração borbulhando.

Seis se levantou, parecendo enjoado.

— Se ela estivesse morta, certamente a teriam deixado para trás, não? Por que carregar um cadáver?

Widge tremeu e se tornou pequeno no ombro dela.

A visão do sangue de Sete encheu Doze de pavor. Imaginou a colega deitada ali, congelando enquanto eles estavam quentes ao redor da fogueira. Na noite passada, pensara na garota e torcera para que estivesse bem. Obviamente não estava. Sem ser solicitado, o rosto de Sete se formou na mente de Doze: as mesmas covinhas de Poppy, o mesmo sorriso que ela não conseguia ignorar.

Doze se levantou de maneira abrupta e andou pelo resto do local, analisando o chão em busca de pistas que tivessem passado batidas.

O coração pulsava de medo; tinha que haver *alguma coisa* que lhes mostrasse o destino de Sete.

Os trasgos tinham pisoteado tudo, as pegadas cruzando uma por cima da outra ao redor da fogueira. Doze ficou tensa ao ver as oito impressões mais profundas ao redor das cinzas. Os trasgos tinham dormido no calor, deixando Sete congelar. Quando estava prestes a desistir, achou um rastro de pegadas maiores e mais superficiais voltando na direção das marcas do trenó.

— Aqui! — chamou, a voz aguda de alívio. Widge se remexeu de deleite e Seis apareceu ao lado dela num instante.

— Sim — disse ele, o rosto se abrindo num enorme sorriso. — É ela. Definitivamente humanas e do tamanho dela. Você tem olhos afiados, Doze!

O elogio a aqueceu mais do que ela esperava, e quase sorriu de volta. Por que ele tinha que ser simpático? Aquilo só tornava tudo mais difícil.

— Vamos garantir que eles não se afastem ainda mais — sugeriu ele, a voz aguda de animação enquanto corria de volta a Certeira e pulava na sela.

Um minuto depois, estavam a caminho de novo.

O choque de ver sangue e o alívio subsequente de achar as pegadas de Sete ajudaram Doze a focar na missão. Estava mais determinada do que nunca a encontrar a colega.

Mais à frente, a trilha os levou de novo a descer, a inclinação tão íngreme que tinham que se mover em zigue-zague. Desceram e desceram, as encostas das montanhas se fechando ao redor deles como numa armadilha. No sopé, o caminho era tão estreito que fazia sombra, e o céu virou pouco mais do que uma fita azul, serpenteando acima deles como um rio estranho e invertido. As falésias mais pareciam penhascos, tão escarpadas que a neve não parava nelas. Brilhavam negras à luz fraca, emanando ondas ferozes de frio.

Widge se enfiou de novo nas peles de Doze quando cristais de gelo começaram a se formar em suas orelhas, algo que ele detestava.

— *Não* gosto nem um pouco disso — reclamou Cinco, por fim, a voz ecoando na rocha exposta.

— Jura? — perguntou Doze. — Porque o resto de nós está se divertindo muito.

— Apenas palavras úteis! — grunhiu Cão, advertindo-os.

Doze apertou o maxilar e fechou a cara para a escuridão. A pele dela formigava. Aquele lugar lhe dava uma sensação horrível. Widge também estava claramente desconfortável, se mexendo e se contorcendo embaixo da pele de urso até ela cutucá-lo para parar.

— Está sentindo esse cheiro? — questionou Seis um minuto depois, franzindo o nariz.

Doze farejou e assentiu, concordando. Um odor nojento estava pairando no ar.

— Argh, é mais fedido que um ogro. — Cinco fez uma careta.

— Mais do que você — disse Doze, incapaz de resistir.

— Doze! — rosnou Cão, mas a voz dele tinha ficado baixa, e o grupo parou de repente.

Dos dois lados, as falésias se aproximavam, o solo diante deles se estreitando como uma cunha. Doze apertou os olhos, perguntando-se se devia tirar a pedra da lua do bolso. Ansiosa, olhou por cima do ombro para onde a luz entrava com mais abundância. Encolheu-se. Recortada inconfundivelmente contra a neve iluminada pelo sol havia uma figura. Doze piscou e ela desapareceu. Os pelos dos braços e os cabelos de sua nuca se arrepiaram.

— Hum, isso *claramente* parece uma armadilha — sussurrou Cinco. — Devíamos voltar e achar outro caminho para contornar.

Doze pigarreou, desconfortável.

— Talvez não seja uma boa ideia — disse, com cuidado. Os outros se viraram para olhá-la, confusos. — Tenho quase certeza de que tem alguma coisa seguindo a gente.

Os meninos viraram a cabeça ao mesmo tempo.

— Não vejo nada — disse Seis, incerto. — O que era? Como era?

— Era humanoide — contou Doze, num tom de desculpas. — Mas definitivamente não era humano. E alto, então não era um trasgo.

— Pff, não é muita informação — suspirou Seis.

— Estamos embrenhados nas Caninas. Isso poderia descrever muitas coisas — concordou Cão.

Fez-se silêncio enquanto cada um passava mentalmente pelas listas de criaturas das sombras e tentava não entrar em pânico.

— Imagino que estejamos todos torcendo para não ser outro grim — disse Cinco, com leveza, a voz escondendo sua palidez repentina.

Seis se encolheu e Doze sentiu um peso no estômago. A imagem de Prata, morta e congelada, surgiu em sua mente.

— E quando você diz que tem "quase certeza"...? — adicionou Cinco. Ele estava muito pálido, seus olhos castanhos arregalados na escuridão.

— Estou bastante certa — corrigiu-se Doze. — No topo da montanha, antes, estava longe demais para saber. Agora pouco a vi, só por um instante, mas definitivamente tem alguém ali. Além disso... — Ela parou, de repente se sentindo uma idiota. Devia ter mencionado isso antes. — Além disso, acho que talvez tivesse algo perto do nosso acampamento ontem à noite. Não foi Widge que eu vi.

Dentro das peles dela, Widge guinchou, concordando.

Todo mundo olhou para Cão. Ele soltou um rosnado baixo.

— É possível.

Os ombros de Cinco caíram.

— Ótimo. Então, tem alguma coisa perseguindo a gente?

— É provável — admitiu Cão.

Seis lambeu os lábios e olhou para trás de novo.

— Então estamos realmente presos entre um grim e uma centelha — murmurou.

— Bom, não podemos ficar aqui parados — irrompeu Doze, parecendo mais irritada do que queria. — Precisamos seguir em frente. De todo modo, suspeito que vamos encontrar algo que preferiríamos evitar. Pelo menos, se formos em frente, ainda estamos no rastro de Sete.

— Concordo — disse Seis, resoluto. Ele endireitou os ombros. — E, de todo jeito, não tem garantia de que haverá outro caminho. Arriscaríamos perder completamente o rastro se voltássemos.

Mesmo com medo, Doze sentiu outra faísca de irritação. Lá estava ele, de novo concordando com ela. Queria que ele se comportasse mais como Cinco: isso tornaria bem mais fácil a tarefa de não gostar dele.

Ela afastou o pensamento quando Cão se virou na direção do desfiladeiro. Hesitante, o pequeno grupo entrou, se embrenhando mais fundo na escuridão.

Capítulo 16

— Acho que vou vomitar — reclamou Cinco, puxando o cachecol para cima do nariz. — Vamos arriscar seja lá o que esteja atrás de nós e rezar para ser menos fedorento.

Ele só estava meio brincando. O cheiro tinha ficado tão forte que Doze sentia na língua, escorregando pela garganta como uma lesma. Ficou tensa ao sentir uma onda de bile. Atrás dela, Seis estava tendo náuseas baixinho e, dentro das peles, Widge tremia.

Conforme o fedor crescia, a luz diminuía. Bem acima da cabeça deles, as falésias se debruçavam uma na direção da outra quase que num abraço, bloqueando o céu. O desfiladeiro parecia mais um túnel cavernoso, e aquilo deixava Doze nervosa. Ela tirou a pedra da lua do bolso.

O rosto deles ficou estranho na luz azul-prateada, cheio de uma brancura macia de osso e vãos sombreados.

O frio era algo físico que os surrava, entrando por baixo de punhos e mangas. A neve rachava sob as patas de Cão e os cachecóis deles pingavam gelo.

Seis puxou uma flecha do arco e arrastou lentamente pela pedra negra brilhante. Uma substância grossa e gelatinosa saiu dela, e ele murmurou com nojo, sacudindo para longe.

— Então não são ogros — constatou Doze, olhando para ele.

— Não. — O menino engoliu em seco. — O cheiro, a escuridão, a gosma. Devem ser falesiadores.

— Talvez a gente tenha sorte e sejam só um ou dois — propôs Cinco. Mas sua alegria forçada só o deixou parecendo mais assustado.

Seis manteve a boca bem fechada. Inconscientemente, aproximaram-se uns dos outros.

Doze estava raciocinando, tentando lembrar tudo o que podia sobre falesiadores. Então, num momento de inspiração, recordou-se de que tinha trazido *Um bestiário mágico*. Ansiosa, vasculhou a bolsa e puxou o tomo pesado.

— Você trouxe um *livro*? — Cinco estava boquiaberto. — O que em nome de Ember você vai fazer com isso? Jogar num trasgo?

Doze lhe lançou um olhar fulminante e folheou as páginas sobre falesiadores. Havia alguns esboços vívidos que tentou muito ignorar, focando, em vez disso, o sumário no pé da página. Ela leu rápido e em voz alta, ciente demais de que havia outra criatura desconhecida atrás deles.

— *Falesiadores são criaturas relativamente comuns. Em geral, residem sob o solo, o que os torna um problema particular para o clã das cavernas ou para aqueles que se aventuram em sistemas cavernosos. Há, porém, alguns casos documentados em outros locais, e qualquer cantinho escuro do qual emane um cheiro horrível deve ser tratado com cautela.*

Cinco deu um risinho dissimulado. Cão o interrompeu com um rosnado baixo de advertência, e Doze continuou:

— *A criatura em si é pouco mais que uma boca contendo inúmeros caninos e uma cauda carregada em cima de quatro patas agachadas. Costumam viver em grupos grandes — um número surpreendente dessas criaturas é capaz de se amontoar em um espaço limitado. A aldeia da Salamandra, do clã dos pântanos, notoriamente relatou 150 falesiadores em um armário pequeno.*

Doze pigarreou e engoliu, olhando o espaço diante deles. A escuridão agarrava a luz da pedra da lua e dava a impressão de não ser pequena. Cinco tinha parado de rir e, embora fosse difícil saber na penumbra, parecia um pouco pálido.

Ela seguiu lendo:

— *Este autor aconselha evitar qualquer contato com falesiadores sempre que possível. São criaturas nojentas, imundas. Porém, se for inevitável, lembre-se de que falesiadores não têm visão. Sua língua bifurcada "cheira" o ar e é incrivelmente precisa ao detectar sangue, mas relativamente insensível a todo o resto. A solução mais simples para manter uma vantagem é manter a discrição e garantir que nenhuma gota de sangue seja derrubada. Eles são fortemente repelidos pelo fogo e, em uma emergência, isso pode ser usado como defesa.*

"Agressão: oito de dez. Perigo representado: oito de dez. Dificuldade de incapacitar: nove de dez (supondo uma congregação de tamanho médio com dois mil indivíduos)."

— Uma *média* de dois mil? — disse Seis. — Você leu errado ou...?

— Não — respondeu Doze. — É isso mesmo.

— Certo — falou Cinco, devagar, olhando o espaço cada vez mais estreito diante deles. — Então, achamos que esta é uma congregação de tamanho médio ou...

— Maior — disse Seis com firmeza, fazendo um aceno de cabeça para as paredes que vertiam. — Olha quanta gosma tem.

Embaixo de Cinco, como se sentindo o desconforto dele, Corcel bufou e tentou se apressar na direção da luz. Cinco o puxou com uma carranca. As mãos do menino tremiam, mas a voz dele estava leve quando falou:

— Sabe, a ideia de ser comido vivo por falesiadores *nunca* me empolgou. Pelo menos não antes de eu passar pelo meu Batismo de Sangue.

— Bom, então é melhor evitarmos ser mordidos — falou Doze, guardando o livro de volta na bolsa e balançando a cabeça. Havia uma figura em particular que ela desejava não ter visto.

— Ótima ideia. — Cinco revirou os olhos. — E como você propõe que a gente consiga isso?

Por um momento, os três Caçadores novatos e Cão ficaram olhando pensativos para o nada.

As sobrancelhas de Doze se levantaram e ela enfiou a mão bem no fundo da bolsa, puxando de forma triunfante a caixa de madeira que pegara do arsenal.

Cinco deu um guincho agudo ao ver aquilo. Widge colocou a cabeça por cima do colarinho dela para ver o que estava acontecendo, emitiu um som parecido com o do garoto e desapareceu.

— Isso *não é* o que estou pensando, é? — Seis estava boquiaberto, fazendo Certeira dar ré.

Cão virou a cabeça para ver e ganiu de choque.

— Acho — disse Doze, sentindo o peso da caixa — que é *exatamente* o que você está pensando.

Capítulo 17

— *Espíritos de fogo?* — indagou Cinco.

— Espíritos de fogo — confirmou Doze, ignorando a reação deles e se sentindo bem satisfeita consigo mesma. — Eu os trouxe para emergências.

— O fato de eles estarem aqui *é* uma emergência! — exclamou Cinco. — Você está louca?

— Concordo com o garoto — disse Cão, a descrença estampada no rosto. — Para os espíritos de fogo, destruição é... brincadeira de criança!

Doze franziu o cenho.

— Eles não podem ser assim tão ruins, ou não estariam no pavilhão.

— Eles são assim tão ruins — retrucou Cinco, irritado. — E, se você estudasse história, ia saber que o debate a respeito de guardá-los dentro das muralhas durou anos.

— Se bem que — disse Seis, devagar, atraindo o olhar de Doze — eles *podem* ser controlados, se você ficar calmo.

Pela segunda vez naquele dia, Doze se viu irritantemente querendo sorrir para ele.

Cinco ficou olhando, perplexo.

— Você não pode estar...?

— Mas eles *podem*, mesmo — insistiu Seis. — Você deve lembrar da demonstração que o Ancião Gear nos deu. Foi antes de você chegar, Doze.

— O que eu lembro é de quantos Caçadores e baldes de água estavam a postos — disse Cinco, olhando sério para a caixa na mão de Doze. — E que Gear usava armadura completa de batalha. Da qual, *obviamente*, ele acabou precisando.

— Estamos desperdiçando tempo — cortou Doze, olhando de novo para trás deles. — Alguém tem uma ideia melhor?

Silêncio.

— Então vamos fazer isso. Seis, me dê sua adaga.

De dentro das peles de Doze, veio um grito de desespero do esquilo.

A expressão confusa de Seis só ficou mais pronunciada quando Doze saltou das costas de Cão e fincou a lâmina dele no solo congelado. Antes de poder mudar de ideia ou ser convencida a voltar atrás, Doze soltou a tranca e abriu a caixa. Os outros instantaneamente se encolheram.

Três figuras minúsculas saíram rodopiando, sua luminosidade aumentando até flechas de chama caírem de suas asas batendo. O fogo brilhava sob a pele delas, que olharam ao redor com raiva, o rosto de traços afiados, punhos minúsculos fechados, nariz enrugado de nojo com o cheiro.

Doze resistiu à vontade de se afastar enquanto as bochechas começaram a queimar com o calor das criaturas. Se demonstrasse fraqueza agora, seria seu o fim, e, provavelmente, o dos outros também.

— Meu nome é Doze — disse a eles. Tinha lido que cortesia era vital para lidar com aquelas criaturas, e que elogios quase sempre davam certo. Não tinha como saber se estava funcionando, mas seguiu em frente. — E fui eu quem trouxe vocês do pavilhão, porque só vocês podem nos ajudar. Uma aluna foi sequestrada e nós somos o grupo de resgate. Ela está correndo perigo mortal.

Os espíritos de fogo deixaram seu olhar incandescente pairar pelos outros e começaram a rir. Havia algo cruel no som, o que deixou Doze arrepiada. Apertado contra o peito dela, Widge tremeu.

Ela emendou rapidamente.

— Chegamos até aqui, mas agora encontramos um problema. Sabemos como vocês são excepcionalmente talentosos em controlar o fogo...

Atrás dela, Cão bufou de desdém, mas os espíritos pareceram inflar diante dos olhos dela, empinando os peitos e conversando animados uns com os outros.

— ... e não podemos prosseguir sem a ajuda de vocês.

As criaturas voaram para perto dela, todas enfileiradas, a cabeça inclinada no mesmo ângulo. O efeito era desconcertante. Doze tentou ignorar os pingentes de gelo derretendo em seu chapéu.

— Tome cuidado — sussurrou Seis. — Eles estão perto demais de você.

Como se Doze não tivesse notado, já que eram as sobrancelhas *dela* sendo chamuscadas. A vontade de revirar os olhos foi quase incontrolável. Em vez disso, explicou rapidamente a situação e o que queria que os espíritos de fogo fizessem, depois mostrou a adaga no chão. Eles olharam para a arma, de novo para Seis e aí se retiraram num círculo para matraquear.

Doze tinha quase certeza de que aquilo era um mau sinal. Em geral, ou as criaturas faziam algo, ou não faziam. Raramente debatiam.

Seis levantou as sobrancelhas para ela, esperançoso, mas Cinco levou Corcel ainda mais longe, murmurando para si mesmo em tom sombrio.

Um dos espíritos se afastou do grupo e voou de volta para ela enquanto os outros observavam.

— Por que você mesma não pode acender o fogo? — A voz dele era dolorosamente aguda, mas clara como um sino de cristal.

Doze ficou perplexa. Cinco quase caiu de Corcel, e Seis ficou de boca aberta. Até Cão pareceu surpreso.

— Você... consegue falar? — perguntou Doze. — Comigo, quero dizer?

A criatura não respondeu, mas a olhou com expectativa, uma sobrancelha levantada.

— Estou com um pressentimento *extremamente* ruim — sibilou Cinco atrás dela.

— Você tem um pressentimento ruim sobre tudo — disse Doze, tentando ordenar os pensamentos.

O pequeno espírito de fogo não estava facilitando, voando cada vez mais perto dela. Seus olhos eram brasas que pareciam atravessá-la.

— Não conseguimos fazer fogo rápido o suficiente — explicou Doze, girando a cabeça para ficar de olho nele enquanto lentamente circundava o rosto dela até estar ao lado de sua orelha.

Para surpresa da garota, ele cruzou as pernas e se sentou onde Widge costumava se empoleirar. Descansou o queixo na mão e a avaliou enquanto os outros dois voavam para junto dele, deixando um rastro de faíscas.

— Hã... Doze, você está bem? — murmurou Seis. — Seu ombro está soltando fumaça.

— Sim, ótima — garantiu Doze com a voz um pouco mais aguda do que o normal. Ela sentia Widge vibrando de medo e raiva.

— Fogo leva só um momento — replicou o espírito de fogo.

— Para vocês, talvez — disse Doze —, mas não para nós. Por que acha que precisamos de vocês no Pavilhão de Caça e aqui conosco? *Ninguém* faz fogo tão rápido quanto um espírito de fogo.

Os três se olharam e começaram a rir de novo.

— Doze... — disse Cão, um tom de alerta na voz.

Com um único gesto da mão, Doze varreu os três de seu ombro e desviou das bolas de fogo que jogaram nela em retaliação. O rosto das criaturas ficou mais afiado com a raiva e os dentes se alongaram visivelmente.

— Já chega — exclamou Doze, com a paciência por um fio. Ser legal com as criaturas obviamente não tinha funcionado. Ela apontou com ênfase para o cabo da adaga no gelo, mirando-as com seu olhar mais ameaçador. — Mostrem o que sabem fazer.

Para seu alívio, elas obedeceram. Quase que com preguiça, voaram até lá e soltaram colunas brancas de fogo na adaga, as mãos desaparecendo nas chamas, as asas jogando faíscas na neve ao redor. A lâmina da adaga brilhou, vermelha e incandescente, e o cabo virou cinzas.

O líder deu um sorrisinho para ela, que soltou a respiração que nem sabia estar segurando.

— Ótimo — disse Doze. — Obrigada. Podem fazer isso de novo se precisarmos de vocês ali? — Ela apontou para a escuridão adiante.

— As sombras com dentes — disse o líder dos espíritos, a voz como gelo se quebrando. — Elas têm medo de nós igual ao garoto. — Ele fez um gesto desdenhoso para Cinco. — Podemos destruí-las.

Doze franziu o cenho.

— Tenho certeza de que podem, mas *vão*?

O espírito a olhou com interesse.

— Menina esperta — disse, astuto. Havia algo na voz dele que lembrava um lobo. — Faiscafiada, Fogoclaro e Queimapé a seu dispor. Vamos defendê-los quando nos pedirem.

Ele fez uma mesura baixa e irônica. O ar quente rolou dele, cheirando a fome e destruição.

Doze assentiu, não confiando em si mesma para falar. Para seu desconforto, os pequenos se acomodaram de novo em seu ombro, parecendo largamente satisfeitos consigo mesmos.

Widge levantou a cabeça do colarinho dela, viu que eles ainda estavam lá e desapareceu de novo com um guincho alarmado.

— Desculpa, Widge — sussurrou Doze. Ela pulou de volta em Cão e pigarreou, tentando parecer indiferente. — Felizes? — perguntou, virando-se para os outros.

Cinco fechou o rosto para ela.

— Enfaticamente, não.

Seis deu um sorriso largo e revirou os olhos.

— Ah, vai, Cinco, isso é brilhante. Três espíritos de fogo acabaram de concordar em nos proteger! Olhe o que fizeram com minha adaga favorita... — A voz dele sumiu, e ele olhou para Doze com tristeza, por um momento, antes de continuar, alegre: — Bom, pelo menos estão à altura da tarefa. E podem falar! Quem diria?

— Já fiquei sabendo de casos raros — disse Cão, girando-se para lançar um olhar estranho a Doze. — Há situações específicas...

— Olhe, dá para a gente só seguir em frente? — falou Cinco, irritado, a voz tensa. — Ou vamos ser rasgados em pedacinhos pelos falesiadores, ou incinerados pelos espíritos de fogo. Mal posso *esperar* para descobrir qual dos dois.

— Ah, eu discordo — disse Doze.

— Bom, fico feliz por alguém estar confiante — retrucou Cinco, um pouco menos sarcástico.

— Não, é só que tem muito mais jeitos de morrer — continuou Doze.
— Podemos ser pegos pela coisa que está atrás de nós, por exemplo.
— Ou assassinados por trasgos. — Seis sorriu.

Cinco deu um suspiro.

— Tá bom, que seja. Podemos ir?

A atitude dele era de irritação, mas Doze viu que as mãos do garoto agora tremiam ainda mais, uma nas rédeas de Cordel e a outra no punho da espada.

— Vamos — concordou Doze.

Juntos, seguiram em frente para o cânion estreito.

Capítulo 18

— Tomem cuidado, pessoal — falou Seis, sério de novo quando lentamente começaram a andar. — Nas palavras de nossa Mestre de Armas: vigilância constante.

— É claro — concordou Doze, levantando de novo a pedra da lua. Depois, para Cinco: — Só mantenha Corcel sob controle. Vocês dois são os elos fracos aqui.

Cinco fez um som de chaleira fervendo, mas Doze e Cão já se afastavam, os espíritos de fogo esquentando as orelhas dela com seu brilho.

Enquanto avançavam, a garota ficou grata pelo calor deles. O frio ficou mais poderoso e a escuridão parecia lutar contra a pedra da lua, sua esfera de luz encolhendo ao redor deles. Para além, o escuro era absoluto. Mas Doze sabia que não estavam sozinhos. Sentia na pele, que se arrepiava com o farfalhar suave que parecia estar ao mesmo tempo em todo lugar. Ela fixou os olhos nos rastros à frente — Sete tinha passado por ali, e cada passo os levava para mais perto dela. O pensamento lhe trouxe foco, mas o medo ainda vibrava sob a pele.

A voz de Cão mal estava audível quando ele voltou a falar:

— Rápido. Em silêncio.

— De acordo — murmurou Doze, sinalizando para os meninos atrás.

Corcel chamou a sua atenção e seu estômago deu um nó. Ele revirava os olhos e jogava a cabeça com chifres para trás. Com um impulso de velocidade, bateu na anca de Certeira, com medo de ficar para trás. Cinco estava tendo dificuldade de controlá-lo. Certeira balançou a cabeça, mas era bem treinada demais para expressar sua irritação. O pequeno grupo seguiu em silêncio, com as paredes cada vez mais próximas.

— Pode ser que fique estreito demais para os garrapés — sussurrou Cão, dando voz à preocupação de Doze. Se ela esticasse os braços, conseguia tocar os dois lados ao mesmo tempo.

— Só podemos seguir em frente e esperar que tudo fique bem — cochichou ela.

Em seus ombros, os espíritos de fogo mudaram de posição e Doze mal conseguiu não se encolher. O calor deles queimava as roupas de pele, e uma fumaça pungente levantava uma nuvem atrás dela. Doze relaxou um pouco quando eles se levantaram, voando mais alto e apontando para algo. O que Doze viu a fez arfar. Logo acima da luz da pedra da lua, as paredes estavam lotadas de falesiadores. Rastejavam um por cima do outro, ocasionalmente mostrando as garras, mas eram as bocas que enchiam Doze de medo. De vez em quando, um deles parava e abria as mandíbulas bem largas, mais largas do que devia ser possível para uma criatura relativamente pequena. Da bocarra enorme, saía a língua de um vermelho-vivo, sentindo o gosto do ar. Em cada boca havia um monte de dentes.

Widge, que tinha colocado a cabeça para fora assim que os espíritos saíram, deu um pequeno choramingo de terror.

— Está tudo bem — sussurrou Doze, acariciando a bochecha dele para acalmá-lo. — Eles não conseguem nos ver.

Eles só conseguem ouvir e sentir cheiro de sangue.

Atrás, Corcel bufou alto e Cinco abafou um grito. O farfalhar lá em cima ficou em silêncio. Com os olhos arregalados, Doze se virou para olhar para trás, e o que viu gelou sua espinha.

Corcel estava tentando disparar. Ele bateu de novo em Certeira, desesperado para ultrapassá-la, mas não havia espaço. Cinco puxava as rédeas, mas Corcel jogava a cabeça e as pernas de Cinco na parede, tentando derrubá-lo. O rosto de Cinco brilhava de suor, mas nada que ele fazia era capaz de acalmar o garrapé.

Doze viu o que ia acontecer um instante antes. Corcel jogou a cabeça para trás e berrou seu terror para a escuridão. Acima deles, o farfalhar redobrou.

Os falesiadores sabiam que havia algo ali, mas não tinham certeza de onde. Jogaram-se para baixo, mandíbulas abrindo e fechando esperançosas.

Num instante, Doze estava com os machados nas mãos, a adrenalina pulsando. Atrás dela, Seis aprontou seu arco e flecha. Cinco não teve tanta sorte: precisava das duas mãos só para ficar em cima de Corcel. Doze assistia com cada vez mais tremor, a garganta se fechando. Um falesiador caiu da parede em cima do pescoço de Corcel. Suas mandíbulas se abriram e fecharam uma vez, e o caos eclodiu.

— Ele foi mordido! — gritou Cinco, com o rosto salpicado de sangue do garrapé.

Um frio terrível perpassou Doze. Acima deles, as línguas bifurcadas dos falesiadores entravam e saíam frenéticas, sentindo o gosto do ar, tentando entender onde estavam suas presas. Então eles começaram a cair, as bocas bem abertas.

Capítulo 19

Cinco abandonou as tentativas de controlar Corcel. Arrancou a espada da bainha e golpeou furiosamente as figuras obscuras que caíam ao seu redor. Os falesiadores silvavam e guinchavam, mas um deles conseguiu pousar em Corcel e dar uma segunda mordida profunda.

O cheiro de sangue se mesclou com o fedor.

As paredes acima eram uma massa afluente de dentes, e dois falesiadores caíram no pescoço de Cão. Doze os cortou ao meio e se voltou aos meninos. Ela mal via Cinco no meio de um turbilhão de escuridão. Seis disparava flechas indiscriminadamente, e Corcel berrava. Até Certeira começava a entrar em pânico.

Faça alguma coisa.

Cão grunhiu furiosamente embaixo dela.

— Não consigo virar! É estreito demais! — Mesmo assim, ele tentou, e Doze engoliu um grito quando o movimento quase esmagou a perna dela contra a parede gosmenta.

Cinco berrou e sua espada caiu com um ruído no chão de gelo.

Num instante, Seis tinha descido das costas de Certeira. Ele agarrou a arma e abriu caminho pela aglomeração de falesiadores sem hesitar.

— Os espíritos de fogo, Doze! — lembrou ele, por cima do ombro.

Em meio à dor, o cérebro de Doze pegou no tranco. Os espíritos estavam logo acima dela, as chamas ondeando forte suas asas. Para seu desgosto, viu que eles estavam rindo de novo.

— Não fiquem aí pairando! — gritou, balançando um machado furioso na direção deles. — Protejam Cinco e Seis!

A risada parou abruptamente e o líder deles, Faiscafiada, apertou os olhos. Antes que a garota fosse capaz de reagir, tinha jogado uma bola de fogo nela, quase atingindo Widge.

— DOZE! — berrou Seis.

O fogo queimou a pele dela e fez uma bolha no braço. Doeu tanto que quase derrubou os machados. A dor, somada à ameaça a seu esquilo, agravou sua raiva. Ela se sentia à beira de um abismo, a fúria e o desespero a impeliram na direção de um salto no escuro. Uma pressão aumentava por dentro, incandescente e implorando para sair. A sensação a rasgou até estar queimando sob as peles e as pontas de seus dedos latejarem. Sua visão estava vermelha com o rosto desdenhoso dos espíritos acima. Ela se lançou em Faiscafiada e uma chuva de faíscas de ouro fundido apareceu no ar entre eles, engolfando-o por inteiro. Quando sumiram, ele pareceu atordoado.

Widge balançou a cauda, triunfante.

— Proteja-os! — rugiu Doze, o calor de sua raiva trepidando e girando dentro dela, querendo sair.

Ele olhou de volta para ela por um instante, depois gesticulou para os companheiros. Juntos, voaram até Cinco e Seis, entrando na batalha. O efeito foi imediato. Os espíritos jogaram um domo protetor de faíscas por cima dos dois Caçadores novatos. A gosma dos falesiadores chiou e as criaturas se encolheram para longe do calor, circundando-o, tentando sem sucesso encontrar outro caminho até os garotos.

O coração de Doze doeu ao vê-los. Corcel estava morto e Cinco sangrava abundantemente por conta de uma ferida aberta na bochecha. Mal parecia consciente, apoiado no amigo. O rosto de Seis estava pálido, a espada de Cinco ainda na mão dele, negra de gosma de falesiador.

Doze se esgueirou para passar por Certeira a fim de ajudar. O gelo estava escorregadio com o sangue de Corcel, mas, de algum modo, os dois conseguiram fazer Cinco montar em Certeira. Ele curvou perigosamente para um dos lados, e teria caído se Seis não tivesse saltado para segurá-lo. Doze continuou olhando para os espíritos, sem confiar neles, mas, por enquanto, pareciam obedecer. Os falesiadores se enxameavam do lado de fora da gaiola defensiva de faíscas, desesperados por sua refeição.

— Andem logo — chamou Cão, frustrado por não poder ajudar. — Precisamos ir embora!

— Eu que não vou discutir — disse Seis, a voz trêmula. — Mas os espíritos vão ficar com a gente? Cinco está sangrando muito. Os falesiadores vão sentir o cheiro dele com certeza.

— Eles vão ficar — prometeu Doze, sombria, seus olhos encontrando o líder das criaturas.

Ele assentiu uma vez, e todos voaram mais perto, apertando a cobertura de fogo. Sons de revirar o estômago chegaram até eles quando Corcel foi deixado fora do círculo de proteção. Doze ficou feliz por não conseguir ver nada além da cortina brilhante.

Cão avançou. Certeira e os espíritos de fogo mantiveram o ritmo dele e, juntos, correram entre as paredes estreitas, o fedor de falesiador ficando mais forte, os ossos roídos de suas vítimas rachando sob os pés deles. Doze pensou no destino de Corcel e tremeu. Cinco também teria morrido, se não fosse por Seis. Ela estava furiosa consigo mesma por demorar tanto a reagir. Vitória ficaria horrorizada — tinha paralisado, permitido que o ataque a pegasse de surpresa, assim como nas masmorras. Não podia acontecer de novo.

Doze apertou a mandíbula. Ela não ia *deixar* acontecer de novo.

Capítulo 20

A ESCURIDÃO PARECIA NÃO TER FIM. DOZE NÃO SABIA HÁ QUANTO tempo estavam andando, mas, enfim, bem acima deles, a primeira nesga de luz do dia apareceu entre as falésias inclinadas. Devagar, as paredes se afastaram e o céu azul se abriu claro, a luminosidade era um choque depois dos horrores que haviam enfrentado.

Mas o pânico os impelia. Só desaceleraram quando uma expansão brilhante de neve se espalhou à frente deles. Só então, banhados pela gloriosa luz solar e com o desfiladeiro bem atrás, eles se sentiram seguros o bastante para finalmente parar.

Os espíritos já tinham havia muito retirado sua proteção e, agora, voavam acima do grupo, jogando bolas de fogo uns nos outros. Doze apertou os olhos, julgando a forma como se comportavam, despreocupados. Sua respiração estava irregular, o coração ainda batendo forte, grandes gotas de respiração vaporizadas à frente dela. Widge estava com as garras fincadas na pele dela, escondido, apertado contra seu corpo, mas mal sentia. Atrás, Seis e Certeira estavam no mesmo estado, mas Cinco estava assustadoramente imóvel, reclinado contra o ombro do colega.

Doze saltou de Cão e os dois correram para os garotos. A perna esmagada dela doía, o braço agonizava e os dedos pareciam queimados, mas, juntos, conseguiram baixar Cinco das costas de Certeira. Ele meio escorregou, meio caiu no chão.

Cão baixou os olhos para ele, com a tensão vibrando pelo corpo.

— Pela pedra, isso não devia ter acontecido — falou. — Vocês são só Caçadores novatos. — Ele se virou abruptamente e saiu andando, os lábios retraídos numa reprimenda silenciosa.

Juntos, Doze e Seis deitaram Cinco de costas, checando se tinha outras feridas.

— Acho que foi só o rosto. — Doze ficou com um nó na garganta, os nervos vacilando com a ferida profunda, um rasgo acima da maçã do rosto dele. Seis engoliu em seco. — Se o sangue te incomoda, pode se afastar um pouco — disse Doze.

Não era para ser uma grosseria, mas a voz dela saiu dura.

Seis olhou para ela sério.

— Estou bem — disse ele, ficando onde estava. — Ou, pelo menos, vou ficar. Já vi bastante sangue na minha vida.

Doze assentiu brevemente.

— É diferente quando o sangue é de alguém de quem a gente gosta. Você tem algo para limparmos o rosto dele? Trouxe vulnerária? Acho... acho que esqueci.

Ela ficou vermelha. Vulnerária era uma das primeiras coisas que devia ter pegado. Quantas vezes tinha escutado os Caçadores declarando que deviam sua vida à erva?

Seis fez uma careta.

— Não trouxe. — Ele vasculhou a mala de Cinco e sacudiu a cabeça. — Nada aqui também, e não temos nada limpo. Estou usando todas as minhas roupas.

Doze grunhiu.

— Eu também.

No fim, eles cortaram faixas da camada do meio de suas túnicas — que esperavam ser a mais limpa — e amarraram apertado a bochecha de Cinco.

— Você acha que ele vai ficar bem? — perguntou Seis, os olhos arregalados enquanto olhava de Doze para Cão.

Doze se encolheu, pensando nas imagens de *Um bestiário mágico*.

— A mordida deles é venenosa — explicou com cuidado. — Às vezes é... sério.

Cão pareceu querer adicionar algo, mas pensou melhor. Voltou a andar de um lado para o outro.

Seis baixou a cabeça, mas Doze viu a expressão dele.

— Ele estaria morto se não fosse por você.

— Ele faria o mesmo por mim— declarou Seis, os olhos muito brilhantes. Algo no olhar dela deve ter mostrado suas dúvidas. Seis balançou a cabeça enfaticamente. — Você não o conhece como eu.

Havia tanta certeza na expressão dele que Doze sentiu uma pontada de dúvida. Ela achava que conhecia, sim, Cinco, e estava contente em detestá-lo. Pela primeira vez, ocorreu-lhe que talvez só visse um lado dele, e que podia ser tão culpada disso quanto o próprio Cinco. Ela assentiu devagar.

— É melhor a gente fazer uma maca para ele — disse, por fim, levantando-se. — Cão ou Certeira podem arrastar, e vai ser mais fácil do que segurá-lo; deve ter sido difícil.

— O que, em nome de Ember, você está querendo dizer? — grunhiu Cinco, mudando de posição e abrindo um olho. — Eu não tenho um grama de gordura!

O coração de Doze deu um solavanco.

— Cinco! — gritou Seis. — Você está bem?

Ele ajoelhou ao lado do amigo.

— Já estive melhor. — Cinco fez uma careta, tentando se levantar e caindo de novo. Seis deu um tapinha para afastar a mão dele, que tentava tocar a bochecha.

— Você foi mordido — explicou Seis rapidamente. — É melhor não encostar.

O rosto de Cinco ficou ainda mais pálido. Para o bem dele, Doze torcia para que não tivesse as imagens no livro dela.

— Está ruim? — Cinco quis saber.

Doze, Seis e Cão nem precisaram se olhar. Todos fizeram que não com força.

— M-mal arranhou — disse Doze, gaguejando na mentira.

— Os curativos foram mais uma precaução — adicionou Seis.

O efeito não foi o que desejavam.

— Pela geada — resmungou Cinco, fechando os olhos de novo —, metade do meu rosto sumiu.

Doze mudou de posição e viu o olhar preocupado de Seis.

— Só tenho pena das minhas admiradoras — falou Cinco, suspirando de forma teatral. — Quer dizer, *claramente* elas se interessam pela minha inteligência afiada e intelecto brilhante... mas minha beleza arrebatadora nunca fez mal.

Doze não conseguiu evitar e uma bolha de risada desesperada explodiu dela.

— As coisas devem estar ruins mesmo se Doze está *rindo* — continuou Cinco, sombrio. Mas havia uma faísca nos olhos dele.

— Pense na história que você vai ter para contar sobre a cicatriz. — Seis sorriu, cutucando-o de leve.

Cinco assentiu com falsa modéstia.

— Ótimo argumento. — Ele fez uma careta e fechou os olhos de novo, o rosto perdendo mais cor. — Mas está doendo, sim — murmurou, quase baixinho demais para ouvirem.

Lá em cima, os espíritos de fogo soltaram uma risada aguda, um som que afastou a atenção de Doze. A raiva latejou embotada no corpo dela. Ela saiu pisando duro, gritando para eles descerem. Para sua surpresa, obedeceram imediatamente, pairando no nível do rosto dela, as asas como borrões incandescentes.

— O que aconteceu? — exigiu, cruzando os braços e fechando a cara para Faiscafiada. Tudo agora parecia confuso, sua memória era uma mistureba de imagens conflitantes. Houvera raiva, uma explosão de fogo, mas de onde tinha vindo?

Como em Poa.

Doze chacoalhou a cabeça para afastar o pensamento e focou de novo em Faiscafiada.

— A gente salvou vocês — disse ele, os olhos desafiadores. As chamas lambiam as mãos do espírito.

— Por pouco — resmungou Doze. Pelo canto dos olhos, via Cão os observando, seu rosnado revelando dentes afiados como adagas.

Setas de fogo voaram das asas de Faiscafiada e um sorriso traiçoeiro passou pelo rosto dele.

— Nosso acordo era para proteger você, não eles. Foi você quem mudou os termos, não a gente.

Um silvo baixo escapou dos lábios de Doze.

— Vocês me enganaram.

— Não — disse o espírito —, a gente aceitou sua palavra. Por que concordaríamos em proteger *eles*?

Ele gesticulou para os outros com desprezo, faíscas voando de seus dedos.

— Bom, e por que concordaram em me proteger? — questionou Doze.

Ela tinha a forte sensação de que Cão estivera certo. Os espíritos de fogo eram desonestos, perigosos. Ela tinha sido tola de confiar neles.

Faiscafiada a olhou com frieza. Ela estava com a caixa de madeira aberta na mão antes de ele se dignar a responder.

— Você é diferente deles — disse ele, por fim. — Há fogo em você.

Doze bufou de desdém e estendeu a caixa, mas Faiscafiada balançou a cabeça e se afastou com os outros.

— Não — falou —, assim não. Vamos servi-la, mas em nossos próprios termos.

Com isso, o trio saiu voando, o fogo diminuído pela luz do dia. Assim que se foram, Widge emergiu das vestes de Doze, guinchando furiosamente para os pequenos. Aquilo teria feito Doze sorrir se não estivesse com tanta raiva.

Ela fechou os dedos trêmulos e engoliu a vontade de gritar quando Cão apareceu ao seu lado.

— O que aconteceu no desfiladeiro? — Ele quis saber, apertando os olhos para os espíritos que desapareciam à distância.

Doze deu de ombros. A mão dela latejava dolorosamente de novo e, quando olhou para baixo, viu que os dedos de suas luvas estavam chamuscados. Sentiu-se inquieta.

— Você está bem? — perguntou ela a Cão. — Não para de andar para lá e para cá.

Ele fez que não.

— Pensei que trazer vocês comigo era mais seguro do que deixá-los lá — rosnou. — Um grave erro de julgamento.

Doze arrastou a bota no chão.

— A gente teria seguido o rastro com ou sem você — falou, por fim. — O que aconteceu lá não foi sua culpa. Não se sinta mal.

— Mal? — latiu Cão, fazendo Doze pular. — Eu estou é furioso! Vocês deviam ter me escutado. Os Caçadores deviam ter me escutado. Seguir rastros não é meu forte. Proteger Caçadores novatos não é meu forte. O que eu sou bom é em lutar. Lutar seguindo ordens. Quando tomo decisões sozinho, é sempre... eu sempre...

Doze ficou surpresa com a angústia na voz dele e buscou as palavras certas. De repente, sentiu saudade de Prata. A Anciã sempre sabia o que dizer para alguém se sentir melhor. Tímida, Doze esticou a mão e a colocou no ombro de Cão.

— Não foi culpa sua — repetiu. Ela se virou, voltando rapidamente aos outros, torcendo para não ter piorado as coisas.

Eles já tinham descansado o bastante, e cada segundo levava Sete para mais longe. O sorriso com covinhas da menina surgiu na mente de Doze, que afastou uma onda de medo. Lembrou a si mesma de que os rastros tinham saído do outro lado do desfiladeiro. Não havia motivo para pensar que Sete não tivesse passado ilesa, mas o medo não enfraqueceu.

— Você consegue ir em Certeira com Seis? — perguntou ela a Cinco. Sua voz soou mais dura do que pretendia.

— Com certeza, já que a única outra opção é ir no Cão com você. — Ele a olhou com desdém. — Eu *disse* que os espíritos de fogo eram uma má ideia. Não dá para confiar neles.

A risada aguda deles com o sofrimento de Cinco veio à mente dela, que soube que ele tinha razão. Assentiu devagar.

— Mas ainda é por causa deles que estamos aqui. Sem eles, estaríamos perdidos.

— Concordo — disse Seis, ajudando Cinco a se levantar. — E, sem você, eles nunca teriam nos ajudado. Você leva jeito com eles.

Cinco deu uma risada irônica.

— Amigos ela não tem, mas os espíritos de fogo gostam dela. Por que isso não me surpreende? E o que aconteceu com o cabelo dela?

Doze piscou e levou uma mão à cabeça. Um chumaço de cabelo caiu ao toque.

— Widge! — grunhiu ela. O esquilo enrolou a cauda ao redor do corpo, abaixando a cabeça de vergonha. — Às vezes ele come meu cabelo quando está assustado. — Doze suspirou, jogando o cabelo no chão.

— Um gosto *incrível* para bichos de estimação, também — murmurou Cinco.

Seis revirou os olhos ao ajudar o amigo a subir na sela.

— Pode ignorá-lo, Doze.

— Eu sempre ignoro.

Ele a olhou nos olhos e sorriu. Doze sentiu os cantos traiçoeiros de sua boca tremerem em resposta e se desviou rapidamente.

— É melhor irmos logo — disse Cão, unindo-se ao grupo. — Seja lá o que esteja nos seguindo talvez também sobreviva àquele lugar.

— E Sete está se afastando cada vez mais — completou Doze, checando os machados e subindo no dorso do Guardião.

— Então, quais as chances de pegarmos os trasgos sem encontrar mais nada horrendo? — perguntou Cinco.

— Zero — respondeu Cão, direto. — Eles estão indo rápido. Logo, vamos chegar à Floresta Congelada.

Doze quase caiu das costas dele, e Widge quase foi jogado longe.

— *Quê?*

— A Floresta Congelada? — indagou Seis, trazendo certeira para seu lado.

Cão fez que sim.

— Vocês são Puros, então ainda não devem saber disso. Todos os caminhos para o norte levam à floresta. Não há como contorná-la. Nem as bruxas conseguem evitá-la se estiverem a pé.

— Que maravilha — comentou Cinco. — Incrível, mesmo.

O rosto de Seis estava pálido, mas resoluto.

— Bem, a gente sabia que ia ser perigoso quando decidiu sair do pavilhão. Não adianta chorar agora.

— Sim. — O rosto de Cinco era um esgar. — Mas eu não lembro de *realmente* ter decidido sair. Foi você que decidiu, e eu fui atrás que nem um idiota.

Isso fez Seis se retrair e abrir a boca para responder.

— Não, não. Deixe para lá — interrompeu-o Cinco. — Desculpe, tá? Meu rosto está doendo muito. Estou congelado e acho que provavelmente vamos morrer aqui. Mas não devia ter dito isso.

Doze viu os dedos de Seis se apertarem no ombro de Cinco. Ela desviou os olhos, com algo parecido com solidão ecoando dentro de si.

— Vamos — disse ela, mal-humorada. — Temos que ir. Sete precisa de nós.

O grupo acelerou, seguindo a trilha por uma paisagem que se abria ao redor, como um lírio. Todas as bordas duras foram suavizadas, e a neve se espalhava em grandes montes brilhantes, macia como açúcar. O sol derreteu o gelo do ar até Doze quase conseguir se sentir aquecida. Nada se movia atrás deles, e ela rezou para fosse lá o que tivesse visto ter encontrado um fim gosmento. Se havia alguma vantagem nos falesiadores, era que eles comiam de tudo.

Conforme o sol começou sua descida, os rastros mergulharam num escarpado íngreme e fizeram um zigue-zague até a planície abaixo. O pequeno grupo se reuniu à beira da queda e observou a vista em silêncio. Uma floresta pálida e emaranhada se espalhava até o horizonte em todas as direções, a copa congelada brilhando à luz vespertina.

Ninguém falou. Doze engoliu uma onda de medo e animação enquanto seus olhos absorviam a vista.

A Floresta Congelada — um lugar de monstros e lendas, onde Caçadores faziam seu nome ou morriam tentando.

E, em algum lugar nela, estava Sete.

Capítulo 21

A JORNADA MONTANHA ABAIXO LEVOU VÁRIAS HORAS ESTRESSANTES; a encosta era horrendamente íngreme e escorregadia de gelo. Mas eles não encontraram alívio no fundo; a Floresta Congelada esperava, encarando-os, as árvores cobertas pela penumbra do anoitecer.

Doze tinha certeza de que Widge tinha mordido ainda mais o cabelo dela, mas não conseguia ficar brava; aquele lugar era aterrorizante. Havia tentado ser racional; dissera a si mesma várias vezes durante a descida que uma floresta era só uma coleção de árvores, mais nada. Mas havia algo no ar que grudava no fundo de sua garganta. De perto, as árvores pareciam estranhas — mais altas do que o normal, as sombras um pouco mais escuras, os galhos cobertos de geada, nus e afiados como garras.

O grupo parou, todos se pressionando ansiosos contra a encosta que tinham acabado de descer.

— Então, aqui está ela, em toda a sua duvidosa glória — resmungou Cinco. A pele dele tinha ficado cinzenta e seus olhos pareciam enfiados no crânio. Estava péssimo. — Não estou me sentindo muito bem — admitiu ele, captando o olhar de Doze, mas dando de ombros.

— Você vai melhorar depois de descansar — disse ela, rapidamente.

Ela olhou dele para a floresta, mordendo o lábio. Cinco não podia parecer menos pronto para entrar no lugar mais perigoso de Ember. Para sua surpresa, descobriu que aquilo a incomodava, que estava de fato preocupada com ele.

Seis parou ao lado dela, parecendo ler sua mente.

— Se pararmos agora, estamos dizendo que Sete tem que passar mais uma noite correndo perigo — sussurrou. — Mas... — Ele olhou para Cinco, apoiado pesadamente contra Certeira, com uma expressão de agonia.

Doze franziu o cenho para o céu. O sol mergulhava, e as sombras da floresta rastejavam ameaçadoras na direção deles. Cada instinto dela gritava que era loucura desbravar aquele lugar no escuro, especialmente com Cinco naquele estado. Mas deixar Sete com os trasgos mais uma noite? Tudo nela ia contra isso. Eles já deviam tê-la encontrado.

Cão parecia igualmente dividido, até um baque os fazer virar para trás. Os joelhos de Cinco tinham cedido e ele estava largado na neve, parecendo levemente surpreso.

— Sabe — disse ele, fazendo esforço para se sentar e acenando para Seis se afastar —, estou *realmente* começando a achar que vocês todos contaram umas mentirinhas a respeito dessa mordida de falesiador.

Doze e Cão se olharam enquanto Seis parecia muito interessado num pedaço de neve ao lado da bota.

Cinco suspirou, impaciente.

— Doze, honestidade brutal é praticamente um hobby para nós. Está muito ruim?

Algumas vezes, ouvir a verdade ajudava. Em outras, não.

— Está profunda, mas limpa — mentiu ela, oferecendo a ele um pedaço de carne seca de sua mala. — Você perdeu muito sangue e precisa manter as forças. — Aquela parte, pelo menos, era verdade.

Algo passou pelo rosto de Cinco: medo.

— Você tentando ser legal chega a ser mais assustador que a floresta — declarou ele, sem emoção, arrancando a carne da mão dela e enfiando-a na boca. Cada mordida o fazia tremer de dor.

Doze o observou com o coração pesado.

— Acho que é melhor a gente ficar aqui hoje — falou, contra sua vontade, para Seis e Cão. — Podemos entrar na floresta assim que amanhecer, assim damos a Cinco um tempo para recuperar as forças.

Levou um momento, mas, no fim, eles assentiram. Parte de Doze queria que não tivessem feito isso, que tivessem insistido para ir em frente.

Certeira e Cão começaram a cavar uma caverna na neve grossa da encosta, o mais longe possível da linha de árvores. O Guardião murmurava para si mesmo enquanto trabalhava:

— Recebendo ordens... fundo do poço... nunca, em séculos...

— Você sabe que a gente ouve quando você faz isso, né? — perguntou Doze, levemente ofendida.

Cão tossiu, parecendo envergonhado.

— Ah. — O murmúrio parou.

Quando o trabalho terminou, Certeira foi acomodada no fundo do abrigo com um bornal. Cinco, Seis e Doze estenderam seus oleados na frente dela e se recostaram na lateral quente do corpo da garrapé, tentando ficar aquecidos. Cão ficou lá fora, andando para lá e para cá, os olhos escaneando a floresta e a encosta. Uma fogueira estava fora de questão: dizia-se que queimar madeira daquela floresta tinha consequências desagradáveis, e nenhum deles queria arriscar.

Cinco adormeceu quase imediatamente e Doze sentiu algo parecido com inveja alfinetá-la. O temor de seus próprios sonhos voltara com força total. Não havia descanso para ela, nem no sono.

Seis mastigava mecanicamente ao lado, olhando a floresta quando as primeiras estrelas apareceram no céu.

— Preocupada com a coisa do leite dos sonhos? — perguntou, sem olhar para ela. Havia uma indiferença calculada na voz dele que devia ter irritado Doze, mas ela estava cansada demais para reagir. Em vez de responder, deu de ombros.

— Você acha que Sete vai ficar bem hoje? — retrucou ela, com um gesto de cabeça para a floresta.

Seis a analisou, parando de mastigar.

— Eu não sabia que vocês duas eram próximas — disse, por fim.

— Eu podia dizer o mesmo sobre vocês — respondeu Doze.

Seis assentiu devagar.

— Justo. O que você acha de Cinco?

Doze fez uma careta.

— O veneno de falesiador é poderoso — sussurrou ela. — Acho que ele vai piorar muito antes de melhorar.

— Isso *se* melhorar — disse Seis, vacilando, dando voz ao medo de ambos.

— Precisamos fazer com que ele continue comendo e bebendo — continuou Doze, ciente de uma repentina tensão em Seis. — Não vamos deixar que ele se vá.

— Não preciso de muito — cochichou Seis. — Ele pode ficar com minhas rações.

— Com as minhas também — concordou Doze, de imediato.

— Obrigado — sussurrou Seis, estendendo a mão para apertar o braço dela. — Que bom que você está aqui.

Uma onda de emoções inundou Doze, roubando o fôlego dela e dando pontadas em seus olhos. Fazia dois anos que ninguém dizia nada assim para ela. Hesitou, depois sussurrou de volta:

— Que bom que você está aqui também.

Estava tão escuro que eles não conseguiram ver o sorriso um do outro.

Doze olhou para as estrelas lá fora enquanto a respiração de Seis se aprofundava. Widge se aconchegou no pescoço dela, ronronando baixinho, e a garota começou a acariciá-lo. Torceu para estarem errados em relação a Cinco. Torceu para encontrarem Sete ilesa e para a reputação da Floresta Congelada ter sido amplamente exagerada.

Quando ela tinha começado a ter tantas esperanças?

Doze não tinha percebido que pegara no sono até uma voz entrar na penumbra.

— *Starling!* — *Um sussurro. E, então:* — *Shh, não acorde sua irmã.*

— *Pa?* — *Uma voz na escuridão mutável.*

Doze olhou ao redor, a confusão se transformando em medo e deixando os músculos tensos e o coração batendo forte.

— *Está tudo bem, sou eu! Quero mostrar uma coisa para você. Não vai demorar.*

— *Tá bom, pa, estou indo.* — *Um bocejo abafado.*

Doze piscou na escuridão, tentando fazer os olhos se acostumarem, embora conhecesse aquele quarto como a palma das mãos. Duas camas estreitas ficaram visíveis, uma mesinha de cabeceira ao lado delas, com uma vela apagada em cima. Entre as camas, havia um lindo tapete trançado, suas cores vivas familiares embotadas na penumbra. De uma cama, Starling se levantou e, na outra, Poppy continuou dormindo, a nuvem de cabelo negro espalhada pelo travesseiro.

Doze não conseguiu resistir a se aproximar, saboreando cada momento da respiração profunda e rítmica.

Poppy.

Sua irmãzinha inteligente, curiosa, enlouquecedora, Poppy.

Capítulo 22

O CHEIRO DE SUA PRÓPRIA CASA QUASE FEZ DOZE GRITAR DE SAUDADE: grama seca, cera de abelhas, o sabonete com cheiro de lavanda que a mãe fazia para comercializar. Ela queria ficar ali para sempre, ouvindo a irmãzinha dormir, mas o puxão de anzol em suas entranhas a forçou a descer as escadas, atrás de Starling. Ela a seguiu, passando os dedos pelas paredes macias de grama trançada. A primeira memória que tinha era dos pais construindo aquela casa.

Na sala de estar, brasas quase apagadas na lareira revelavam outro tapete colorido, este inegavelmente do clã dos desertos, orgulho de sua mãe. Muitas vezes, as caravanas se afastavam de Scour para fazer comércio, levando as tintas coloridas e o vidro do deserto que a mãe e Poppy adoravam. Ao redor do tapete, várias cadeiras lindamente esculpidas se viravam na direção da lareira. O cheiro de verniz de cera de abelha era forte, cutucando Doze, tentando arrancar uma infinidade de pequenas memórias ligadas a ele, mas ela resistia. Em vez disso, foi atrás de Doze quando a garota abriu a porta da frente envernizada e saiu de fininho.

— Pa? Cadê você?

— Aqui — sussurrou ele da lateral da casa.

Doze parou para absorver o contorno familiar de Poa. Velas queimavam nas janelas e animais se mexiam em suas baias. A aldeia podia estar adormecida, mas sem dúvida tinha vida. O coração dela disparou, a alegria e o desespero lhe causando tontura.

O pai estava sentado no grande tronco, a cabeça debruçada por cima dos dois machados enquanto ele passava um óleo de castanha nos cabos reluzentes.

— O que está fazendo acordado até tão tarde, pa? — perguntou Starling, se sentando no tronco ao lado dele. Doze ficou para trás, desconfortável e ressentida, incapaz de tirar os olhos deles.

— Esperando uma estrela cadente — disse ele, cheio de mistério.

Starling não pareceu achar graça. Olhou para o céu claro, cheio de estrelas, com uma carranca, e um momento depois apontou:

— Olha uma!

O pai dela soltou uma pequena bufada de desdém e revirou os olhos.

— Não uma estrela cadente qualquer, uma especial.

Starling puxou os joelhos para o peito e os abraçou com uma expressão cética.

— Essa aparece a cada quinze anos — explicou o pai. — E dizem que dá sorte para quem a vir.

— Ah! — Starling agora parecia mais interessada. — Mas como vamos saber qual é? Todas parecem iguais.

— Sua mãe diz que essa é inconfundível. — Ele sorriu. — Ela viu quando era criança e, no dia seguinte, me conheceu, portanto ficou provada a sorte.

Starling riu e jogou a cabeça para trás para olhar o céu, sem piscar.

— A ma não quer ver de novo? — perguntou, quando seus olhos começaram a lacrimejar.

— Você acha que dá para ela ter mais sorte do que ter me conhecido? — disse o pai, fingindo indignação. — Impossível! Não, essa é só para nós.

— Nem para a Poppy? — questionou Starling, olhando para o pai de canto do olho. Ficar sozinha com ele era uma raridade preciosa.

— Ela ainda é pequena — explicou ele. — Vamos deixá-la descansar.

— Então, só eu. — Starling abriu um sorriso, sem conseguir disfarçar o triunfo.

O sorriso sumiu um pouco do rosto do pai enquanto a olhava, com rugas aparecendo entre as sobrancelhas.

— Sim, só você — disse ele. — Sua mãe sugeriu que talvez fosse uma boa oportunidade para a gente conversar.

— Conversar sobre o quê? — perguntou Starling, despreocupada. Mas havia uma nova tensão em sua postura. Seus olhos, voltados para cima, já não varriam o céu.

— Sobre como você anda tratando a Poppy — falou o pai, cauteloso.

Starling fez uma careta e esticou as pernas, impaciente, e cruzando os braços.

— Ela é chata. Vive me seguindo, me amolando, me imitando...

— Antes, você não ligava para isso — respondeu o pai, com uma careta que imitava a de Starling. — Ela admira você. É sua irmã mais nova, sua família. Você devia tratá-la com respeito.

Starling fez um som de desdém impróprio. Foi a reação errada e o olhar do pai endureceu.

— Você devia ser um pouco mais gentil e compreensiva com os defeitos dos outros — falou ele, duramente —, já que você também está longe de ser perfeita...

A expressão de choque que passou pelo rosto de Starling o fez parar.

— Eu... desculpe-me, não foi isso que eu quis dizer. Você é minha filha, e eu te amo incondicionalmente, mas amo Poppy do mesmo jeito e me dói ver você deixá-la tão infeliz. Ela é mais sensível que você... — Ele parou de novo, buscando as palavras certas. — Quero que você se esforce mais com ela de agora em diante. Chega de comentários maldosos, de piadas às custas dela. Quero que você passe tempo com ela. Seja a irmã mais velha que você mesma gostaria de ter.

Starling fechou a cara abertamente, desobediente, mas o pai a ignorou.

— Seu aniversário de onze anos está chegando. Vou estragar a surpresa, mas acho que você não vai ligar. A gente vai dar um arco de caça para você.

A carranca de Starling desapareceu e se transformou num guincho animado de prazer. O pai sufocou um sorriso.

— Sim, é uma beleza — disse ele, orgulhoso. — Troquei no mercado flutuante, e a negociação durou mais de uma hora. Mas valeu a pena. As flechas têm penas de garça lindas. Você vai amar.

— Penas de garça — suspirou Starling. — Do clã dos pântanos.

— Sim. — Ele abriu um sorriso. — Ou será que você ia preferir de guarda-rios, do povo dos rios? Águia das montanhas? Havia também alguns comerciantes do clã das cavernas lá...

Um tremor de medo e prazer a perpassou, e Starling jogou os braços ao redor dos ombros do pai.

— Não — disse ela, a voz abafada. — Garça é perfeito.

— Sua primeira caçada, em geral, aconteceria quando você estivesse mais velha — seguiu ele —, mas sua mãe e eu decidimos deixá-la ir mais cedo. Você tem a habilidade e ainda está bem seguro por aqui, felizmente.

O queixo de Starling caiu de surpresa.

— Mas tem uma condição — falou o pai, segurando-a a um braço de distância até terminar. — Leve Poppy junto.

O efeito das palavras dele foi imediato. A alegria e animação sumiram do rosto de Starling, substituídas por um olhar taciturno.

— Mas a Poppy é inútil para caçar — disse ela, mal-humorada. — Ela vai estragar tudo.

O pai respirou fundo para controlar sua impaciência.

— É exatamente disso que estou falando, Starling. A Poppy não é "inútil". Ela só é mais nova que você. E é tão boa rastreadora quanto você era na idade dela.

Starling fungou.

— Com você ajudando, ela vai aprender mais rápido e, talvez, você até goste de ensinar. O que diz?

Starling deu de ombros.

— Então não posso ir sem ela?

O pai suspirou.

— Não, não pode.

— Então vou ter que levá-la, né? — falou Starling, de má vontade, caindo de volta no tronco ao lado dele.

O pai balançou a cabeça devagar, com óbvia decepção.

— Pense em quem você quer ser, Starling.

— Doze! DOZE! ACORDA!

Arfando, Doze abriu os olhos.

Pense em quem você quer ser.

Cão e Seis a rodeavam, o rosto deles perto demais na escuridão. Widge dava tapinhas na bochecha dela com uma pata insistente.

— Pela geada — disse Seis, nervoso, os olhos verdes arregalados —, é difícil acordar você.

— O que foi? — Doze quis saber, aliviada por não achar lágrimas em seu rosto, apesar da dor no peito.

— A floresta — rosnou Cão, o corpo largo dominando a caverna de neve. — Ela se moveu.

Doze piscou, confusa, e Cão deu um passo para trás. Imediatamente atrás dele havia uma árvore onde antes só havia neve aberta.

Arquejando, Doze rastejou para fora, pernas e braços duros de frio, e se levantou com dificuldade. Por um momento não conseguiu falar. A encosta ainda estava lá atrás deles, mas, agora, estava toda cheia de árvores densas.

Cansada de esperar, a floresta tinha ido em busca deles.

Capítulo 23

DOZE DEU MEIA-VOLTA, O CORAÇÃO MARTELANDO.
Impossível.
— O que aconteceu? — Ela arfou.
— Não sei — falou Cão. — Há um momento a lua estava alta. Agora, é quase de manhã. — Ele soltou um rosnado baixo. — Pela pedra, odeio este lugar e suas magias.

Doze engoliu em seco e Widge guinchou, concordando. A sensação sufocante da noite anterior havia voltado, ainda mais forte; o ar estava preso na garganta dela, esmagando seus pulmões. O sol ainda não havia nascido, mas a luz do alvorecer criava estranhos fragmentos no chão e causava uma espécie de névoa. Algumas das árvores tremulavam na beira da visão dela, só se solidificando quando as olhava diretamente. Outras pareciam desaparecer, só voltando quando ela desviava o olhar. Nos lugares em que conseguia ver claramente, os troncos eram emaranhados e contorcidos, gigantescos e tortuosos. O solo estava entupido de espinhos e vinhas, e tudo o mais brilhava com aço congelado.

E, então, havia o barulho: um som baixo, constante, impossível de ignorar. Era quase como um sussurro, exceto que, não importava o quanto ela se esforçasse, não conseguia ouvir palavras. Não havia nenhum dos sons geralmente associados a uma floresta. Nenhum pássaro voava; nenhum esquilo corria; nenhum sopro de vento perturbava os galhos contornados de geada bem acima deles. Mas mesmo assim Doze sentiu que estavam sendo observados; uma atenção gélida, implacável.

— Você *obviamente* pegou no sono — disse Cinco acusando Cão.

— Ele não dorme — brigou Doze, sentindo os nervos à flor da pele.

Ela se virou para os outros e foi surpreendida pela visão de Cinco sendo arrastado, queixoso, na neve por Seis. A pele dele parecia pergaminho e havia círculos pretos ao redor dos olhos. As mãos tremiam e ele parecia não conseguir mexer as pernas. Seis não parecia muito melhor, seus olhos arregalados de choque, se com a aparência de Cinco ou com a floresta, Doze não sabia.

— Pelo menos os rastros ainda estão aqui — sussurrou Seis, apontando para o solo. — É alguma coisa.

Cão assentiu.

— Precisamos ir rápido. Nada de bom vem desta floresta.

— Cuidado! — sibilou Doze quando Cão deu um passo para trás. Uma planta logo atrás dele tinha começado a balançar a copa, embora não houvesse brisa. Suas folhas eram verdes, intocadas pela geada que cobria todo o resto. — Videira-estranguladora — informou Doze, lembrando-se da aula.

Cão saltou para longe quando mais gavinhas se lançaram na direção dele.

Eles se moveram o mais rápido que conseguiram, mas antes precisaram amarrar Cinco à sela de Certeira. Estava fraco demais para ficar em pé sem ajuda, e Seis precisava das duas mãos livres para o arco e flecha.

— Revoltante — murmurou Cinco, com a voz um pouco arrastada. — Amarrado igual a um prisioneiro.

— Pare de gastar energia falando. — Seis apertou a corda final e saltou com facilidade atrás dele. Tirou uma maçã levemente murcha do bolso e cortou uma fatia com a espada de Cinco. — Aqui, coma isto.

— Não consigo. — Cinco fez uma careta. — Dói.

O nariz de Widge se moveu esperançoso na direção da fruta, e Doze lhe deu algumas nozes.

— Falar deve doer também, então coma, em vez disso — disse ela a Cinco.

O olhar que ele lhe lançou era de ódio, mas levou a maçã aos lábios e deu uma mordidinha dolorida. Atrás dele, Seis assentiu, grato.

Doze se sentiu um pouco melhor quando começaram a se mover, mas a dor no peito era difícil de ignorar. Outro sonho com a família. Seria assim toda noite? Ela se forçou a ficar concentrada nas coisas que conseguia de fato ver, tentando olhar pela névoa para descobrir o que estava diante deles. Estava lá para achar Sete, lembrou com firmeza a si mesma. Isso, pelo menos, era algo que podia controlar, algo que podia conseguir. Seus olhos seguiram os rastros na neve e seu coração ficou um pouco mais leve.

Dentro das névoas que mudavam de posição atrás deles, algo se mexeu. Widge ficou tenso no ombro dela.

— Você viu isso? — murmurou ela para Cão, sem querer alarmar os outros.

— Não — sussurrou Cão de volta. — A névoa dificulta. Podemos estar cercados sem saber.

Não era muito reconfortante. Doze soltou a respiração e olhou à distância, mas tudo estava imóvel. Sentiu, mais do que viu, o sol subindo atrás das árvores. A qualidade da luz ao redor mudou sutilmente, mas a penumbra nunca se foi e nenhum raio de sol perfurava os galhos trançados acima. Por instinto, Doze tirou a pedra da lua do bolso e a levantou.

— Ei — murmurou Seis, em desaprovação. — Estamos tentando passar de fini...

A voz dele se perdeu de repente quando viu o tronco de árvore mais próximo. À luz da pedra da lua, os muitos nós e redemoinhos na madeira ainda estavam visíveis, mas mudando, alterados. As feições eram duras e a boca, um traço fino, mas inegavelmente era um rosto. Quando Doze baixou a pedra, desapareceu.

O grupo ficou paralisado.

— O que é isso? — sussurrou ela, um leve tremor na voz.

— Acho que é a pedra da lua — respondeu Seis, com um gesto de cabeça para a preciosidade brilhante. — É impecável, lembra, então a luz mostra coisas que em geral ficam escondidas.

Cão assentiu, olhando ao redor.

— Há muito escondido neste lugar — rosnou. — Levante a pedra bem alto. É melhor a gente ver tudo.

Ele tinha razão. Quase sempre, a pedra da lua revelava detalhes de seus arredores que eles não tinham visto antes, alguns bastante perigosos. Um arbusto de aparência inocente revelou ter espinhos vermelhos perversos à luz da pedra, um sinal certo de veneno. Certeira quase passou por cima dele.

Eles contornaram galhos contorcidos, mantendo os olhos bem abertos em busca de videiras-estranguladoras e qualquer outra coisa que se mexesse, mas tudo parecia mortalmente imóvel. Os rastros dos trasgos cortavam a neve, profundos e fáceis de seguir, e eles iam em frente, ansiosos para sair da floresta assim que possível.

Constantemente, a sensação de estar sendo observada voltava a Doze. Seus olhos examinavam cada sombra, cada galho baixo, cada redemoinho da névoa. Os outros evidentemente sentiam o mesmo.

— Podem ser todos esses rostos nas árvores — sussurrou Seis, fazendo careta com um particularmente desagradável.

— Talvez — concordou Doze.

Widge levantou um olhar duvidoso para ela.

— Vocês viram isso? — perguntou Cinco um pouco depois, fazendo todos pularem. A voz dele estava quase irreconhecível, grossa e deturpada. Ele levantou o braço instável para indicar uma fileira densa de árvores. Deu uma risadinha e notou as cordas que o prendiam. — Por que estou amarrado? — falou, enrolando a língua. — Alguém me solte!

Ele puxou as cordas, levantando a cabeça de Certeira no processo. Ela bufou, desconfortável, e diminuiu o ritmo, sem saber como interpretar os sinais confusos que vinham de suas costas.

O frio chegou mais perto deles e a geada brilhava na respiração condensada de Doze.

— É só para você não cair, Cinco — disse ela, por cima do ombro.

A visão dele a fez se encolher. O branco dos olhos havia escurecido. Poços negros a miravam, sem nenhum sinal de reconhecimento. Os cabelos da nuca dela se arrepiaram.

— Quem é você? — grunhiu ele, os dedos indo na direção da espada. — Onde está me levando?

— Seis — chamou Doze, em tom de alerta. — *Seis* — gritou ela de novo, tarde demais.

Cinco desembainhou a lâmina e deu um golpe para trás. Seis conseguiu desviar bem a tempo, depois tentou arrancar a espada da mão de Cinco.

Certeira berrou sua consternação, um som alto de fazer o coração parar na floresta silenciosa. Uma videira-estranguladora rastejou pelo solo e envolveu uma das patas da garrapé corajosa, que entrou em pânico. Com mais um enorme ganido, ela se libertou da videira e disparou, Cinco e Seis ainda lutando na sela, e desapareceu nas profundezas da floresta.

Cão correu atrás deles, e o movimento pegou Doze de surpresa. Ela caiu com tudo no chão, girando para não esmagar Widge.

— Estou bem — gritou, quando Cão se virava para ela. — Vá ver se Cinco e Seis estão bem. Vou estar aqui quando voltarem.

Ele hesitou. Então assentiu uma vez e se foi.

Capítulo 24

O SILÊNCIO SE FECHOU EM TORNO DE DOZE COMO ALGEMAS. WIDGE pressionou o corpo contra a bochecha dela, a pele dele sendo um calor bem--vindo no frio implacável. O gelo rachou sob os pés dela quando se levantou, e os dois se encolheram de medo. Com o coração aos solavancos, puxou os machados das costas e imediatamente se sentiu melhor com eles em mãos.

No ar manchado pela geada, Doze viu de relance um movimento entre o tronco das árvores.

— Que rápido — disse ela. — Está todo mundo bem?

Silêncio.

Widge correu na direção do movimento, depois parou, uma pata levantada, a cauda peluda dura enquanto olhava para as árvores retorcidas.

Lentamente, Doze notou que todos os pelos em seus braços estavam arrepiados. Widge deu um guinchou — um alerta agudo e afiado que ela jamais ouvira antes. Ele fugiu de volta para o ombro dela, onde guinchou de novo, o olhar fixo nas árvores à frente. Mesmo com tantas camadas de roupa, ela podia senti-lo tremer.

O coração de Doze martelou forte, e ela tentou desesperadamente se concentrar, apesar do medo. Prata não entraria em pânico, advertiu-se, e Vitória também não. Saber daquilo deixou sua mente mais afiada, e Doze se virou devagar, reparando cada arbusto, cada sombra, cada névoa dançante. Seus sentidos estavam em alerta máximo, e a adrenalina vibrava em suas veias.

Ali.

Doze girou de frente para o movimento, mas já havia sumido. Xingando baixinho, retomou seu giro lento e contínuo, Widge agindo como olhos em suas costas, a cauda dele roçando contra sua bochecha. Tudo estava em silêncio; nem o gelo sob os pés dela fazia barulho. Um brilho de suor irrompeu na testa dela, que tensionou a mandíbula, lutando contra o medo crescente.

Outro movimento. Quase rápido demais para enxergar. Uma figura esvoaçando entre os troncos.

A silhueta se mexeu de novo, seus movimentos agora mais vagarosos e fáceis de seguir. Doze franziu a sobrancelha para a névoa, ajustando os machados na mão suada. Com respirações profundas e lentas, estabilizou os batimentos cardíacos enquanto a coisa se aproximava, aparecendo só por um instante entre as árvores.

— Starling? — *Um sussurro.*

A respiração de Doze tremeu e os machados escorregaram de sua mão. Desajeitada, tentou segurá-los.

— Starling! — *Insistente.*

Do meio de dois troncos torcidos, emergiu uma silhueta, movendo-se de início com hesitação, depois com mais confiança, chegando cada vez mais perto, até Doze enfim conseguir vê-la com clareza.

Compleição esguia. Olhos cinza. Uma nuvem de cabelo negro.

O choque a deixou paralisada e seus lábios se moveram sem som.

Parada à sua frente estava sua irmã mais nova, Poppy.

Capítulo 25

Uma parte distante de Doze sabia que ela devia se mexer, falar, alguma coisa. Mas não conseguia. Só ficou olhando, fragmentos de pensamentos rodopiavam inúteis na cabeça, uma pressão estranha aumentava na frente do crânio.

Não era possível. Ela tinha enterrado Poppy. Enterrado junto com todos os outros. Mas ali estava ela, o cabelo escuro flutuando ao redor do rosto, olhos travessos, a expressão dolorosamente exausta, mas esperançosa.

— Você está bem? — perguntou Poppy, inclinando de leve a cabeça. A voz dela era tão familiar que atingiu Doze como um tapa.

— Eu... — Doze balançou a cabeça. As palavras se recusaram a vir.

Os ombros pequenos de Poppy caíram.

— Por que não fala mais comigo, Starling? Eu... estava com saudade.

Poppy esfregou a neve com o dedão, enfiando as mãos nos bolsos de seu vestido azul favorito. O lábio inferior dela tremeu perigosamente.

— Como você está aqui? — Doze arfou. Cada palavra e gesto da garotinha a rasgava como uma espada na seda.

— Não sei. — Poppy deu de ombros, fungando e levantando os olhos. — Eu estava em casa, aí teve um monte de gritos, depois escuridão por um tempão. Quando acordei, estava aqui.

A esperança, uma esperança intoxicante, começou a pulsar em Doze e inundou braços e pernas com um calor delicioso. Ninguém entendia a

Floresta Congelada; ninguém nem mesmo conseguira mapeá-la. Coisas impossíveis aconteciam ali, então por que Poppy não podia ser uma delas?

— Então... quer brincar comigo? — perguntou Poppy, os olhos bem abertos.

Doze fez que sim, muda, com medo de piscar e a irmã desaparecer. Em seu ombro, Widge cutucou a bochecha dela com a pata, tentando chamar a atenção. Ela o afastou gentilmente.

O sorriso com covinhas que Poppy lhe deu foi como um raio de sol. Com uma onda de alegria, Doze viu a vida abrir-se diante de si. Ela iria embora do Pavilhão de Caça, claro, e, juntas, ela e Poppy voltariam aos prados e construiriam uma nova vida. As habilidades de luta de Doze seriam úteis — talvez pudesse prestar serviço para outras aldeias...

— Você não está nem me escutando! — gritou Poppy, batendo o pé.

— Estou, é só que... não consigo acreditar que é você — gaguejou Doze. — Achei que você estivesse morta. Não, eu sabia que você estava morta. — A voz dela falhou, e Widge tremeu. — Eu *enterrei* você.

Poppy mudou de posição, parecendo incerta por um momento.

— Mas não estou — disse ela. — Estou bem aqui! — Ela estendeu a mão para Doze. — Tenho tanto para mostrar. Ontem achei um esconderijo de raposas, e tem dois filhotes lá!

A animação na voz dela era contagiante, e Doze esticou a mão para a dela. A menina se afastou com um gritinho.

— O que é isso? — berrou, apontando um dedo acusador para os machados de Doze.

— Meus machados — explicou Doze —, para eu poder proteger a gente.

Poppy balançou a cabeça, decidida.

— Você não pode trazer — disse. — E não precisa deles, não se estiver comigo. Eu conheço os caminhos certos.

Doze hesitou, depois colocou os machados suavemente na neve. Em seu ombro, Widge guinchou em alerta, e as duas meninas fizeram uma careta. Doze o empurrou de cima dela com firmeza. Ele arregalou os olhos para ela.

— Já chega, Widge — disse ela, séria. — Esta é Poppy, minha irmã. — Palavras que ela nunca imaginara que voltaria a dizer. — Poppy, este é Widge.

— Vamos. — Poppy sorriu, ficando na ponta dos pés. — Para variar, você é quem vai me seguir!

Doze foi atrás dela, sem reclamar, correndo pela vegetação rasteira e saltando os obstáculos.

— Anda logo, sua lesminha! — provocou Poppy por cima do ombro, o cabelo entrando na boca e sendo afastado com impaciência.

Poppy sempre fora rápida, e Doze ficou muito feliz por ainda ser. Quaisquer que tivessem sido os sofrimentos — e devia ter havido muitos —, de alguma forma ela sobrevivera, talvez até os tivesse usado para se desenvolver. Widge corria atrás delas, guinchando como louco, mas Doze não arriscava tirar os olhos da irmã.

— Corre, Widge! — gritou ela, torcendo para ele acompanhar o ritmo.

O coração dela saía pela boca e a respiração vinha em enormes arquejos que ardiam, mas Poppy continuava, seus pés mal parecendo tocar o chão.

— Espere. — Doze arfou. — Rápido demais... Mais devagar...

Para seu alívio, Poppy pausou, rindo, e esperou que Doze a alcançasse. Ela parou, agradecida, dobrando-se e descansando as mãos no joelho enquanto recuperava o fôlego.

Estavam numa pequena clareira, as árvores bem juntas ao redor delas, a copa muito baixa e densa. Havia um cheiro desagradável no ar, como carne podre. Doze enrugou o nariz.

— Que cheiro ruim — disse.

Poppy apertou os lábios e não respondeu nada, mas se aproximou com uma expressão séria.

— Acho que precisamos conversar, Starling.

Doze piscou, seu velho nome a faz tremer. Poppy não esperou por uma resposta, mas continuou, os dedos se fechando em punhos determinados.

— Tive muito tempo para pensar enquanto estive aqui e quero saber por que você fez aquilo — disse ela. Seus lábios se apertaram numa linha, como faziam os do pai delas quando estava irritado.

— Fiz o quê? — O coração de Doze ficou pesado.

— Por que não me levou para caçar como prometeu? — perguntou Poppy. — Se tivesse levado, nada disso teria acontecido. Eu não estaria lá quando o clã das cavernas veio nos pegar. Eu estaria segura, com você.

Eram as mesmas palavras que Doze dissera a si mesma mil vezes, mas escutá-las de Poppy acabou com ela. Sua garganta se fechou e lágrimas arderam nos olhos.

— Poppy — engasgou-se —, desculpe. Por favor, me desculpe.

A mais nova se aproximou, de repente parecendo mais alta.

— Isso é mesmo bom o bastante, Starling? — perguntou, a voz suave, seus olhos queimando os de Doze. — Você me largou lá para morrer.

— Não! — Doze arquejou, atravessada por soluços. — Eu não sabia. Fui tão idiota. Eu não devia ter deixado você. Todos os dias desejo que tivesse ficado.

— Desculpe — sibilou Poppy, de repente brava, o rosto se contorcendo. — Como você pode pedir desculpa quando sempre quis que eu sumisse? Admita, você ficou feliz quando achou que eu estava morta!

— Não! — gritou Doze, balançando a cabeça, furiosa, sentindo os joelhos bambos. — Nunca! Eu nunca quis... AAARRGGHH!

Widge voou do nada e pousou no ombro dela, os dentes fincados fundo na bochecha manchada de lágrimas. Uma dor clara e vívida perpassou pela visão dela e, por um instante confuso, a cena tremeu e mudou.

Estava muito escuro, e o cheiro! Doze sentiu ânsia e puxou a pedra da lua do bolso. Ela se acendeu, cegando-a completamente.

Poppy gritou e Doze tentou proteger os olhos da luz para conseguir enxergar. Mas Widge estava descontrolado; correu pelo braço dela, arrancou as peles do pulso e enfiou os dentes na carne ali também. Com um arquejo, a pedra da lua caiu da mão dela e rolou para longe, ainda lançando sua luz azul-prateada.

— Pare! — gritou Doze, sacudindo Widge para longe. Poppy estava encolhida, de costas para Doze.

— Apague! — berrou a irmã. — Apague!

Os dedos de Doze tatearam na neve — ou será que era mesmo neve? Ela parou, confusa. A textura sob seus dedos era estranha, macia e gosmenta. E, de novo, aquele cheiro horrível. Uma onda de náusea a fez engasgar.

Quando abriu os olhos, era como se um véu tivesse sido levantado. Tudo estava diferente. Ela estava em algum tipo de ninho subterrâneo, alto o bastante para conseguir ficar de pé e com vários metros de largura. À sua frente, um único túnel estreito cortava pela terra. Raízes pálidas desciam do solo acima e coisas mortas cobriam o chão. Costelas se levantavam da terra suja como destroços de um naufrágio, e globos oculares vazios a olhavam de forma funesta.

Os ombros de Doze tremeram enquanto absorvia tudo isso. Na lama, Widge levantou os olhos arregalados, mostrando urgência.

— Por que você fez isso, Starling? — sussurrou uma voz atrás dela. — A gente estava se divertindo tanto. Você sempre estraga tudo.

Doze estremeceu, uma onda de horror quebrando sobre ela. Fosse lá o que estivesse ali, não podia ser sua irmãzinha. Podia? O túnel estava à sua frente; ela e Widge podiam ter fugido. Doze precisou reunir toda a sua força para se virar, mas tinha que saber, alguma parte de seu cérebro ainda tinha esperança, ainda tentava acreditar.

Ela se virou... e recuou, aterrorizada.

Capítulo 26

Um gemido saiu dos lábios de Doze enquanto seu coração se partia tudo de novo. À sua frente estava não Poppy, mas um ygrex, a criatura da sala de Prata, o espreitador de sonhos que invadia as memórias e as manipulava para enganar as vítimas. Com o feitiço quebrado, ele parou diante da garota com todo o seu horror: mais alto que ela por uma cabeça, chifres reluzentes e presas pingando veneno.

Com um guincho de ódio, Widge saltou na direção da criatura, fincando-se no ombro e enfiando os dentes com força. O ygrex o varreu quase sem olhar, depois se lançou em cima de Doze, os dedos esticados, famintos. Ela mergulhou para o lado por instinto, mas, assim que as garras dele arranharam o ar e Doze se virou, uma nova emoção ferveu dentro dela: raiva. Esse monstro tinha usado a irmã dela como uma fantasia, falado com a voz de Poppy e copiado seus gestos. E tinha acabado de jogar no chão Widge, seu melhor amigo. Xingando a própria idiotice por deixar os machados para trás, Doze golpeou a criatura com a bolsa, com força, acertando-o no rosto e derrubando-o contra a parede úmida enquanto ela tentava soltar a adaga do cinto. Era uma lâmina curta, curvada, mas afiada o bastante. E era a única coisa que tinha.

— Widge, você está bem? — Ela arfou, os olhos buscando por ele nas sombras. O terror pulsava dentro dela até enxergá-lo atrás do ygrex, confuso, mas se movendo ao acordar.

O ygrex riu de desprezo enquanto eles se avaliavam.

— Starling — sussurrou ele com a voz de Poppy.

A cena tremeluziu diante dos olhos de Doze enquanto o ygrex tentava restabelecer o controle, mas ela já tinha percebido o truque. Com um uivo, jogou-se na direção da criatura, a lâmina um borrão na mão da garota. O ygrex voou para cima dela e pegou seu pulso, impedindo o mergulho da adaga. Eles lutaram no centro do covil, os ossos das vítimas anteriores da criatura dos pesadelos rachavam sob os pés deles, os dentes do ygrex se fechavam perigosamente perto do rosto dela.

Determinado a ajudar, Widge avançou de novo, saltou nas costas do ygrex e o mordeu e o arranhou freneticamente. Foi o bastante para distrair a criatura. Com uma explosão de força sobre-humana, Doze conseguiu jogar de lado o ygrex, que vacilou para trás, tropeçando na pedra da lua. O uivo que ele soltou ao tocar a pedra ressoou nos ouvidos de Doze bem depois de ter acabado e, com uma satisfação sombria, a garota percebeu que, afinal, tinha outra arma. A pedra estava a poucos metros, só precisava alcançá-la.

Ao seu lado, sentiu o toque suave de ar fresco escorrendo pela entrada do túnel. Só por um segundo, a ideia de agarrar Widge e sair correndo passou por sua cabeça, mas Prata e Vitória apareceram em seus pensamentos, dando-lhe força. Só porque ela talvez não ganhasse essa luta não queria dizer que fugiria dela. Isso nunca mais ia acontecer.

Apertando os dentes, ela se preparou quando o ygrex se lançou de novo, a cabeça baixa para pegá-la em seus chifres. Widge ainda se agarrava furiosamente às costas da criatura, sangue escuro manchando seu focinho. Desviando para o lado, Doze empurrou o ygrex para trás dela com toda a força e mergulhou atrás da pedra da lua, rolando para ficar de pé e a segurando, triunfante. Um instante depois, Widge saltou de volta ao ombro dela, pronto para ajudar como pudesse.

O ygrex berrou e se encolheu. Por um momento, Doze pensou que o simples ato de pegar a pedra o tivesse afastado. Depois, viu a flecha furando a lateral do corpo dele. Pela primeira vez, tomou consciência dos sons de fora: um uivo ululante, o qual fez seus dentes baterem, e vozes.

— Doze! Estamos chegando! Segure firme!

Outra flecha, outro guincho do ygrex e, de repente, Cão abria caminho para entrar, o túnel estreito demais para ele, os ombros manchados de lama. E, atrás, Seis com os machados de Doze nas mãos.

Os olhos arregalados dele se fixaram nela, e Doze pôde ler terror e alívio neles.

— Você derrubou isso — disse Seis, de alguma forma conseguindo soar casual enquanto jogava as armas para ela, que soltou a adaga e a pedra da lua e pegou os machados.

Nada nunca parecera tão bom. Em seu ombro, Widge cantarolou de alívio.

O ygrex se lançou em cima de Seis, e Doze avançou com os machados. Mas Cão foi mais rápido: num único salto, caiu sobre o ygrex e o segurou entre as mandíbulas. O grito da criatura rasgou a mente de Doze e ela recuou, cobrindo as orelhas. Cão o chacoalhou como uma boneca de pano até ele ficar em silêncio, depois o jogou no chão com uma expressão de nojo, olhando ao redor.

— Criaturas nojentas — rosnou, voltando-se para Seis e Doze.

O terror e a dor no coração chegaram a Doze como uma onda, e seus joelhos começaram a tremer tanto que ela precisou se apoiar nos machados para não cair.

— Precisamos tirar Doze daqui — grunhiu Cão, num instante ao lado dela. — Suba — disse a ela, gentil, abaixando-se desajeitado para ser mais fácil.

Mais tarde, ela percebeu que estava apoiada contra um tronco de árvore do lado de fora, com peles a mais cobrindo-a e Widge pressionado contra seu pescoço, protetor. Cão estava sentado à frente, o rosto próximo e o olhar esperançoso.

— Consegue me ouvir?

Doze fez que sim. Pareceu um esforço enorme. Seis levantou os olhos de onde estava jogado por perto, e o alívio no rosto dele foi ainda maior. Em meio ao entorpecimento, um pensamento surgiu na mente da garota, leve e lindo como uma borboleta: eles tinham vindo buscá-la. Ela não sabia o que dizer, então só ficou olhando para os dois.

Todos os seus músculos pareciam estar no processo de se dissolverem, e ela duvidou que fosse conseguir falar, mesmo que quisesse.

Doze fechou os olhos, só por um momento... e a escuridão a engoliu.

— ...retomar os rastros.

Doze piscou, lentamente voltando à consciência.

— Ela precisa descansar.

— Eu sei disso, mas precisamos pensar em Sete também. Não podemos deixar que ela passe mais uma noite com aquelas *coisas*. *Precisamos* alcançá-los.

— Você sabe que isso é improvável. Perdemos muito tempo hoje. Deixe-a descansar. Cinco também precisa disso.

Grogue, Doze abriu os olhos, e o horror do ygrex voltou. Ela afastou esse pensamento e se forçou a ver apenas o que estava à sua frente.

— Estou acordada — disse, a voz mal saindo. — E Seis tem razão: precisamos continuar. Por Sete.

Seis pareceu culpado.

Com o som da voz dela, Widge se mexeu, colocando duas patas na bochecha dela para examiná-la mais de perto.

— Estou bem, graças a você — sussurrou a ele. — Você foi muito corajoso.

Satisfeito, ele deu uma lambida na bochecha dela, depois começou a se limpar.

As peles que a cobriam tinham feito seu trabalho, e Doze sentia-se quentinha. Do outro lado do acampamento improvisado, Cinco dormia de costas para ela, a cabeça descansando na bolsa de Seis. Certeira dava patadas na neve até o solo abaixo, parecendo bem mais calma do que da última vez que Doze a vira.

Seis agachou na frente dela.

— Você está bem? — perguntou, com gentileza, os olhos verdes preocupados. — Só vi o ygrex por um momento, mas já foi bem ruim. E você... como você... por que...? — interrompeu-se ele, parecendo desconfortável.

— Ele fingiu que era minha irmã. — Doze se ouviu dizendo, embora não tivesse conscientemente decidido falar. — O nome dela era Poppy, e é culpa minha ela ter morrido. O ygrex me lembrou disso. Como se eu pudesse esquecer.

Toda a cor sumiu do rosto de Seis enquanto ele se ajoelhava na frente dela. De repente, Doze se viu com o rosto apertado contra o ombro dele, que se inclinou para abraçá-la. Cão foi até lá, passos hesitantes, depois cutucou Doze gentilmente com o focinho.

Nenhum deles falou e, por isso, Doze estava grata. Não havia nada a dizer.

Eles voltaram num silêncio pesado, seguindo a trilha que Doze fizera em saltos enquanto corria atrás do ygrex.

Mas outro choque horrendo os esperava no lugar onde haviam se separado. Os rastros dos trasgos haviam desaparecido e, com eles, qualquer esperança de encontrar Sete.

Capítulo 27

O GRUPO SE AGLOMEROU BEM PERTO, EM CHOQUE, ATÉ SEIS SALTAR de Certeira e começar a afastar a vegetação rasteira, procurando freneticamente os rastros de trenó.

— Cuidado — alertou Doze, lembrando-se das videiras-estranguladoras.

Seis se endireitou e soltou uma risada baixinha e sem humor nenhum enquanto olhava ao redor.

— Realmente, sumiram — disse, sem emoção. — Simplesmente... sumiram.

Um músculo se contraiu no maxilar dele, e ele fechou as mãos em punho.

A exaustão deixava os pensamentos de Doze lentos, mas a angústia de Seis a forçou a ter foco. Eles tinham chegado longe demais e passado por coisas demais para fracassarem agora.

— É melhor a gente se dividir, procurar numa área mais ampla — sugeriu ela, tentando soar esperançosa.

Os pelos do pescoço de Cão tinham se eriçado, e o rosnado baixo estava de volta.

— Este lugar! — Ele balançou a cabeça. — Não podemos nos afastar muito. Gritem se virem algo suspeito.

Seis assentiu, ansioso, subindo em Certeira atrás de Cinco com propósito renovado.

— Não sei bem como me sinto gritando aqui — disse Doze, sombria.

À luz da pedra da lua, os rostos adormecidos nos troncos retorcidos estavam visíveis de novo e fizeram a garota estremecer.

— Já fizemos bastante barulho — argumentou Cão. — Só podemos esperar que passe despercebido.

Eles se espalharam. Doze afastou arbustos, olhou tudo com e sem a pedra da lua e por pouco não foi agarrada por uma videira-estranguladora. Mas os rastros tinham desaparecido completamente.

— Aqui! — chamou a voz de Seis, distante.

Doze estava correndo antes mesmo de ele ter terminado de gritar, os machados em mãos, prontos, e o coração disparado. Será que ele tinha reencontrado os rastros? Visto algum sinal de Sete? Widge agarrou-se enquanto ela corria, guinchando de surpresa quando Cão saltou da vegetação na frente deles.

— Estou bem — chamou Seis —, mas tem algo muito estranho aqui.

Ele apontou para cima e Doze desacelerou, olhando para a copa das árvores, Cão ao seu lado.

Ali, as árvores eram mais altas, os troncos retos vazios de galhos pela maioria do comprimento. Muito acima da cabeça deles, logo embaixo da copa escura, havia algo pendurado, que brilhava suavemente na luz baixa. À primeira vista, era difícil saber o que era, mas, quando Doze mudou de posição, a luz deslizou pelos filamentos como água por um fio e a imagem começou a fazer sentido: uma teia de aranha, a maior que já vira. Era enorme, pendurada acima deles, sinistra e espetacular, a seda da largura de um dedão, pingando gelo.

— O que poderia ter feito isso? — sussurrou Seis.

— Deve ser uma fiadora da morte — disse Doze, devagar, a pele começando a formigar.

Em intervalos, havia pacotes embrulhados em seda pendurados na teia, alguns tão grandes quanto ela. Doze não queria pensar no que eram nem em como tinham ido parar lá. Alarmado, Widge balançou a cauda e enfiou o rosto no cabelo dela.

— É grande demais! — exclamou Seis. — Eu sei que fiadoras da morte são grandes, mas não assim. Olhe isso!

— Afastem-se — grunhiu Cão, ecoando os exatos pensamentos de Doze. — Não queremos encontrar a criatura.

Foi quando estavam saindo que eles escutaram a voz.

— Socorro — chamou, fraca. — Por favor, me ajudem.

Era tão baixa que Doze achou que tinha imaginado, até ver a mesma hesitação nos passos de Seis. Cão levantou as orelhas e Widge se virou para olhar atrás dela. Por um momento, o grupo ficou paralisado, escutando.

— P-por favor! — chamou a voz, de novo, as palavras abafadas. — Não quero estar vivo quando ela me comer. Vocês têm flechas. Só vai ser necessária uma. Não é pedir demais, é?

Seis olhou nos olhos de Doze.

— Será que é uma armadilha? — sussurrou ele.

— É claro — sibilou ela de volta, um terror repentino a tomando como uma onda.

Já não bastava o ygrex? Ela se afastou, furiosa. Eles estavam na Floresta Congelada: era óbvio que haveria outras criaturas. Mas o medo não era racional. Inundou o corpo dela, gritando para que corresse e não olhasse para trás. A aparência de Seis espelhava a forma como ela se sentia, o rosto pálido e a testa brilhando de suor.

Doze viu uma das formas amarradas se contorcer furiosamente, fazendo a teia ondular.

Cão cutucou os dois com o focinho, um rosnado subindo pela garganta.

— Continuem andando.

— Não — berrou a criatura. — Por favor! Meu nome é Pata de Raposa. N-não consigo sair... Já tentei de tudo! Eu só... só não quero estar acordado quando ela voltar. Por favor, não me deixem assim! Estou aqui há dias. — Um tremor passou pelos fios, para longe do corpo embrulhado.

Doze arregalou os olhos.

— Dias? Você viu os trasgos passando por aqui? E uma garota de cabelo ruivo?

— Não, sinto muito.

Cão rosnou em alerta, mas o rosto de Seis tinha se suavizado.

— O que você é? — perguntou o menino.

— Sou um moxi — falou a voz abafada. — Do grupo de Inverno Baixo. — Um soluço quebrou na voz dele. — Só estão me esperando em casa na semana que vem. Até lá, a fiadora da morte já vai ter me comido.

A náusea revirou o estômago de Doze. A lembrança do ygrex se jogando nela com os dentes arreganhados estava fresca demais. Ele também a teria comido viva. Seu veneno trazia uma morte rápida, mas não o suficiente. Ela se sentiu mais decidida. Antes que o pensamento se formasse em sua mente, ela tirava a bolsa do ombro e pegava o exemplar de *Um bestiário mágico*.

Seis se ajoelhou ao lado dela.

— O que acha? — sussurrou ele.

Tombado no dorso de Certeira, Cinco murmurou algo incoerente, o olhar cheio de malícia enquanto os observava.

— Acho que precisamos descobrir com o que estamos lidando — respondeu Doze, folheando as páginas até chegar à entrada sobre moxis. Widge colocou as duas patas na página, examinando os desenhos com interesse.

A conversa abafada de Pata de Raposa os engolfou, o terror evidente enquanto suplicava.

De cabeça baixa e próximos, Doze e Seis leram:

Pouco se sabe sobre os hábitos dos moxis. São criaturas reservadas e evitam as pessoas sempre que possível. Acredita-se, porém, que vivam em grandes grupos familiares chamados de comunidades com uma hierarquia baseada em idade. Diz-se que são especialistas em conhecimento a respeito de ervas e têm uma fraca habilidade mágica latente. São necessárias mais pesquisas sobre essas criaturas.

Agressão: desconhecida.
Perigo representado: desconhecido.
Dificuldade de incapacitar: desconhecida.

— Perigo representado: desconhecido — disse Seis. — Do que adianta?

Widge guinchou, concordando.

Doze mordeu o lábio e passou para uma entrada assustadora sobre fiadoras da morte.

Há duas espécies conhecidas de fiadoras da morte, as variedades de árvore e alçapão. As fiadoras da morte de alçapão residem no sul e são muito temidas pelo clã das florestas dos Grandes Bosques, enquanto a variante que habita as árvores é encontrada nos climas mais frios das Montanhas Caninas. A habitante das árvores é, de longe, a maior das duas. Apesar de tecer uma teia tradicional, ela raramente pega presas suficientes para se sustentar só dessa fonte, portanto também caça no solo. Tem grande capacidade de camuflagem e velocidade surpreendente. Adultos de ambas as variantes têm uma couraça pesada, inutilizando a maioria das formas de ataque. Porém, no local em que as placas de couro se encontram nas juntas, parece haver uma fraqueza a ser explorada. Essas criaturas não devem ser enfrentadas diretamente, já que as chances de sucesso são desprezíveis. Recomenda-se pelo menos dois times de Caçadores caso o contato seja inevitável.

Agressão: 8/10.
Perigo representado: 9/10.
Dificuldade de incapacitar: 9/10.

Doze fechou o livro e olhou nervosa ao redor.

Seis pigarreou, parecendo tão preocupado quanto ela.

— Acho que realmente não queremos encontrar uma dessas— disse ele.

Capítulo 28

— O que vocês estão fazendo? — gritou Pata de Raposa bem acima, a voz rouca. — Estou vendo que vocês têm flechas. Por favor, só façam isso. Bem no coração. Tenham misericórdia.

Doze trocou mais um olhar com Seis, que de repente pareceu decidido. Ela sabia o que ele ia sugerir antes de as palavras saírem dos lábios dele.

— Olhe — disse ele, apontando para cima. — Aquele galho é mais baixo que os outros. Vai ser fácil passar uma flecha com uma corda amarrada.

— Você quer subir ali e libertá-lo — disse Doze. Não era uma pergunta.

— Claro que não — irritou-se Cão, esforçando-se para afastá-los da teia.

Seis fincou o pé e assentiu.

— Não posso apenas matá-lo. Mas também não podemos largá-lo ali. *"Nunca abaixarei minhas armas frente à escuridão"*, lembra?

As palavras do Juramento do Caçador em geral pareciam pomposas a Doze, mas por algum motivo, na boca de Seis, soavam corretas.

Cão meio suspirou, meio rosnou.

— É claro. O Juramento.

A forma mumificada de Pata de Raposa tinha ficado em silêncio lá em cima, mas Doze sentia o olhar sobre ela. Ele tinha um nome, uma família e, embora *Um bestiário mágico* não estivesse exatamente cheio de informações, não parecia que os moxis fossem criaturas sombrias e perigosas. Mais uma vez, o ygrex surgiu nos pensamentos dela, e o medo a fez estremecer, porém, desta vez, a estimulou. Quase ouvia a voz de Vitória em sua mente. Se permitisse que o medo a impedisse de fazer o que era certo, seria apenas uma covarde.

— O que foi? — A voz de Pata de Raposa soava baixinha.

— Vamos tentar tirar você daí — explicou Doze. — Acha que a teia aguenta meu peso?

Por um momento, houve silêncio e, quando Pata de Raposa falou de novo, parecia chocado.

— Vocês não são Caçadores?

— Só Caçadores novatos — explicou Seis enquanto passava e amarrava com cuidado uma corda fina pelo rêmige de uma flecha.

— Então, estão na missão que chamam de Batismo de Sangue?

— Não — disse Doze. — Outra coisa.

Depois de alguns segundos, o moxi disse:

— A teia vai segurar seu peso, mas é grudenta. Você precisa andar rápido por ela.

Doze assentiu e virou-se para os outros.

— Eu é quem devo subir — disse Seis, com firmeza. — Você já passou por muita coisa hoje.

— E você não? — questionou Doze, levantando uma sobrancelha. — Não, eu quero fazer isso. Acho que talvez até precise fazer.

Seis assentiu devagar, com um olhar penetrante.

— Está bem — concordou, permitindo que um sorriso atrevido se espalhasse pelo rosto. — Acho que sempre posso resgatar você de novo se estiver em encrenca.

Algumas horas atrás, isso a deixaria com raiva. Agora, lançou o tipo de olhar superior que deixaria Cinco orgulhoso.

— Eu tinha tudo sob controle.

— Aham. — Seis sorriu e fez um gesto de cabeça para Widge. — Por sinal, acho que ele está comendo seu cabelo de novo.

— Ah, Widge! — disse ela, empurrando-o. Um chumaço de cabelo caiu na neve ao lado dele. — Você precisa parar com isso!

Mas ele parecia tão preocupado que ela teve que perdoá-lo na mesma hora.

Seis mirou e disparou a flecha. Ela deu uma volta perfeita no galho e caiu de volta ao chão, levando consigo a corda.

Doze checou seus machados, apertou as peles e colocou Widge ao lado da bolsa, no chão. Ele tentou segui-la, mas ela ordenou, firme, que ficasse, não querendo que corresse perigo na teia. Ele já passara por aventuras suficientes por um dia. Devagar e aos poucos, uma mão por vez, Doze escalou pela corda até conseguir jogar um braço por cima do galho e se puxar. Sentou-se nele com uma perna de cada lado, olhando para a teia.

— Tome cuidado — alertou Cão. Ele levantou os olhos para ela, sem piscar, preocupado.

Doze fez que sim, mas não olhou para baixo.

— Lembre-se: vigilância constante — sussurrou para si mesma. Sentiu os sentidos ficando mais afiados e imaginou Vitória assentindo em aprovação.

Um dos fios que ancoravam a teia estava conectado à parte mais estreita do galho. Gentilmente, mudou o peso na direção dele, prestando atenção a chiados ou rangidos reveladores na madeira, mas não aconteceu nada. Ela segurou firme.

Pata de Raposa tinha ficado quieto, mas ela o escutou arquejar com os outros quando agarrou a seda embaixo do galho e se balançou nela. Por um instante vertiginoso, a teia rangeu sob seu peso e ela sentiu um frio na barriga. Estava vagamente consciente do puxão ter criado ondas de tensão na teia, mas manteve a concentração, segurando forte com as mãos e os pés, e começou a escalar.

Quando chegou à teia principal, seus ombros gritavam. Doze se agarrou à teia com gratidão, escalando com mais facilidade, como se fosse uma escada. Pata de Raposa estava perto do centro e, quando emparelhou com ele, contorceu-se freneticamente até seu casulo virar de frente para ela. A seda era grossa, mas mais fina ao redor da cabeça. Através dela, Doze conseguiu ver um rosto pequeno com enormes olhos dourados mirando-a.

— Você vai mesmo fazer isso? — sussurrou ele.

— É claro — respondeu Doze, mais impaciente do que desejava. — Não escalei até aqui só para bater papo.

Ele engoliu audivelmente quando Doze puxou a adaga do cinto.

— Não vou machucar você — disse ela, tentando reconfortá-lo. — Mas preciso cortar essa membrana.

Pata de Raposa tentou fazer que sim com a cabeça, e uma vibração trêmula se espalhou para as pontas da seda brilhante. Doze pausou e rastreou o movimento com o olhar até ele desaparecer na copa das árvores lá em cima. Suprimiu um tremor próprio, esperando que a fiadora da morte não estivesse por perto para sentir a perturbação em sua teia. Começou a trabalhar, cortando a massa pegajosa com cuidado.

— Mais rápido! — gritou Seis do chão. Doze assentiu, colocando a língua entre os dentes e fazendo uma careta de concentração.

Estava tão focada no trabalho que não sentiu a primeira vibração tremendo de volta na direção deles.

Capítulo 29

Doze cortava a lateral do casulo, torcendo para conseguir fazer uma abertura grande o bastante de forma que Pata de Raposa pudesse se esgueirar e sair. Não ousava tentar rasgar a membrana mais fina ao redor do rosto dele, por medo de cortá-lo.

— Você sentiu isso? — perguntou ele, de repente, a voz ainda mais abafada do que o normal enquanto virava a cabeça no casulo, tentando olhar para cima. — Ela está voltando? — A voz dele estava cheia de pânico.

Doze parou e olhou ao redor. Lá embaixo, Seis, Widge e Cão estavam de cabeça levantada na direção dela, enquanto Cinco balançava inconsciente em Certeira. Não havia nada na teia com eles além dos outros casulos perturbadores.

— Estamos bem — assegurou ela, tentando soar reconfortante enquanto cortava um fio especialmente duro.

— Ahn... Doze? — chamou Seis. Algo na voz dele fez o coração dela saltar. — Será que... hum... dá para se apressar um pouco?

Um guincho assustador soou ao lado dela. Pata de Raposa se contorcia tanto que o casulo começou a girar. A área em que ela trabalhava rodou e ficou fora de alcance.

— Pare com isso — chiou ela, olhando para cima, com medo.

Um de seus braços segurava firme um fio de seda. Com o outro, puxou o casulo de volta, enfiando a lâmina na massa branca pegajosa com mais segurança, tentando trabalhar mais rápido. Devagar, os dedos de Pata de Raposa emergiram, puxando, desesperados, as bordas rasgadas do buraco, tentando alargá-lo.

— Não me deixe! — implorou ele, os olhos dourados fixos no rosto suado de Doze.

— Não tenho intenção de fazer isso! — respondeu ela, com irritação, balançando furiosamente a lâmina, xingando o quanto tudo era grudento. — Se bem que, há alguns minutos, você estava pedindo para a gente matar você.

— Sim, mas naquela hora eu ainda não sabia que escapar era uma opção — sussurrou ele. — Achei que Caçadores só se preocupavam consigo mesmos. A gente é ensinado a nunca se aproximar deles, quanto mais pedir ajuda.

— Ah — murmurou Doze. — Bom, como disse Seis, ainda não somos exatamente Caçadores.

Agora, a teia vibrava sem sombra de dúvida. Um pingente de gelo caiu com um *tum* na neve lá embaixo e um farfalhar agourento soou na copa das árvores.

— Rápido! — cochichou Pata de Raposa, e gritou quando Doze o arranhou com a adaga.

— Desculpe. — Ela fez uma careta.

O buraco agora estava grande o suficiente para que passasse um braço e um ombro. Ele tentou com toda a sua força se empurrar para fora, mas acabou voltando para dentro, ofegante.

— Não consigo... ainda está pequeno demais.

Xingando, Doze talhou violentamente as bordas e conseguiu aumentar a abertura com um corte furioso para cima.

— Doze! — chamou Seis, a voz aguda. — Ela está vindo!

Ao lado dele, Widge guinchou, a cauda balançando frenética.

— Saia daí, Doze! — latiu Cão ao mesmo tempo.

Acima dela, uma pata emergiu da copa, tateando atrás das sedas mais próximas. Era enorme; tão longa quanto a garota era alta, pesadamente encouraçada e do tom branco encardido de uma larva. Um clique sinistro chegou até Doze e a teia tremeu ao receber o peso da aranha.

Lá embaixo, Cão e Seis começaram a gritar de verdade para ela descer. Widge correu até a corda, ainda pendurada no galho, e começou a escalar. Cada vez mais temerosa, ela golpeava o casulo enquanto Pata de Raposa tremia num terror silencioso lá dentro.

— Quase lá. — Ela ofegou.

Pata de Raposa se jogou pela abertura, forçando a passagem da cabeça e um ombro. Doze embainhou a adaga e agarrou a mão dele, puxando o mais forte que conseguia até ele gemer de dor.

— Está funcionando. — Ele arquejou. — Continue puxando!

Com um som desagradável de sucção, ele se libertou e, se a mão de Doze não estivesse agarrada à dele, teria caído no chão.

— Agarre a teia e desça — gritou ela, jogando-o nos filamentos pegajosos.

Ele fez que sim, mudo, os olhos dourados focados acima do ombro dela, arregalados de horror. As vibrações ficavam mais fortes a cada segundo e, mesmo sem a expressão aterrorizada de Pata de Raposa, ela sabia que a fiadora da morte estava muito perto. Olhou para cima e se arrependeu de imediato. A aranha era monstruosamente grande e rastejava pela teia na direção dela. As presas de trinta centímetros batiam em expectativa. Olhos espelhados refletiam oito vezes a situação precária em que a garota se encontrava.

Com um xingamento contido, Doze tentou fugir, mas descobriu que estava completamente presa. Ela tinha enrolado o braço tão firmemente no filamento de teia que a cola tinha grudado nas peles da parte de dentro do cotovelo. Ela girou e puxou, mas não adiantou nada. A aranha chegou mais perto.

Cão e Seis estavam frenéticos. Seis começou a jogar flechas, as quais rebatiam sem causar qualquer dano na couraça da fiadora da morte.

Doze respirou fundo, tentou se soltar de sua pele de urso. O cinto da adaga e os suportes dos machados se emaranharam ao seu redor e, num momento de clareza desesperada, ela percebeu que não havia tempo de escapar. A aranha estava quase em cima dela e, além disso, não estava nem com os machados nas mãos.

Ela tinha mesmo acabado de escapar da ilusão de um ygrex só para ser devorada por uma fiadora da morte? Houve tempo para um segundo de indignação antes de as presas da aranha encherem seu campo de visão.

Com a mão livre, arrancou um dos machados das costas e tentou lembrar o que *Um bestiário mágico* tinha dito. Algo sobre juntas? Nenhuma delas estava ao alcance, então golpeou o olho de mármore mais próximo. Para sua satisfação, o machado afundou com um *splosh* horrendo. Uma substância grossa e gelatinosa vazou, e a aranha se afastou com um grito agudo.

Por um instante, pareceu que tinha batido em retirada, fugindo pela teia. Porém, ela parou e os cliques recomeçaram ainda mais rápidos. Não havia expressão em seus olhos, mas Doze teve a distinta impressão de que a tinha enraivecido. O sentimento era mútuo.

Ajustou a posição do machado na mão e olhou com cuidado quando a aranha se posicionou diretamente acima dela. Doze se inclinou para trás o máximo possível para mirá-la de frente, esperando que a cola no cotovelo a segurasse.

Desta vez, quando a fiadora voou para cima, Doze conseguiu girar para o lado no último segundo, usando o braço preso como apoio para golpear para cima e cortar no meio das placas de couraça na perna da frente da criatura. Sentiu o machado conectar-se com algo mole, mas, em vez de ir para trás, a aranha girou de frente para Doze. As presas estavam perto demais do rosto da garota, que escolheu um dos outros olhos da coisa e levantou o machado para golpeá-lo. Houve uma explosão de luz ofuscante, um *pop* como uma bolha de sabão estourando e, de repente, não havia mais fiadora da morte. Ela não estava morta, tinha desaparecido. Doze girou na teia, olhando por todos os lados, mas a aranha sumira.

Seis estava na metade da corda para ajudá-la e Widge tinha chegado à ponta da teia. Cão continuava no solo. Todos estavam olhando ao redor, boquiabertos, parecendo tão perplexos quanto ela.

— Ahn... o que aconteceu? — perguntou ela em direção ao chão, incerta. — Para onde ela foi?

Pata de Raposa pigarreou do galho a que estava agarrado.

— Com licença! Fui eu! — Ele deu de ombros, tímido com a perplexidade coletiva deles. — Era o mínimo que eu podia fazer depois de você se arriscar por mim. Mas você consegue vê-la? Ela ainda deve estar por aí.

Doze engoliu um grito, olhando loucamente em volta.

— Ah, ela não deve conseguir machucar você — adicionou Pata de Raposa. — Acho que eu a encolhi. Se você a vir, pode trazê-la aqui embaixo? Se não, os outros lá em casa não vão acreditar em mim.

— Você *acha* que a encolheu? — repetiu Seis.

Pata de Raposa deu de ombros, parecendo envergonhado, depois indicou como uma de suas patas da frente estava segurando a árvore.

— Na melhor das hipóteses, minha magia é imprevisível, e eu preciso das duas mãos livres, na verdade. Tem muitos gestos envolvidos.

Doze o olhou fixamente. Uma "fraca habilidade mágica latente", dizia *Um bestiário mágico* sobre os moxis. Precisavam atualizar suas informações.

Doze não via a fiadora da morte em lugar nenhum e começou a laboriosamente tentar livrar-se da teia pegajosa. Widge a ajudou e lambeu cada parte do rosto dela, num cumprimento extasiado. Embaixo, Seis ajudava Pata de Raposa a descer. Os membros dele tremiam tanto que mal conseguia ficar de pé, e alternadamente pedia desculpas e expressava enorme gratidão a todos.

Quando Doze finalmente escorregou pela corda para juntar-se a eles, Widge imediatamente pulou de seu ombro para investigar Pata de Raposa. Por um momento desconfortável, achou que Seis ia abraçá-la de novo, mas ele só sorriu, com óbvio alívio no rosto. Cão parecia não conseguir decidir se a repreendia ou a elogiava. Decidiu-se por um aceno de cabeça neutro, depois mudou de ideia e deu um empurrão nela com o focinho.

Pata de Raposa se endireitou e foi até ela. Para surpresa de Doze, Widge estava no ombro dele, chilreando alegremente. O esquilo dela nunca tinha se afeiçoado tão rápido a alguém. Levou um momento para analisar Pata de Raposa direito. Ele era pequeno, batia no peito dela. A pele era morena-dourada e os olhos, de um ouro fundido, e tinha cabelo cor de mel que se levantava em tufos bagunçados. Usava um macacão simples de um tecido verde-escuro que deixava seus braços descobertos, mas o frio não parecia incomodá-lo em nada. Seus pés descalços mal deixavam pegadas na neve. O sorriso no rosto era estonteante. Havia algo nele que inspirava confiança, uma abertura e curiosidade de que Doze gostou de cara.

— Flit não vai acreditar nisso quando eu contar. — Ele abriu um sorrisão. — Se bem que... Ah! — O sorriso dele se abriu ainda mais quando esticou a mão para pegar algo do cabelo de Doze. — Agora, ele vai ser obrigado a acreditar!

Os olhos de Doze se arregalaram ao olhar a aranha branca minúscula na palma da mão dele. Não era maior que a unha do dedão dela. Pela primeira vez, ficou sem palavras.

Pata de Raposa esquadrinhou seus bolsos volumosos e puxou uma caixinha de vidro do deserto. Deslizou a tampa, jogou a aranha relutante lá dentro e, com um suspiro alegre, guardou a caixa de volta no bolso.

— Você se machucou? — perguntou Cão ao moxi, farejando-o inquisitivo. Pata de Raposa pareceu ver Cão pela primeira vez e o olhou fixamente, de queixo caído.

— Você é o Guardião! — exclamou, os olhos no pelo de pedra de Cão balançando no vento frio. — O que está fazendo fora do pavilhão? Flit diz que o Guardião nunca sai!

— Flit está errado — disse Cão.

Enquanto Seis procurava frutas secas para Cinco e Pata de Raposa, Cão explicou tudo o que acontecera nos últimos dias. Os olhos dourados de Pata de Raposa ficavam cada vez mais arregalados enquanto ele ouvia avidamente, mastigando com fome.

— Inacreditável! — murmurou quando Cão ficou em silêncio. — Acontecimentos estranhos em tempos estranhos... — Ele estremeceu de repente. — Infelizmente, não consigo achar o rastro para vocês — disse ele. — Mas talvez conheça alguém que consiga, e acho que posso ajudar seu amigo.

Ele fez um gesto de cabeça para Cinco.

— Sério? — Seis arquejou. O coração de Doze deu um salto. Cinco nem estava mais falando. Sempre que Seis tentava alimentá-lo, ele arreganhava os dentes.

— Sim — respondeu Pata de Raposa, lentamente. — Chamamos seus falesiadores por outro nome, mas tenho certeza de que são a mesma coisa. O veneno deles é poderoso. Devora as vítimas de dentro para fora até não sobrar nada.

As palavras dele gelaram as entranhas de Doze.

— Você consegue reverter? — perguntou ela. Widge viu sua preocupação e saltou de volta a ela, seu calor familiar foi um conforto.

Pata de Raposa se levantou, parecendo determinando enquanto Cinco rosnava para ele.

— Só tem um jeito de descobrir.

Capítulo 30

PATA DE RAPOSA VOLTOU UM POUCO DEPOIS, LUTANDO COM UM BRAÇO de videira-estranguladora.

— Antigamente, era difícil de achar. — Ele ofegou enquanto Doze o ajudava a soltar sua cintura. — Agora, estão por todo lado.

— Videira-estranguladora vai ajudar? — perguntou Seis, duvidando. Enquanto Pata de Raposa estava longe, ele descera Cinco de Certeira com dificuldade. O garoto estava sentado numa pele, mãos ainda amarradas, sibilando para quem se aproximasse demais.

— Espero que sim — disse Pata de Raposa, puxando uma tigela do bolso, arrancando as folhas e jogando-as lá dentro. — A mágica das folhas pode ser um antídoto poderoso, se preparado corretamente.

Ele pegou uma pedra de âmbar de outro bolso e amassou as folhas até virarem uma pasta, adicionando vulnerária e algumas gotas de um óleo fragrante enquanto trabalhava.

Os moxis também eram curandeiros, então? Doze olhou para ele, agachado, fascinada. Como os Caçadores sabiam tão pouco sobre essas criaturas?

— Acho que vou precisar da ajuda de vocês — disse ele, um minuto depois, olhando apreensivo para os dentes arreganhados de Cinco.

Juntos, Doze e Seis tentaram segurar os braços de Cinco. Ele se debateu furiosamente, contorcendo-se como uma enguia, espumando pelos cantos da boca. Com um giro repentino e cruel, chutou forte a lateral do corpo de Doze, jogando-a de costas na neve. O grito dela foi metade de dor, metade de surpresa.

— Já chega — disse Cão, saltando para colocar uma pata firmemente no peito de Cinco. — Deixe o moxi trabalhar. — Ele olhou para Doze, que estava se ajoelhando com dor. — Você está bem?

Ela engoliu um xingamento e fez que sim, séria. As patas de Widge estavam cravadas no ombro dela quando agarrou de novo o braço de Cinco, que se debatia.

— Faça agora — falou ela para Pata de Raposa. — O mais rápido que conseguir.

Cinco lutou com mais força do que nunca, mas não era páreo contra os três.

Com um aceno de cabeça em agradecimento, Pata de Raposa se aproximou. Colocou a pasta na ferida de Cinco num padrão complicado, depois fez sua mágica com gestos de mão rápidos e fluidos, de uma complexidade hipnotizante.

Doze ficou olhando, fascinada, sua expressão espelhada no rosto de Seis.

— É isso? — perguntou ela quando o moxi se recostou. — Isso foi... mágica? — Os olhos brilhantes de Widge refletiam a admiração dela.

Pata de Raposa fez que sim, sorrindo.

— Se funcionar, vai ser rápido — adicionou ele, colocando um curativo novo ao redor da cabeça de Cinco. — Já vamos saber.

Seis assentiu, o rosto pálido desesperado e esperançoso.

— Obrigado.

As pálpebras de Cinco caíram. Ele parecia exausto depois de lutar contra todos. Pata de Raposa ficou de olho nele enquanto acendia uma pequena fogueira na neve.

— Você acha mesmo que seu amigo pode nos ajudar a achar de novo os rastros dos trasgos? — perguntou Doze, esquentando as mãos em cima das chamas. Uma sensação irrequieta coçou dentro dela, lembrando-lhe que, a cada segundo que demoravam, Sete era levada mais para longe.

— Não é um amigo — explicou Pata de Raposa lentamente, sentado ao lado dela. — Tem uma árvore muito antiga aqui, uma das Árvores do

Coração da floresta. Martelo de Carvalho. Ele foi plantado pelos meus ancestrais e, às vezes, lembra-se de sua lealdade a nós.

Doze pensou nos rostos ameaçadores nos troncos e estremeceu, apesar do calor. Widge cutucou a bochecha dela, concordando.

Pata de Raposa deu de ombros, pesaroso.

— Ele sempre é imprevisível, e agora as coisas estão mudando na floresta, o que o deixa ainda pior. Não é mais tão seguro aqui como já foi.

Doze não conseguiu segurar uma risada irônica, olhando incisivamente para a teia vazia.

— Seguro?

— Para aqueles com respeito o bastante para aprender os costumes? Sim — disse Pata de Raposa, firme. Seu tom repreendeu Doze o bastante para fazê-la parar de rir.

— Como a floresta muda? — perguntou Cão, mantendo a voz baixa para não perturbar Cinco.

— Aqui há um equilíbrio entre luz e sombra — explicou Pata de Raposa. — Esse lugar sempre foi um campo de batalha para esses polos, mas, desde aquilo que vocês chamam de Guerra Sombria, o equilíbrio foi mantido. Agora está mudando de novo, como naquela época.

As palavras dele foram uma brisa gelada que fez Doze tremer. Cão ganiu, um som suave e doloroso no fundo da garganta.

— Ele está acordando! — gritou Seis, de repente. Ele olhava perplexo para Pata de Raposa enquanto Cinco gemia e se virava de lado.

Eles correram até Cinco, e Pata de Raposa colocou a pequena mão na testa do rapaz.

— A febre dele está abaixando — disse, com alívio. — Por enquanto, vamos manter o curativo, mas acho que podemos dizer que a ferida está se curando e seu amigo, se recuperando.

Ele se sentou sobre os calcanhares, parecendo imensamente feliz consigo mesmo.

Doze, Seis e Cão se agruparam ao redor de Cinco, mal ousando respirar quando os cílios dele se agitaram e finalmente se abriram. Por um momento, os olhos pareceram desfocados, mas depois pousaram em cada rosto.

— O que vocês estão olhando? — falou, rouco, parecendo surpreso. — Tem comida na minha cara ou algo assim?

Seis deu um grito de alegria sem palavras e agarrou Cinco pelos ombros, puxando-o num abraço. Doze balançou para frente e para trás nos calcanhares, o alívio era tão forte que se sentiu tonta. Queria rir e chorar ao mesmo tempo. Widge correu em círculos no ombro dela, a cauda balançando loucamente de felicidade.

Quando Seis deitou Cinco de volta, Doze deu um soquinho no braço dele.

— É bom ver você acordado. Muito bom. — A voz falhou um pouco, e ela engoliu em seco. — Você nos deu um baita susto.

Doze analisou rapidamente o rosto dele. Os olhos estavam brancos de novo, e a terrível cor cinza sumia de sua pele.

Cinco piscou para ela, parecendo decididamente nervoso.

— Por que você está falando assim? — Ele olhou ao redor, sua expressão ficando cada vez mais preocupada. — E *onde* a gente está?

— Do que você se lembra? — perguntou Cão, com gentileza.

Cinco mordeu os lábios e tentou se sentar. Seus olhos se arregalaram quando viu Pata de Raposa debruçado em cima da fogueira. De mais um bolso do macacão, ele havia tirado uma chaleira que enchia de neve e ervas fragrantes.

— Ahn... o que, em nome de Ember, é aquilo? — sussurrou Cinco.

— É o Pata de Raposa. — Seis sorriu. — É o moxi que a gente resgatou da teia da fiadora da morte. Foi ele quem curou você.

— Quem e o que a gente resgatou da...? — Cinco parou de falar e balançou a cabeça. — *Do que* você está falando?

O sorriso sumiu do rosto de Seis.

— Quanto você se lembra do que aconteceu depois que encontramos os falesiadores? — Doze quis saber, ecoando Cão.

— Falesiadores — murmurou Cinco. Ele assentiu. — Sim, eu me lembro deles. Eles mataram o Corcel.

Ele balançou a cabeça devagar.

Doze e Seis trocaram um olhar preocupado por cima da cabeça de Cinco.

— O que mais? — pressionou Cão.

— Argh, está tudo enevoado — disse Cinco, semicerrando os olhos em pensamento. — Eu me lembro de Doze me dizendo que era só um arranhão — falou, por fim. Havia um tom de acusação, e ele a olhava com irritação. — Você *obviamente* estava mentindo!

— Bom, eu não queria assustar você — admitiu ela.

Cinco deu uma rosnada.

— Que gentileza. Agora, *alguém* pode me falar onde estamos?

A perplexidade no rosto de Cinco aumentou enquanto Seis o informava. Ele não conseguia acreditar que estavam na Floresta Congelada nem que tinham lutado contra um ygrex e uma fiadora da morte sem ele. Seis não mencionou que Cinco o tinha atacado, nem a forma que o ygrex havia assumido e, por isso, Doze ficou infinitamente grata. Quanto mais Seis falava, mais Cinco parecia preocupado, até Pata de Raposa chegar com uma xícara de chá para ele.

— Gengibre e mel — disse, os olhos dourados analisando o rosto de Cinco e notando a melhora. — Também adicionei uma pitada de raiz dos sonhos para melhorar suas memórias.

— Obrigado — agradeceu Cinco, incerto, pegando a xícara. — E, ah, obrigado por me curar.

Pata de Raposa inclinou a cabeça.

— Era uma dívida que paguei de bom grado. Seus amigos salvaram minha vida.

Enquanto Cinco tomava o chá, a cor começou a voltar a suas bochechas, e não demorou para o grupo estar de pé novamente. Cinco precisou de ajuda para montar em Certeira, mas depois seguiram, num trote que mantinha o ritmo do moxi.

— O que é essa árvore Martelo de Carvalho? — questionou Cinco, os olhos arregalados ao observar tudo ao redor.

— Não "o que", mas "quem" — corrigiu-o rapidamente Pata de Raposa. Ele desacelerou e esfregou o queixo, pensativo, antes de voltar-se a eles. Abaixou a voz para um sussurro: — As Árvores do Coração são inimaginavelmente velhas, e Martelo de Carvalho pode ser... hum... ausente. — Pata de Raposa olhou ao redor, nervoso. — Ele tem muito poder, mas pouquíssima paciência. Para o bem de todos nós, não façam nada que possa insultá-lo.

— Insultar uma árvore? — desdenhou Cinco. — Por que alguém se daria a esse trabalho?

Pata de Raposa se encolheu.

— Dizer algo assim, por exemplo, não daria certo. Para ele, somos só um grão de areia no tempo, mais nada. Vocês precisam fazer suas perguntas educadamente e, se ele se recusar a ajudar, ir embora. — Pata de Raposa olhou para cada um deles. — Podem fazer isso?

Doze assentiu, intimidada e intrigada. Os outros também concordaram.

A floresta mudou ao redor deles enquanto seguiam. Os troncos ficaram mais largos e a copa das árvores, mais alta, mas uma sensação de claustrofobia crescia em Doze. Quando mais longe iam, mais escuro e imponente ficava o bosque. Widge se apertou contra o pescoço dela, depois pensou melhor e desapareceu dentro da pele de urso. Por fim, Doze tirou a pedra da lua do bolso para iluminar o caminho. Sua luz limpa e clara aliviou o desconforto, mas Cinco berrou quando viu os rostos adormecidos das árvores iluminados.

— Shhh! — sibilou Seis, cutucando Cinco. — Você também não se lembra deles?

Cinco fez que não, arregalando os olhos.

Pata de Raposa olhou fixamente a pedra da lua, que tornava seus olhos dourados quase verdes.

— Você tem um tesouro muito raro — falou baixinho. — Faz muito tempo que não se vê uma pedra da lua assim por aqui.

— Não é minha. Só estou tomando conta para alguém — sussurrou Doze, a voz presa na garganta. O ar tinha um peso estranho, pinicando a pele dela como se estivessem sendo observados. Fazia com que quisesse encolher para dentro de si mesma e desaparecer. Embaixo dela, Cão desacelerou.

— Você sentiu isso? — murmurou ela para ele.

— Definitivamente — grunhiu Cão. — Gosto deste lugar menos ainda do que do resto da floresta.

— Estamos chegando perto da Mata do Coração — sussurrou Pata de Raposa ao grupo. — Há defesas ao redor. Andem *exatamente* por onde eu andar e não parem.

O grupo trocou olhares, mas era a única chance que eles tinham de encontrar o rastro de Sete de novo. Não parecia que tinham muita escolha.

Doze seguiu Pata de Raposa o mais de perto que conseguia — certificando-se de só pisar onde ele pisava. Dentro de suas peles, sentia que Widge tinha se enrolado na menor e mais apertada bola possível e tremia de medo.

Não conseguiu evitar se perguntar se o animalzinho sabia de algo que ela não sabia.

Capítulo 31

Quando Doze olhou para trás, viu sem surpresa que não deixavam pegadas. O frio era absoluto, nem uma brisa soprava. Uma sensação tensa a sufocava, e os cabelos de sua nuca estavam arrepiados. Viu Seis sussurrar algo, mas não conseguia ouvir nada, nem as batidas de seu próprio coração, nem os guinchos temerosos de Widge.

Respirou fundo, devagar, e tentou não ceder ao pânico, os olhos fixos nas costas de Pata de Raposa. O moxi caminhava mais lentamente do que nunca, os ombros curvados como se lutasse contra um vento invisível.

De repente, ele parou. Pata de Raposa se endireitou e virou para eles com um sorriso. O som voltou e o peso ao redor deles se dissipou com um *pop*. O alívio foi indescritível.

O grupo se viu numa pequena clareira redonda rodeada por nove árvores verdadeiramente enormes. Os troncos ficavam tão próximos que quase se tocavam, enquanto, lá em cima, as copas ficavam bem emaranhadas. Havia algo sobrenatural na mata, uma sensação de que estava fora do tempo. E a sensação de ser observado era mais forte do que nunca.

A bolha de luz prateada da pedra da lua fluiu pelos troncos, deixando nove rostos em evidência. Medonhamente majestosos, cinco mulheres e quatro homens dormiam na casca das árvores, a boca virada para baixo, a testa franzida.

Pata de Raposa os chamou para a frente de um dos rostos masculinos. Doze levantou mais a luz, e o grupo o mirou em silêncio.

— Martelo de Carvalho? — chutou Seis, e Pata de Raposa fez que sim.

— Não é seguro — rosnou Cão, olhando ao redor. Os pelos de seu pescoço estavam eriçados, e Doze sentia a tensão vibrando em ondas por ele.

— Eu... já falei com ele antes — sussurrou Pata de Raposa.

— E isso é para nos reconfortar? — murmurou Cinco.

— É nossa única chance de achar o rastro de Sete — falou Seis. — Precisamos tentar, ou terá sido tudo em vão.

Doze encontrou o olhar dele e assentiu, concordando. Pelo bem de Sete, precisavam fazer isso.

O tronco da grande árvore era retorcido e formava longos fios desorganizados de cabelo e um enorme bigode espesso. As sobrancelhas ramosas da árvore cresciam em profusão, mas, embaixo delas, o rosto era emaciado e gasto. As maçãs do rosto e o nariz eram pontudos como lâminas e os olhos recuavam profundamente sob uma testa proeminente. Ele parecia doente.

— Ele não tem essa aparência sempre, né? — questionou Doze, vendo a consternação de Pata de Raposa.

O moxi empalideceu com as palavras dela e olhou com medo para Martelo de Carvalho, antes de mirá-la com irritação. Tarde demais, ela se lembrou do aviso dele sobre não dizer nada que pudesse ser ofensivo. Encolhendo-se, gesticulou que tomaria mais cuidado.

Pata de Raposa se virou para a árvore e começou a falar, suas palavras se transformando num cântico que fez os ouvidos de Doze zumbirem.

— Martelo de Carvalho, Grande Espírito da Árvore e Nono Guardião da Floresta, Andarilho dos Desertos Gelados, Vigia do Além e Mantenedor do Equilíbrio, imploro-lhe, em nome de meus ancestrais, que acorde.

Ele cantou aquilo nove vezes e, a cada repetição, a tensão aumentava na clareira.

Então, tão de repente que Cinco deu um gritinho, os olhos acima deles se abriram e a boca se esticou amplamente para uma respiração profunda e perturbada.

Martelo de Carvalho estava acordado.

Capítulo 32

Algo invisível fez todos darem um passo para trás, uma liberação de energia profunda demais para ter som, mas que reverberou como um alerta.

Martelo de Carvalho mirou o grupo, os olhos brilhando como o céu noturno, todo escuridão e estrelas.

— Moxi! — disse Martelo de Carvalho, focado em Pata de Raposa. — Por que me acordou?

A voz dele era como o crescimento lento de madeira velha, o ranger de galhos, a passagem do tempo numa geleira intocada.

Pata de Raposa engoliu em seco ao fazer uma mesura diante da árvore.

— Grande Martelo de Carvalho, devo minha vida a esses humanos e ao Guardião que os acompanha. Eles se perderam e querem recuperar seu caminho. Trouxe-os a você sabendo que talvez escolha ajudá-los.

Um vento gelado, afiado como lâmina, cortou a clareira, fazendo todos se encolherem. Doze e Seis trocaram olhares preocupados.

— Que maravilha — murmurou Cinco entredentes. — No que você enfiou a gente agora? Eu *mal* me recuperei da minha última experiência de quase morte.

— Shhh. — Seis o silenciou, vendo que o foco de Martelo de Carvalho agora estava neles.

— Quem são vocês? — Árvore do Coração quis saber.

Uma pergunta simples, mas a voz dele fez Doze tremer. A língua dela deslizou inútil pela boca. Seis foi o primeiro a se recompor o bastante para falar. Ele pigarreou nervoso e contou a história deles a Martelo de Carvalho.

— Estamos seguindo os rastros de Sete — terminou, alguns minutos depois —, mas eles sumiram na floresta. Por favor, pode nos ajudar a reencontrá-los?

A luz de estrelas ficou mais forte nos olhos de Martelo de Carvalho, e a boca dele lentamente crepitou num sorriso.

— Como eu poderia recusar um pedido tão educado, especialmente de Caçadores novatos?

— Sério? Você vai nos ajudar? — perguntou Seis, com um sorriso alegre se espalhando pelo rosto.

— É claro — falou Martelo de Carvalho. — Mas pedirei algo pequeno em troca.

Pata de Raposa de repente pareceu preocupado.

— Ah, não.

— Não temos muita coisa — admitiu Seis —, mas seja lá o que você queira será seu, se nos ajudar.

Doze deu a ele um olhar afiado.

— Desde que todos nós concordemos — completou ela, jogando a cabeça para trás para olhar nos olhos de Martelo de Carvalho. — Afinal, estamos juntos nisso.

Ele deu uma risada áspera e o som encheu Doze de um medo irracional. Widge tremia tanto que ela se preocupou com que ele caísse de dentro das peles. Torceu para que ficasse imóvel e não se mostrasse.

— A única coisa que peço em troca é a verdade — falava Martelo de Carvalho agora baixinho, suas palavras caindo como folhas mortas entre eles. — Algumas perguntas para cada um, todas respondidas com honestidade. Sinto falta de conversas honestas; é surpreendentemente difícil encontrar isso hoje em dia.

As estrelas em seus olhos brilharam mais forte e o peso no peito de Doze aumentou.

— Isso *claramente* é uma péssima ideia — sibilou Cinco. — Vamos embora daqui.

Para variar, Doze estava de completo acordo com ele.

— Vamos responder às suas perguntas com honestidade — prometeu Seis, desviando os olhos da expressão de choque dos outros. — É nossa única chance de achar Sete — sussurrou para eles, com o rosto pálido. — Não temos escolha.

— Maravilha! — Comemorou Martelo de Carvalho com sua voz áspera.

O quanto ele pareceu satisfeito fez Doze estremecer.

— Então, menino, por que estão aqui? — perguntou Martelo de Carvalho a Seis.

Seis engoliu a confusão e falou com respeito:

— Como falei, estamos aqui para encontrar Sete.

— E quem é essa Sete? — Outro sorriso marcou o rosto de Martelo de Carvalho.

— Ela... ela também é uma Caçadora novata — respondeu Seis, tropeçando nas palavras.

— Hum — disse Martelo de Carvalho, pensativo. — Essa é só parte da verdade, creio.

Doze sentiu a respiração de Seis ao lado dela quando a atenção de Martelo de Carvalho passou dele para ela. Endireitou a coluna com um solavanco de medo, lembrando a si mesma de que estava fazendo isso por Sete.

— Garota — falou Martelo de Carvalho, os olhos estreitando ao mirá-la. — Há tanto fogo em você! Conte-me sobre essa vingança com que sonha.

Cinco e Seis lançaram olhares perplexos para ela, mas Doze manteve o olhar em Martelo de Carvalho, tentando esmagar sua fúria crescente.

— Já que parece saber tanto disso, por que não me conta você? — devolveu, lutando para manter a voz estável.

Martelo de Carvalho riu e a pele de Doze se arrepiou toda.

— Muito bem, então, tentarei perguntar de novo daqui a pouco. — Martelo de Carvalho se virou para Cinco com uma expressão predatória. — Por que quer ser Caçador?

Cinco se encolheu.

— A gente... ahn, não tem permissão para falar do passado.

— Ah, mas eu insisto — continuou Martelo de Carvalho, com tranquilidade. — Caso se recuse, terei que encontrar uma maneira de estimulá-lo. Quem sabe eu mate esse menino ao seu lado.

Um silêncio mortal caiu na clareira.

— Peço que me desculpem — arfou Pata de Raposa, os olhos arregalados de choque. — Achei que...

As palavras dele foram cortadas quando as raízes se arrancaram do chão e fecharam a boca dele. Terra escura borrifou pela neve branquíssima.

Doze fez um movimento na direção dele, as mãos já atrás dos machados, mas o moxi olhou nos olhos dela e fez que não, implorando. Ao lado da garota, Cão começou a rosnar.

— Agora — continuou Martelo de Carvalho, ignorando todo mundo exceto Cinco —, responda à minha pergunta.

Cinco os olhou impotente e, então, deu de ombros.

— Meu pai me exilou. Aparentemente, não sou feito para ser chefe, mas meu irmão mais novo é. Ele me disse que, se eu não desaparecesse, daria um jeito de fazer minha morte parecer um acidente... — Ele se perdeu e deu de ombros de novo. — Então eu fugi.

Suas bochechas queimavam, o olhar firme nos pés.

— Compreendo — disse Martelo de Carvalho, ponderando. — Que homem sagaz era seu pai. Agora, conte-me do garoto ao seu lado. O que ele é para você?

Cinco levantou os olhos envergonhados para Seis.

— É o Seis. Ele é meu amigo.

— Ah, seu *amigo*.

O medo perpassou o rosto de Cinco. Doze de repente teve uma péssima intuição.

— Sim — sussurrou Cinco.

O silêncio pairou na clareira, e Martelo de Carvalho sorriu como quem sabia de algo.

— Cinco? — perguntou Seis, incerto.

Havia dois pontos coloridos nas bochechas de Cinco, mas, fora isso, ele estava mais pálido do que quando estivera doente.

A expressão de Seis mudou de perplexidade a surpresa, até chegar a compreensão.

— Você... você gosta de mim? — questionou ele. — Não só como amigo?

Cinco estava de cabeça baixa para o chão, recusando-se a olhar nos olhos de Seis. Doze sentiu a dor e o desconforto dele como se fossem seus.

Acima, Martelo de Carvalho rugiu uma gargalhada, e Doze apertou mais os machados, a fúria fervendo dentro dela com cada batida do coração. O rosnado de Cão se intensificou.

— Você não tinha direito de contar esse segredo! — gritou ela para Martelo de Carvalho, a voz aguda. — Por que está fazendo isso?

— Porque eu posso — suspirou ele, satisfeito. — Vocês pediram minha ajuda e concordaram com o preço. — Seu olhar de escuridão foi para ela, e seu sorriso aumentou atrás da barba. — Agora conte-me, por que *você* foi para o Pavilhão de Caça?

Os dentes de Doze se apertaram com tanta força que um músculo da mandíbula teve um espasmo. Sob as roupas, Widge fincou as garras na pele dela, o terror fazendo o corpo de Doze vibrar.

— Ah, vamos lá — repreendeu Martelo de Carvalho. — Tenho que encorajar você também? Muito bem.

Ao lado dela, Cão começou a uivar, suas pernas cedendo sob o corpo quando ele caiu se contorcendo na neve.

Doze correu até ele, o horror a inundando.

— Pare com isso! — gritou ela. — O que você fez com ele?

— Concedi seu desejo mais profundo — disse Martelo de Carvalho, com modéstia. — Ele deseja ser real. O que é mais real do que a dor?

Ver Cão berrando, suas patas contorcidas, quase foi mais do que Doze podia suportar. As mãos dela se apertaram convulsivamente nos machados e lágrimas encheram seus olhos.

— Cão e eu vamos achar muito egoísta se você não me responder logo — provocou Martelo de Carvalho. — Seria de se imaginar que você se esforçaria mais para protegê-lo. Mas você não é lá muito boa em proteger aqueles que ama, não é, *Starling*?

Dedos gelados subiram pela coluna de Doze. Seis falou o nome dela sem som, assombrado, e Cinco lhe roubou um olhar antes de apertar o braço dela em solidariedade. Ele a soltou rápido, como se achasse que ela pudesse empurrá-lo.

Uma tristeza repentina tomou conta de Doze. O fato de ele a confortar agora, quando estava prestes a fazê-lo odiá-la de novo contando a verdade...

— Starling? — cantarolou Martelo de Carvalho. — Estou esperando.

Atrás dela, Cão latiu, e Doze soube que teria que falar. Aquilo ia condená-la, mudaria a forma como eles a viam; talvez forçasse o grupo a deixá-la para trás.

Mas, se salvasse Sete, valeria a pena.

Capítulo 33

— Vim para o pavilhão depois que minha família morreu, para treinar como Caçadora — contou Doze, fria, olhando dentro da profundeza rodopiante nos olhos da velha árvore. Ela duvidava que isso fosse satisfazer Martelo de Carvalho, mas valia a pena tentar.

— Arrá! — gritou ele. — Muito perto da verdade, mas ainda tão longe. — Ele continuou com tristeza. — Cão parece um Guardião tão bacana, mas me pergunto se não vai ser difícil para ele ter só três pernas.

— Pare! — berrou Doze. Ela não suportava pensar em Cão aleijado, ainda mais por causa dela. — Eu fui depois que minha vila foi massacrada pelo clã das cavernas. Queria aprender as habilidades de uma Caçadora.

Martelo de Carvalho sorriu, sombrio.

— Você quer *ser* uma Caçadora?

Doze respirou fundo.

— Não.

Cinco e Seis mudaram de posição ao lado dela, mas Doze não os olhou; ela já sentia o choque e decepção deles. Endureceu-se em defesa.

— Por que você precisa aprender essas habilidades, então? — questionou Martelo de Carvalho.

Doze hesitou. A árvore lançou o olhar para Cão e de volta para ela. A implicação estava clara.

— Para vingar minha família — disse Doze, feliz por sua voz soar tão forte, apesar das marteladas em seu coração. Ela nunca tinha falado seu plano em voz alta, nem queria, mas os uivos de Cão eram tão lastimáveis que não podia ficar quieta. — O clã das cavernas os matou. Pretendo devolver o favor.

Doze olhou nos olhos de Martelo de Carvalho sem piscar.

— Compreendo — disse a árvore, fingindo surpresa. — Uma disputa de sangue. Alguém não anda prestando atenção ao seu Juramento. Bom, o que acha disso, Seis?

Como uma lanterna, a atenção de Martelo de Carvalho passou de Doze para Seis, deixando-a se sentindo chamuscada e sem fôlego. Sonhos de vingança eram um estímulo desde a morte de sua família, mas dizê--los em voz alta a deixou se sentindo estranhamente vazia, diminuída. Afastou-se da sensação, sem querer examiná-la mais de perto.

— E-eu não sei — respondeu Seis.

— Sim, finalmente chegamos ao Garoto que Mente — falou Martelo de Carvalho com suavidade, seu prazer evidente. — Guardei o melhor para o final.

Seis estava muito pálido e ereto. Ela se detestou assim que reconheceu aquilo, mas uma pequena parte de Doze estava intrigada.

— Por que você procurou o Pavilhão de Caça, Garoto que Mente?

Seis respirou fundo e suspirou antes de falar.

— Meus pais também foram mortos. — Ele olhou para Doze, que se assustou com o desespero nele. — Eu não achei que tinha lugar para mim no meu clã sem eles, então fui embora para o pavilhão.

— Hum. — Martelo de Carvalho assentiu, pensativo. — Compreendo. Por que seus pais foram mortos?

— *Por quê?* — gritou Seis, incapaz de esconder a raiva no rosto. — Como eu vou saber? Eles eram pessoas boas!

— É claro — murmurou Martelo de Carvalho. — Bem, talvez você esteja no mesmo barco que Doze. Será que seus pais foram mortos pelo clã das cavernas?

— Eu... não — murmurou Seis, com os ombros curvados.

— Como pode ter tanta certeza? — perguntou Martelo de Carvalho, traiçoeiro. — A aldeia inteira de Starling foi dizimada por eles. Parece que são capazes de tudo. Você estava lá quando eles morreram?

— Não.

— Então como sabe que não foi o clã das cavernas?

A luz das estrelas estava cintilando nos olhos de Martelo de Carvalho quando os fixou em Seis. O garoto não disse nada, mas lançou a Doze um olhar cheio de medo e arrependimento.

Uma vozinha sussurrava no fundo da mente de Doze: Seis sabia muito sobre pedras da lua. O clã das cavernas minerava pedras da lua. E havia aquele olhar idiota e sentido.

O sangue rugiu nos ouvidos de Doze, inundada pelo horror e o nojo. Seis, que tinha salvado a vida dela. Seis, que era bem-humorado até quando ela estava em seus piores momentos. Seis, que havia começado a considerar um amigo. Dedos gelados de desespero a agarraram pela garganta e sua respiração estremeceu quando olhou nos olhos dele.

— Sinto muito — sussurrou ele. — Mas...

— Inseto das cavernas! — sibilou Doze, e seu coração se contorceu violentamente no peito. Seis não disse nada.

— Não terminei com você, Garoto que Mente! — A voz desumana de Martelo de Carvalho os silenciou.

— Não vou responder a mais nenhuma das suas perguntas! — gritou Seis, o rosto como giz.

— Ah, é? Mas achei que tínhamos um acordo. — Martelo de Carvalho levantou uma sobrancelha e o solo se mexeu sob os pés de Doze. Raízes se levantaram e se enrolaram nas pernas dela, deixando-a de joelhos. Antes que conseguisse dar um golpe de machado, estavam enroladas também em seu pulso e pescoço, puxando-a para trás numa posição impossível até ela mal conseguir respirar.

— Cuidado, Starling. — Martelo de Carvalho deu uma risadinha. — O clã das cavernas ainda pode matar mais um de sua família.

Seis apertou os olhos e balançou a cabeça.

— Pare com isso! Deixe-a em paz!

— Com prazer. — Martelo de Carvalho sorriu. — Assim que você responder à minha última pergunta.

Seis baixou a cabeça, resignado.

— Quem é a garota que você procura? — perguntou Martelo de Carvalho.

— Sete — respondeu Seis, sem expressão.

— E o que ela é para você? — Os olhos de Martelo de Carvalho brilharam. — Por que veio atrás dela?

Seis respirou fundo, tremendo, e levantou a cabeça para encontrar o olhar de Martelo de Carvalho.

— Ela é minha irmã.

Capítulo 34

CINCO DEU UM GRITINHO DE SURPRESA E DOZE FECHOU OS OLHOS, desesperada. Fazia perfeito sentido: todas as vezes em que Seis os convencera a irem mais rápidos, o fato de que ele evitara Sete no pavilhão, mas tentara resgatá-la quando foi levada. As peças se encaixavam e Doze percebeu, assustada, que tinha saído numa missão para resgatar uma garota do clã das cavernas, e tinha pensado num garoto do clã das cavernas como amigo. Ela ficou enjoada com o quanto aquilo era errado.

Martelo de Carvalho riu de prazer.

— Ah, faz muitos anos que não encontro um grupo tão mal ajambrado!

— Doze — sussurrou Seis, tentando fazê-la olhar para ele.

As raízes que prendiam Doze e Pata de Raposa se retraíram. Ela se levantou devagar.

— Doze — repetiu Seis.

Ela não tinha certeza de qual de suas emoções rodopiantes subiria à superfície se encontrasse os olhos de Seis, então correu para Cão. Ele ainda estava no chão, atordoado.

— Ela é sua irmã? — perguntou Cinco, entorpecido. — Por que você não me *contou*? Podia ter me confiado pelo menos nisso! Eu segui você cegamente, quase morri e obviamente você sabe bem mais a respeito...

— Basta — chiou Martelo de Carvalho, sua risada sumindo. — Vou manter minha palavra e levar vocês ao baluarte dos trasgos para o Garoto que Mente resgatar sua preciosa irmã. Ou vocês podem cortar a garganta uns dos outros, como preferirem.

Ele sorriu com simpatia e Doze pegou os machados onde os derrubara. Antes que um pensamento consciente tivesse se formado na mente dela, Pata de Raposa estava ao seu lado, segurando-a com força surpreendente.

— Sinto muito — sussurrou ele, os olhos dourados cheios de lágrimas. — Ele nunca foi assim antes. Como eu disse, a floresta está mudando. Mas, por favor, se quer viver, controle seu temperamento.

Respirações irregulares chacoalharam o corpo dela, mas Doze conseguiu assentir.

— Reúnam-se na minha frente — ordenou Martelo de Carvalho, com estrondo. — Moxi, pare de murmurar. E, Guardião, levante-se. Você é feito de pedra, não tem motivo para ficar tremendo no chão como um filhotinho.

Com um grunhido, Cão ficou de pé, vacilante, apoiando-se com tanta força em Doze que ela quase caiu.

— Ótimo — ronronou Martelo de Carvalho quando Certeira foi com cuidado até Seis. — Agora, vou abrir a boca e vocês vão entrar.

— Quê? — Por um momento, o grupo ficou unido em descrença.

Acima deles, Martelo de Carvalho abriu a boca. Lá dentro, a mesma escuridão brilhante dos olhos dele os recebia.

Com um tremor, Cinco deu um passo para trás.

— Isso *só pode* ser brincadeira. Você acha mesmo que somos idiotas o bastante para simplesmente entrar na sua boca?

Martelo de Carvalho não respondeu. Sua boca se abriu cada vez mais. A mandíbula inferior se soltou como a de uma cobra, e a escuridão escancarada escorreu pelo tronco largo até tocar o chão na frente deles.

— Eu sei que parece estranho, mas ele está falando a verdade — gaguejou Pata de Raposa, vendo que ninguém ia na direção do tronco. — Eu mesmo já viajei dessa maneira. Não é desconfortável; mas é melhor correr antes que a paciência dele acabe.

Com movimentos da mão, Pata de Raposa tentou guiá-los na direção da árvore. Todos resistiram.

— Não — disse Cinco. — Isso já foi longe o bastante. Vocês dois são mentirosos, e não vou dar mais um *único* passo com vocês. Não sem confiarmos uns nos outros.

— Confiar? — perguntou Seis, sério, sobrancelhas levantadas, a boca apertada. A cor voltou a manchar as bochechas de Cinco.

— Aaargh! — gritou Pata de Raposa, pulando de um pé para outro. — Ele está fechando a porta, vocês precisam ir agora ou nunca vão achar o rastro de sua amiga.

E, de fato, à frente deles, a boca de Martelo de Carvalho se fechava, os olhos estreitados em perigosas fendas.

— Perdão — gritou Pata de Raposa —, mas não posso deixar que desperdicem essa oportunidade quando chegaram tão longe.

Ele levantou as mãos e rapidamente fez uma profusão de padrões desconcertantes no ar, depois gritou uma palavra que atravessou os sentidos de Doze e desapareceu. Antes que qualquer um deles pudesse se opor, ou até mesmo fazer um som, o grupo todo foi jogado dentro da boca de Martelo de Carvalho, deixando Pata de Raposa sozinho na Mata do Coração.

Doze caiu pela escuridão absoluta, o coração na boca em ritmo frenético. Desesperada, tentou achar algo em que se segurar, mas não havia nada. Então, de repente, estava de cara no chão, o nariz e a boca cheios de neve fina, as garras de Widge fincadas dolorosamente na pele.

Um grito a fez ficar de pé, seus sentidos rodopiando. Seis estava de joelhos alguns passos à frente dela, os ombros tremendo. Doze cambaleou para a frente e paralisou, incapaz de compreender o que via.

O grupo estava numa cordilheira coberta de neve. À distância, com as muralhas de pedra vermelha inconfundíveis, estava o Pavilhão de Caça.

Martelo de Carvalho os enganara.

Eles estavam de volta ao início.

Capítulo 35

— Eu... não entendo. — O rosto de Cinco estava de um branco doentio.

— Martelo de Carvalho mentiu para nós — grunhiu Doze. — Depois de tudo aquilo, depois de...

A voz dela vacilou, e então parou de falar. Widge saiu das peles. Até os bigodes dele tremiam.

Seis ainda estava de joelhos, balançando a cabeça em silêncio.

Cão foi até ele.

— Levante-se, Seis — disse ele, a voz gentil. — Segure-se nas minhas roupas.

Seis se levantou, instável como um cervo-de-geada recém-nascido.

— Você está bem? — perguntou Cão, cutucando-o com o nariz.

Seis virou um olhar fixo para o Guardião.

— Ela se foi, né? — sussurrou ele, desolado. — Agora, nunca vamos encontrá-la.

Doze apertou os dentes e desviou o olhar. Ela levantou a mão para consolar Widge e tentou concentrar os pensamentos no esquilo assustado. Não se importava com a dor de Seis. *Recusava-se* a se importar. Um garoto do clã das cavernas e a irmã dele. Ela odiava os dois. *Assassinos.* Pensou em Sete, como o sorriso da menina lhe lembrava tanto de Poppy. Por um momento, o rosto deles tremulou. Doze engoliu uma onda de bile. Sete não era amiga dela, não era irmã dela. Resgatá-la não teria mudado nada. E, pior, teria sido uma traição à família, às suas memórias. Não que agora tivesse importância, de todo modo.

O grupo ficou parado em silêncio por muito tempo. Lá em cima, o sol mergulhou e a temperatura começou a cair. Foi só aí que Cão se inquietou.

— Precisamos voltar ao pavilhão — disse com pesar, virando-se para olhar os outros.

— O quê? Não! — gritou Seis, levantando os olhos. Seus movimentos de repente ficaram rápidos e raivosos. Ele correu até Certeira. — Só precisamos voltar à floresta! Vamos seguir os rastros e achar outra forma de retomar a trilha. Talvez a gente possa...

Ele parou quando viu Cinco balançando a cabeça.

— Não — disse Cinco. A voz dele estava muito baixa, tremendo com a emoção reprimida. — Não vou fazer isso. Pela geada, não vou passar por isso de novo por você. Achei que nós fôssemos amigos. Achei que confiava em mim, mas você escondeu *tanta* coisa. Eu quase morri, Seis! Você teria se importado?

— Confiança — disse Seis, os dedos se emaranhando no pelo de Certeira. — É a segunda vez que você menciona isso. E a sua confiança em mim, onde estava? Você devia ter me dito o que sentia por mim.

— Por quê? — perguntou Cinco. — Que diferença teria feito? — A voz dele deu uma guinada quando ele olhou para Doze. — Martelo de Carvalho usou ela, em vez de mim. Isso deixa tudo bem claro.

Doze mudou de posição, não conseguindo evitar o desconforto.

— Como assim?

Cinco estava respirando pesado.

— Quando ele estava me forçando a responder, ele ameaçou Seis para me obrigar a falar. Mas, quando estava interrogando Seis, ele ameaçou *você*. Não eu.

O ciúme era inegável, e Doze riu sem achar graça. A fúria de Cinco jorrou sobre ela.

— E você, Doze? Não pense que é melhor. Você mentiu para todo mundo no Pavilhão de Caça, roubou comida e treinamento daqueles que realmente querem ser Caçadores e acreditam no trabalho que eles fazem. Você me dá nojo.

— Eu realmente não estou nem aí para o que você acha de mim — disse Doze, colocando o máximo de maldade que conseguia na voz. Sua ira queimava incandescente.

— Parem com isso, vocês dois! — gritou Seis. — Martelo de Carvalho nos jogou uns contra os outros. Estamos deixando que ele vença.

— Por mim, tudo bem — disse Doze. — Prefiro que ele vença do que você.

— O que isso quer dizer? — perguntou Seis, trêmulo.

— Já chega — rosnou Cão, tentando entrar no meio deles. Doze o contornou.

— Eu preciso mesmo soletrar? — sibilou ela. — Você é do clã das cavernas. Seu povo matou minha família inteira, assassinou minha aldeia, até os animais. Levei três dias para enterrar todo mundo. Três dias de lama e suor, de sangue que desejei que fosse meu. Três dias espantando corvos. Você acha mesmo que eu teria tentado resgatar Sete se soubesse que ela era um *deles*? Não! Espero que ela já esteja morta.

Caiu um silêncio sepulcral. Doze queria retirar as palavras horríveis, mas elas já tinham voado, mais destrutivas do que qualquer coisa que seus machados pudessem fazer.

Ela viu Seis estremecer profundamente e, quando falou, a voz estava instável de emoção.

— Como pode dizer isso? Ela ainda é a mesma pessoa que você conheceu. Ela deu Widge para você.

Doze não conseguia se mover, não conseguia falar. Widge estava como uma estátua no ombro dela.

— Me dê a pedra da lua — disse Seis, agora com a voz mais dura, a respiração irregular. — Ela errou em dar para você.

— A pedra da lua é da Sete? — perguntou Cinco, surpreso.

A surpresa se mesclou com vergonha em Doze enquanto ela puxava a pedra do bolso e meio que jogava em Seis, assustada com a dor que sentiu ao se separar dela. Sua luz fora uma certeza reconfortante nos últimos dias.

— Sim, é dela — grunhiu Seis, pegando-a.

— Outra coisa que você podia ter me dito — falou Cinco, com frieza, recuperando a compostura. — Quanto mais exatamente você escondeu? Você sabe por que ela foi levada?

— Que importância tem agora? — perguntou Seis, amargo.

— Você sabe! — exclamou Cinco, a voz subindo ao tom de grito. — E não achou adequado compartilhar com a gente? Estava bem feliz em nos usar, mas *claramente* não precisava confiar em nós!

Ele balançou a cabeça e abraçou o corpo, obviamente infeliz.

— Seis? — chamou Cão, virando-se a ele com uma luz perigosa nos olhos. — É verdade?

— Os Caçadores não deixam a gente ficar nem com o próprio nome! — gritou Seis, os olhos arregalados. — Você acha que eles me deixariam ficar com minha irmã?

Uma memória manchada de sal agarrou Doze: o Ancião Gear, gelado como a neve, sem se deixar emocionar com suas súplicas e lágrimas ao levar embora os machados do pai dela. Ela se sacudiu furiosamente.

— Sete insistiu que tínhamos que ir juntos para o Pavilhão de Caça — contou Seis. — Eu implorei para ela escolher outro lugar, mas ela disse que não. Ela devia saber que isso ia acontecer, mas nunca disse nada. Deu a pedra da lua para *Doze*, e não entendo por quê!

O olhar vazio no rosto de Cinco deu lugar à dúvida, depois à confusão.

— Como ela poderia saber que isso ia acontecer?

Doze teve certeza de que sua expressão espelhava a de Cinco e a de Cão. Tentou dizer a si mesma que não ligava, que nada disso importava, mas sua curiosidade queimava.

— Não sei! — Seis jogou as mãos para o alto e gemeu. — É... é difícil de explicar. Ela simplesmente sabe de coisas.

— Você precisa *mesmo* tentar algo melhor que isso — sibilou Cinco, a raiva mal controlada.

— Está bem — falou Seis, passando uma mão pelo rosto. — Começou... começou quando ela era pequena. Às vezes, ela tinha uns sonhos que se realizavam. Quando cresceu, ficou mais complicado. Em vez de acontecimentos simples, ela via caminhos, rotas para futuros possíveis e todas as formas de chegar a eles. Agora, ela os vê em todo lugar, em tudo, mesmo quando está acordada.

Doze tentou entender o que Seis estava dizendo e fracassou miseravelmente. Ao lado dela. Cão estava tenso e imóvel.

— Ela vê o futuro? — perguntou ele, por fim.

— Sim — respondeu Seis, enfiando o rosto nas mãos e fazendo uma respiração instável.

Algo clicou na mente de Doze.

— Foi por isso que eles a levaram — disse ela, encontrando uma satisfação sombria em resolver o mistério.

Cinco assoviou baixinho.

— É um poder e tanto. — Ele ficou um pouco tenso. — Espere, é um poder *mesmo!* — repetiu, os olhos arregalados procurando o rosto de Seis. — Algo assim... não faz dela uma bruxa?

Os braços de Doze se arrepiaram e ela coçou as orelhas de Widge, mais para consolar a si mesma do que a ele.

— Não sei — disse Seis, com tristeza. — Nossas pinturas nas cavernas nos dizem que sempre houve uma bruxa nascida nos clãs. Esperamos e esperamos, mas não veio ninguém. Depois que nossos pais foram assassinados, Sete disse que tínhamos que vir para o pavilhão. Mas ela nunca disse por que e nem nunca falou que isso ia acontecer. — A voz dele tremeu.

— Nunca vi você nem falar com ela — falou Cinco, perguntando-se o motivo. Os ombros dele estavam um pouco menos tensos.

Seis estremeceu.

— A gente não se falava. Nos despedimos antes de chegarmos ao pavilhão, depois eu fui na frente para não entrarmos juntos. Sabíamos que teríamos que fingir de modo convincente que não nos conhecíamos, e o jeito mais fácil era um evitar o outro completamente.

Uma raiva inesperada vibrou em Doze. Sete sempre parecera tão solitária — os outros alunos caçoavam dela, riam dela, e a única pessoa que a conhecia, seu próprio irmão, a ignorara. Tinha deixado até seu melhor amigo provocá-la.

— Então é assim que o clã das cavernas cuida dos seus? — falou Doze, fria. — Isso explica muita coisa.

Uma veia pulsou no pescoço de Seis.

— Você não sabe nada sobre nós — rosnou ele. — E não é a única que perdeu pessoas. Meus pais foram assassinados à toa. À toa. Só por causa do nosso clã. Eles não foram nem roubados, só ficaram lá jogados na terra, como lixo. — A respiração dele ficou irregular. — Todos os clãs nos odeiam, e por quê? Idiotice, isso sim. Medo baseado em ignorância e histórias de centenas de anos atrás.

Os lábios dele se curvaram enquanto ele olhava Doze.

— Veja você: há algumas horas, éramos amigos. Ainda sou a mesma pessoa, mas agora você me odeia porque sabe que sou do clã das cavernas. E acha que eu sou o monstro?

Ele balançou a cabeça, enojado.

— Monstro? — O sangue pulsava nos ouvidos de Doze. — Não monstro — disse ela, com cuidado, escolhendo as palavras que machucariam mais. — Só um irmão terrível.

Ele inspirou fundo.

— Sou um irmão melhor do que você foi uma irmã.

Doze sentiu seu punho batendo forte na bochecha de Seis, viu a pedra da lua voar da mão dele. Os dedos dele arranharam o rosto dela, tentando empurrá-la. Widge deu um gritinho e saiu correndo enquanto Doze golpeava e golpeava qualquer parte macia do corpo de Seis que alcançasse, xingando as peles que o protegiam. Um punho veio do nada e se chocou sólido contra o maxilar dela, a cabeça de Doze foi jogada para trás.

Cinco gritava e Certeira disparou, mas Doze mal notou enquanto se defendia de mais golpes de Seis e dava alguns.

— Parem com isso! — latiu Cão, a neve gemendo sob seu peso quando saltou para separá-los.

Doze gritou quando os dentes dele perfuraram suas peles e se fincaram no ombro. Ela se afastou quando ele relaxou a mandíbula.

No rosto de Doze, corria sangue de uma sobrancelha rasgada, e o nariz de Seis jorrava líquido vermelho pelo queixo.

— Doze! — ganiu Cão. — Desculpe! Você está bem?

O ombro dela latejou, dolorido, em resposta, e ela não conseguia olhá-lo. Seis cuspiu sangue no solo branquíssimo, e Doze sentiu sua raiva se cristalizando em determinação gelada. Já tinha decidido que não fazia mais parte da missão de resgate de Sete. Não havia motivo para ficar ali nem mais um segundo.

Ela agarrou sua bolsa, chamou Widge para subir em seu ombro e, num momento de malícia alucinante, se abaixou para colocar a pedra da lua no bolso. Aí, começou a se afastar.

Não olhou para trás. A cada passo, uma raiva fervilhante pulsava em Doze, afastando os pensamentos racionais. Tinha ajudado o clã das cavernas e traído sua própria família no processo. Doze abraçou o corpo e andou mais rápido, desejando conseguir ultrapassar seus pensamentos enfurecidos. Em seu ombro, Widge estava duro, em silêncio chocado enquanto os pés dela os levavam para mais longe do pavilhão.

O sol mergulhava atrás das montanhas, a luz se pondo num brilho quente, laranja. À distância, Doze via figuras nas pontes aéreas, acendendo os fogareiros. A familiaridade da visão a aqueceu contra sua vontade e ela caminhou ainda mais rápido.

Não sabia dizer o que foi que a fez parar no meio do passo, mas algum instinto primitivo a levou a olhar de novo com mais cuidado. Seus olhos passaram pelas muralhas imponentes e pelas pontes aéreas com mais urgência, até que ela viu: o fogo nos fogareiros era verde. Como fogo de trasgos.

Doze ainda não tinha compreendido completamente o que aquilo significava quando algo bateu forte na nuca dela e tudo ficou preto.

Capítulo 36

ELA ESTAVA SENDO ARRASTADA PELOS TORNOZELOS, A CABEÇA RASPANDO dolorosamente o solo irregular. Imagens sem sentido passavam cegamente, depois viravam escuridão.
Um grande portão se abriu em silêncio.
Paredes contornavam o céu que escurecia.
Ela desceu. Cada degrau batia dolorido atrás do seu crânio.
Imobilidade.
Frio.
Silêncio.

Quando voltou a acordar, Doze não tinha ideia de onde estava. Arcos de dor passavam por ela, irradiando da cabeça por cada nervo do corpo. O ombro ainda latejava onde Cão a mordera, e a boca tinha gosto de sangue velho. Com um gemido, ela se enrolou numa bola apertada.
O que tinha acontecido?
Estava deitada em palha áspera no fundo de uma cela. Uma única vela queimava baixinho entre as barras da porta. Sem dúvida eram as masmorras do Pavilhão de Caça. Por um confuso instante, ela se perguntou se tudo tinha sido um sonho, até sua cabeça latejar com força e seus dedos encontrarem um calor úmido e pegajoso no local.
Ela se levantou, ignorando a dor que gritava em seu corpo, e apertou os olhos para ver os arredores.

— Widge? — chamou, a voz mal um resmungo. — Widge, você está aqui?

Aguçou os ouvidos, buscando qualquer som dele, mas tudo estava absurdamente silencioso. O coração de Doze se retorceu em agonia quando percebeu que o esquilo não estava de fato lá. Olhando ao redor da prisão, viu que não era só Widge que havia sumido — sua bolsa, seus machados e a pedra da lua também.

Lentamente, reprimindo o pânico crescente, Doze tentou se lembrar do que acontecera.

Pata de Raposa. Martelo de Carvalho. A briga terrível.

Onde estava Widge? Onde estavam os outros? Estavam procurando por ela? E ela se importava? A vergonha pelas coisas que dissera a corroía por dentro. Teve uma vontade irracional de pedir desculpa para Seis, que abafou. Torcia para ele e Cinco se perdoarem e, no instante seguinte, torcia para não se perdoarem. Emoções confusas a assolavam até ela só desejar escapar de sua própria mente.

Se não tivesse descoberto que Seis e Sete eram do clã das cavernas... O pensamento foi quase um anseio. Ela tinha começado a pensar em Seis como amigo. E Sete era tão parecida com Poppy. Salvá-la nunca teria trazido de volta sua irmãzinha, mas seria alguma coisa. Alguma coisa boa. Agora tudo estava arruinado — Seis era um mentiroso, e Sete... Sete havia desaparecido.

Doze se chacoalhou; não devia ligar para inimigos desse jeito. Se fizesse isso, onde ia acabar? Perdoando as pessoas que tinham matado sua família, roubado sua vida? Deixando que vivessem felizes para sempre, quando lhe negaram isso? É claro que não: precisava colocar a família em primeiro lugar, honrar a memória.

Infeliz, puxou os joelhos ao peito e abraçou-os. Mesmo com os braços apertados ao redor do corpo, sentia frio sem o calor macio de Widge contra a pele. Onde ele estava? Será que estava bem? O medo tornava difícil respirar. Uma lágrima gelada correu pela bochecha quando descansou a testa nos joelhos, tentando afastar os pensamentos sombrios como a masmorra.

Quase tinha feito amigos, mas os atacara, os abandonara. Perdera Widge. Agora estava sozinha de verdade. Talvez merecesse isso.

— *Isso simplesmente não é verdade, Starling.* — A mãe soava um pouco cansada, um pouco impaciente.

— *É, sim!* — A voz de Starling, revoltada. — *Ela fez de propósito! Ela quebrou* os dois *chifres de Staggy. Isso não acontece sem querer.*

Doze piscou, as cores entrando e saindo de foco, o presente e o passado se mesclando, até a cena se formar diante dela.

E a mãe, sentada num banquinho baixo, uma vida atrás.

Capítulo 37

ATRÁS DA CASA DELES, SENTAVA A MÃE, MEXENDO O CONTEÚDO DA MAIOR panela de todas, suspensa sobre as chamas. Uma cesta de lavandas, flores cuidadosamente cortadas, estava ao lado dela. Fazia calor e o fogo era quente; o cabelo escuro e bagunçado da mãe grudava no rosto em fios úmidos. Mexia com uma mão e se abanava com a outra, olhando a filha mais velha o tempo todo. Starling parou na frente dela, bochechas vermelhas, rígida com uma raiva justiceira.

— Ah, Starling — suspirou a mãe. — Está bem. Vá buscar Poppy.

Starling pareceu pronta para explodir.

— Por quê? Você não acredita em mim?

— Acredito — disse a mãe, com fiapos de uma tensão de alerta na voz. — Mas vou ouvir também o lado dela. Não posso largar o sabão. — Ela fez um aceno de cabeça para a panela fervendo. — Então vá buscá-la, por favor.

Doze chegou mais perto, inspirando os aromas familiares de Poa: fumaça de lenha, grama, calor de animais. Passou os dedos pelas paredes laqueadas da casa deles, sem nunca tirar os olhos das costas da mãe. Queria ver o rosto dela, mas, quando se aproximou, Starling saiu pisando duro, sobrancelhas franzidas de raiva, berrando o nome da irmã mais nova. Doze não teve escolha a não ser segui-la.

— Poppy? — gritou Starling, passando pela casa na direção do gramado. — POPPY! CADÊ VOCÊ?

— Pare com essa gritaria — berrou de volta o Velho Skylark, debruçando-se para fora da janela da casa ao lado. — Tem bebês e velhinhos tentando descansar!

Meio envergonhada, Starling abaixou a cabeça e pediu desculpa.

— Mas você a viu? — perguntou, levantando os olhos com esperança para o rosto do homem.

— Vi — suspirou ele. — Ela foi no curral de vacas tem uns dez minutos. Parecia bem chateada.

— E devia estar mesmo — murmurou Starling. — Ela está muito encrencada.

— Ah, é? — resmungou ele, desaparecendo de volta para sua casa pouco iluminada e fresca.

A garota hesitou, olhando para o curral do outro lado do gramado, depois levantou o queixo e marchou para lá. Doze a seguiu alguns passos atrás, mais inquieta a cada passo.

— Poppy! Eu sei que você está aí! — chamou Starling, abrindo com tudo a porta um minuto depois. Um som de fungada vindo do palheiro confirmou. A cabeça morena de Poppy apareceu por cima do parapeito, os olhos vermelhos.

— Eu... eu já pedi desculpa — disse ela, soluçando. — Vou consertar o Staggy, vou mesmo!

— Você não vai conseguir e sabe disso — falou Starling com repentino desespero. — Você quebrou a galhada dele. Ele está acabado.

— Não foi de propósito — sussurrou Poppy. — Desculpe.

O rosto da mais nova estava manchado de vermelho, cheio de arrependimento. Por um instante, pareceu que Starling ia amolecer ao olhar para a irmãzinha. Depois, a raiva ressurgiu e ela fechou a cara de novo.

— Eu disse para você não brincar com ele! Você é sempre tão desastrada. Por que você é tão idiota? — A última palavra saiu como um grito, e Poppy começou a soluçar de novo.

Como um raio, ela disparou escada abaixo, saindo para o calor escaldante da tarde.

— Você não pode fugir de mim para sempre! — berrou Starling atrás dela, enquanto a pequena fugia pelo gramado. — A mãe quer falar com você!

Murmurando com raiva, bateu o pé até a casa.

Doze seguiu a outra de perto agora, ansiosa por mais um relance da mãe. Starling contornou a casa até onde a mãe ainda mexia o sabão, agora adicionando punhados de lavanda.

— Ela não quer vir — desabafou Starling sem preâmbulo. — Ela fugiu de novo.

— Puxa, por que será? — respondeu a mãe, tirando o cabelo do rosto. Starling percebeu o sarcasmo.

— Você e o pai sempre ficam do lado dela!

Doze ignorou Starling e olhou fixamente para a mãe, absorvendo os traços amados. A saudade, mais forte do que jamais sentira, surgiu dentro dela. Ela se aproximou até poder ser capaz de esticar a mão e tocar o cabelo negro familiar da mãe.

— Isso simplesmente não é verdade — disse a mãe, calmamente, respirando fundo o ar muito perfumado. Viu Starling franzindo a testa e suspirou. — Traga isso e sente-se comigo.

Ela fez um gesto de cabeça em direção ao outro banquinho à sombra da casa.

A contragosto, Starling obedeceu, embora o calor das chamas fosse quase insuportável e fizesse o sangue dela pulsar.

— Olhe para mim — pediu a mãe. Era impossível desobedecer ao tom autoritário. — Você se lembra de Samambaia Vermelha? Seu pai levou você lá uma vez quando você era pequena.

Starling fez que sim.

— Bom, há muitos anos, eles tentaram plantar trigo-verde lá. — A mãe pausou para jogar mais um punhado de lavanda no sabão. — É uma planta delicada, difícil de cultivar. Por consequência, sempre vende por um bom preço. Mas Samambaia Vermelha teve azar naquele ano. Houve uma grande tempestade que acabou com a jovem colheita. Eles não desanimaram e replantaram no ano seguinte. De novo, uma tempestade de primavera veio e arruinou os esforços deles.

Starling ouviu, um fio de suor percorrendo a têmpora. Doze também.

— No terceiro ano — continuou a mãe —, houve uma reunião na aldeia para debater o que fazer, e eles decidiram plantar milho no lugar. Veio a primavera com tempo bom e a colheita de milho foi um sucesso. No ano seguinte, eles plantaram de novo, e no que veio depois também. Por cinco anos direto, não houve tempestades de primavera, mas eles nunca mais tentaram cultivar trigo-verde.

A mãe assentiu, satisfeita com a própria história.

— Entende o que estou dizendo, Starling?

Starling a olhou sem expressão.

— Ahn... — Ela pausou, depois abriu um sorriso. — *Que, se Poppy parasse de destruir minhas coisas, eu podia ter coisas* legais....?

— Não! — exclamou a mãe dela, assustada.

— Bom, então por que não fala logo — murmurou Starling. — Eu nunca entendo suas histórias.

A gargalhada da mãe foi repentina e alta.

— Você se parece tanto com seu pai. — Ela sorriu. — Está bem, vou direto ao ponto. Você é como a tempestade nessa história, Starling.

— Como assim? — cuspiu Starling. — Não sou eu que vivo quebrando as coisas! — Ela cruzou os braços. — É disso que estou falando. Você e o pai sempre ficam do lado de Poppy!

— Já chega! — gritou a mãe, o sabão voando da panela e sibilando nas chamas. Ela respirou fundo. — Sua irmã é desastrada, todos sabemos disso. Mas a forma como você reage... — A mãe olhou para cima como se as nuvens pudessem lhe explicar aquilo. Quando voltou a falar, enunciou as palavras devagar, escolhendo-as com cuidado: — Sua reação, sua raiva, é tão destrutiva quanto o descuido de Poppy. Talvez mais. Você já pensou nisso?

— Não. — Os ombros de Starling estavam curvados; o rosto, taciturno. — De qualquer forma, isso não é verdade.

— Ela quebra algo de que você gosta — continuou a mãe —, então você grita com ela e não para até ela chorar. Não entende que também está quebrando algo?

Starling deu de ombros.

— Você acha que sua raiva vai magicamente consertar seu brinquedo quebrado? Fazer o tempo voltar?

— É claro que não. — Starling fechou a cara, cutucando a terra poeirenta ao lado do fogo com o dedão.

— Então... de que adianta? — A mãe quis saber.

— É culpa dela! — explodiu Starling. — Eu não seria tão brava se ela não me irritasse o tempo todo.

Para surpresa dela, a mãe riu.

— Parece que você acha que não tem escolha sobre o que fazer.

Starling deu de ombros e o rosto da mãe ficou sério.

— Você sempre pode escolher como se comporta com as pessoas, Starling — disse ela. — Ficar *brava* não é a única resposta ao se sentir *brava*. — Ela pausou, esperando, mas os olhos de Starling continuaram resolutos nas chamas. — Você já pensou em perdoá-la, em vez disso? — perguntou, em voz baixa. — O que custaria?

Os ombros de Starling se curvaram, e suas sobrancelhas se franziram.

— Ou seja, fingir que não ligo. Deixar ela fazer o que quer?

— Perdão não é igual a indiferença — suspirou a mãe. — Em alguns sentidos, é o oposto.

— Para mim, parece a mesma coisa.

Uma fungada alertou as duas de que Poppy se aproximava. Ela apareceu na frente delas agarrando sua boneca de palha favorita, Min. A mãe tinha costurado para ela uma túnica idêntica à de Poppy.

Starling ficou olhando para o rosto da irmã, e Doze viu ali a vergonha repentina, a percepção de que, embora talvez tivesse sido injustiçada, era Poppy quem fora magoada. Por ela.

— Eu... eu sei que fiz uma coisa ruim — disse Poppy, uma lágrima escorrendo pela bochecha. — Não consigo consertar Staggy. Eu tentei. — Ela respirou, instável. — Eu estraguei ele. — Outra lágrima. — Mas sei que posso resolver.

Com um soluço, ela jogou Min nas chamas, cobrindo o rosto para não precisar vê-la pegar fogo.

A mãe saltou com um grito, mas Starling foi mais rápida. Arrancando a vareta de mexer da mão da mãe, ela a colocou dentro do fogo, puxou a boneca da irmã, caiu em cima dela e bateu furiosamente para apagar as chamas.

— Por que você fez isso? — gritou, virando-se para Poppy.

As lágrimas caíam pelo rosto da irmã de novo.

— Pra... pra você ter certeza de que estou tão triste quanto você — choramingou. — E que sinto muito. Muito mesmo.

— Ah, Poppy — gemeu a mãe, puxando-a para um abraço.

Starling ficou olhando para a boneca em suas mãos. Apesar de sua reação rápida, a palha estava preta e se desfazendo, e a túnica, arruinada.

Doze viu a confusão mudar para culpa no rosto de Starling.

— Agora você entende, Starling? — suspirou a mãe.

Na escuridão da cela, os olhos de Doze se abriram, depois que uma cãibra a despertou. Ela se levantou cambaleando, enjoada e trêmula, a pergunta da mãe ecoando.

Agora você entende?

Ela não entendia. Não na época. As palavras tinham sido um enigma. Agora, na escuridão da masmorra, e na escuridão ainda mais profunda de seu desespero, elas eram sussurradas sem parar.

Perdão não é igual a indiferença.
Você sempre pode escolher...

Capítulo 38

As palavras guerreavam na cabeça dolorida de Doze. Ela parou na frente da cela, dedos agarrando as barras, olhos fixos na vela que minguava.

Seis era um mentiroso.

Sete se fora.

Não tinha importância. Os dois eram do clã das cavernas, de todo modo; ela não ligava. O povo dele tinha assassinado o dela. Doze os vingaria, não seria enganada nem correria para resgatar uma garota perdida do clã das cavernas. Honraria seus entes queridos.

"Mas será que *estava* honrando-os?", uma voz traiçoeira lhe sussurrou. Será que era isso que sua família iria querer para ela? Eles se sentiriam vingados pelo ódio que carregava dentro de si?

Pense em quem você quer ser.

Palavras que Prata lhe dissera nas masmorras.

Palavras que seu pai lhe dissera anos antes numa noite estrelada.

Elas voltaram agora, mais claras do que nunca, pressionando a menina na escuridão provocadora.

O que tudo isso significava? Doze enfiou o rosto nas mãos, desejando mais do que tudo que Widge estivesse ali para manter afastada a terrível solidão. O que não daria para sentir as patas dele de novo em seu ombro.

O que Seis daria para ter Sete de volta? O pensamento a pegou de surpresa, mas já sabia a resposta: qualquer coisa. Ele daria qualquer coisa, faria qualquer coisa, *diria* qualquer coisa, porque Sete era sua irmã. Assim como ela faria qualquer coisa para ter Poppy de volta, ou Widge, porque os amava. Ele podia ser do clã das cavernas, mas, nisso, não havia diferença entre eles.

Então, de que tinha adiantado tudo? Anos de uma vingança cuidadosamente planejada e... ela *gostava* das primeiras pessoas do clã da caverna que conhecia? Uma risada descontrolada e o luto a dominaram, e a voz da mãe sussurrou outra vez:

Perdão não é igual a indiferença.

Será que ela podia perdoá-lo? Era a primeira vez que considerava a possibilidade, e o pensamento quase a rasgou em duas. Ele era do clã das cavernas. Ele tinha mentido.

Mas ele quase se tornara um amigo. Doze sentia saudade da mãe em todas as fibras de seu ser, seus olhos calmos e suas palavras sábias. Ela saberia o que era o certo.

A mãe teria detestado os sonhos de vingança de Doze. Soube daquilo tão de repente e de maneira tão completa que ficou sem fôlego. A mãe teria ficado horrorizada em saber das coisas obscuras que Doze imaginara nos últimos dois anos. O pai e Poppy também. Doze tinha evitado essa dura verdade, afastando cada pensamento e memória da família. Tudo que eles defendiam era o oposto do que planejara fazer. Tinha permitido que a raiva e o ódio a envenenassem, a transformassem em algo que eles não teriam reconhecido.

Era uma conclusão que Doze não podia ignorar. Mudou o eixo de seu mundo e a fez parar em choque. E, com isso, veio um novo luto, com as memórias que ela afogara em leite dos sonhos ressurgindo. Ela sentia falta da família. Queria conversar com eles, contar seus medos, ser consolada e oferecer consolo em troca. Ela queria voltar e ser uma irmã melhor para Poppy — como seria diferente o relacionamento delas se Doze tivesse mais uma chance.

Um peso gelado se acomodou em seu estômago.

Pensamentos inúteis. Não havia volta. Nem chance de se desculpar. Sua família se fora para sempre, e nada era capaz de mudar isso.

Ainda assim, algo sussurrou: será que eles se foram *mesmo*? Ela ainda carregava as lembranças deles. Não podia mantê-los vivos de outras formas? Eles haviam lhe ensinado tanto, mostrado o que era a bondade. Se houvesse alguma homenagem digna deles, não seria isso?

Ela podia ser uma pessoa melhor. Por eles. Ela *seria* melhor.

Embora a escuridão ao redor estivesse pesada de terror, Doze de repente se sentiu mais leve. O alívio foi indescritível: pela primeira vez em anos, pensava naqueles que amava sem vergonha, agonia ou desespero. O pai que tinha acreditado nela, a inspirado a ser melhor. A mãe que lhe ensinara a perdoar, mostrara o tipo de força silenciosa que isso exigia. E Poppy. Poppy que a admirava, a imitava, a enfurecia. Doze pensou na família com um desejo ardente de fazer a coisa certa por eles e a certeza simples de que faria.

Mordeu o lábio e forçou os pensamentos a se ordenarem. Ela ia consertar tudo; não era tarde demais. De alguma forma, tinha que ajudar Seis a achar a irmã, mesmo que levasse anos, mesmo que ele agora a odiasse. Mas, primeiro, tinha que sair dali e descobrir o que acontecera com o pavilhão.

A memória do fogo verde a incomodou. Haveria trasgos lá de novo? Era impossível; os Caçadores já deviam ter colapsado o túnel e estariam em alerta máximo para outro ataque. Ainda assim, algo estava muito errado. Ela provavelmente tinha quebrado centenas de regras do pavilhão indo atrás de Sete, mas um Caçador nunca lhe daria uma pancada na cabeça e a arrastaria inconsciente até uma cela. Eles a levariam para ver a Anciã Prata. Não, não Prata, lembrou Doze de repente, outra onda de luto rasgando-a.

Um som distante fez sua coluna se endireitar. Passos se aproximavam rapidamente e, com eles, o brilho de uma tocha. Doze resistiu à vontade de se esquivar para o fundo da cela e, em vez disso, enfiou o rosto no meio das barras, esforçando-se para ver melhor no corredor fundo.

— Quem está aí? — chamou ela, aliviada por soar confiante, até mesmo imperiosa. — Por que estou trancada aqui?

Atrás das barras, ela fechou os dedos em punhos trêmulos.

— Shhh — sibilou alguém de volta. — Você quer que eles escutem? — A voz era familiar.

— Vitória? — perguntou Doze, o coração pulando quando uma figura apareceu. — É você? O que está acontecendo?

O rosto da Mestre de Armas apareceu do lado de fora da cela de Doze, a tocha lançando sombras profundas sob os olhos dela. Estava péssima: pálida e desmazelada. Bem distante da Caçadora perfeitamente controlada que Doze estava acostumada a ver.

— Eles tomaram o pavilhão — anunciou Vitória sem preâmbulo.

— Como assim? — Doze arfou. — Quem?

Vitória continuou como se não tivesse escutado.

— Devia haver mais túneis. Muito mais. Consegui descer aqui e despistá-los nas passagens, mas não vamos...

— Vitória! — gritou Doze, enfiando a mão pelo meio das barras para agarrar o ombro da Caçadora. — Quem? Quem atacou o pavilhão?

— Trasgos — sussurrou a Mestre de Armas. — Um monte deles.

Trasgos. O choque selou os lábios de Doze. Então Martelo de Carvalho tinha mantido a promessa, afinal. Ele *tinha* enviado o grupo ao baluarte dos trasgos. Só não era onde eles esperavam.

Os olhos de Vitória estavam ensandecidos, mas se acalmaram ao pousar no rosto de Doze.

— Você tinha razão — disse ela. — Gear foi um tolo de não levar a sério o que você viu aqui. Precisamos ir atrás de ajuda. Tenho um plano, mas eu ouvi eles trazendo você para cá e sabia que precisava soltá-la.

O coração de Doze deu um salto quando Vitória levou a atenção ao cadeado.

— Você... você viu Widge quando eles me trouxeram para cá? — perguntou ela, com medo da resposta.

— Quem? — perguntou Vitória.

— Meu esquilo.

— Ah, infelizmente, não. — Vitória não levantou os olhos, a testa franzida enquanto trabalhava.

Doze assentiu, engolindo o nó em sua garganta. Widge estaria seguro em algum lugar e ela o encontraria. A alternativa era impensável.

Um momento depois, o cadeado destrancou e a porta foi aberta. Para a surpresa de Doze, Vitória a puxou num abraço curto e feroz.

— Consegue andar?

A visão de Doze estava borrada, mas ela deu alguns passos tímidos e fez que sim.

— Já estive melhor, mas consigo acompanhar.

O rosto de Vitória se abriu num sorriso.

— Você é guerreira. Vamos! — Pegando o braço dela, a Caçadora a puxou por passagem atrás de passagem até estarem aos pés da escada em espiral. Sem hesitar, Vitória começou a subir, arrastando Doze atrás.

A Mestre de Armas era corajosa, mas aquilo parecia uma insanidade, mesmo para os padrões dela.

— O que a gente vai fazer? — sussurrou Doze. — Não podemos só aparecer no campo de treinamento?

— Por que não? — disse Vitória, sombria, continuando a subir. — É a última coisa que eles esperariam. Vamos abrir o portão antes de saberem o que está acontecendo.

— Mas não temos armas! — sibilou Doze, resistindo ao puxão insistente da Caçadora.

— Deixe isso comigo — falou Vitória, olhando para ela. — Onde estão os outros? Onde está o Guardião?

Doze mal escutou a pergunta enquanto olhava para as costas da Mestre de Armas. Vitória não era assim: em geral, era calma a ponto da frieza, totalmente no controle. O choque do ataque devia ter afetado o julgamento dela. Doze fincou os pés e puxou Vitória até fazê-la se virar, quase fazendo as duas rolarem escada abaixo.

— Não podemos simplesmente sair andando pelo campo de treinamento sem armas — constatou ela, tentando manter a voz estável. — Se houver trasgos ali, vamos morrer antes de dar três passos. Você disse que eles vieram por mais túneis. Vamos achar esses túneis, então. Se sairmos, podemos ganhar tempo, planejar um contra-ataque. E o túnel original, aquele por onde veio o primeiro ataque? Ainda está aberto? Eu sei como encontrar, se estiver.

Vitória fez que não e voltou a subir.

— Eu já disse para você, eu tenho um plano. Você vai ter que confiar em mim.

Doze assentiu. Claro que ela confiava em Vitória... mas, ao mesmo tempo, cada osso em seu corpo gritava que aquilo era um erro colossal.

— Você nunca respondeu à minha pergunta — lembrou Vitória. — Onde estão os outros?

— Eu os deixei — ofegou Doze, o esforço deixando-a tonta. — Seis e eu tivemos uma... a gente... a gente se desentendeu.

— E o Guardião? — Vitória ainda estava de costas para ela, mas havia uma nova tensão em seus ombros. — Ele estava com você? Onde você o viu pela última vez?

As perguntas vinham rápidas, a voz da Caçadora estava ansiosa. Elas estavam quase no topo da escada. A porta estava um pouco aberta e Doze viu mais luz de tochas entrando, formas se mexendo no campo de treinamento. O pânico a dominou.

— Vitória, por favor...

— Responda de uma vez — falou Vitória, com raiva, virando-se para olhar Doze quando pisaram no último degrau. O rosto dela à luz das tochas era uma máscara contorcida de fúria. — Diga *agora mesmo* onde está aquele Guardião dos infernos!

Doze ficou encarando a Caçadora, a dor embotando seus pensamentos.

A porta foi aberta e uma figura pequena surgiu, recortada contra a luz do campo de treinamento. Uma bola de fogo verde irrompia da mão dela, iluminando traços morenos e uma armadura reluzente. Quando o trasgo falou, sua voz era grave, rouca e estranhamente familiar. Era o feiticeiro trasgo do ataque anterior ao pavilhão, Doze tinha certeza disso.

— Eu não tinha dito para deixar a interrogação com a gente, Vitória? — disse ele. — Afinal, é nossa especialidade.

O sorriso dele revelou dentes afiados e pontudos.

Doze gritou, esperando que a Mestre de Armas agarrasse a arma do trasgo, tentasse empurrá-lo pela escada, *qualquer coisa*, em vez do que realmente fez.

— Morgren — suspirou Vitória, colocando uma mão no ombro dele. — Eu precisava tentar. Só perguntar é bem mais rápido e faz bem menos bagunça.

— Mas não funcionou, não é? — Os olhos de Morgren estavam fixos em Doze, e seu sorriso aumentou. — Além do mais, eu gosto de bagunça.

Capítulo 39

Doze olhou de Vitória para Morgren, com dificuldade de entender aquilo. A aparência insana e desgrenhada da Mestre de Armas tinha desaparecido. Estava ereta e alta, um pouco mais desarranjada do que em geral, talvez, mas, fora isso, estava como sempre. Não parecia nada surpresa em encontrar um feiticeiro trasgo parado à sua frente — aliás, pareceu feliz em vê-lo.

Vitória virou-se para Doze e segurou o braço dela, puxando-a para o campo de treinamento. O assombro de Doze só aumentou. Acima deles, o céu estava escuro e o pavilhão, ao mesmo tempo familiar e estranho. Tochas queimavam com chamas verdes, a luz débil distorcia as sombras de centenas de trasgos que corriam ali. A um lado do espaço octogonal, havia um enorme buraco, outra entrada de túnel. Pequenas figuras cruzavam o campo de treinamento a partir dele, carregando engradados das profundezas para a casa do conselho.

— O que você fez? — gritou Doze, lutando contra a força de Vitória.
— Onde estão os outros Caçadores?

Num instante, a Mestre de Armas torceu o braço de Doze atrás das costas, fazendo-a arquejar de dor quando a mordida de Cão reabriu.

— Não resista, Doze — sussurrou Vitória. — Isso pode ser fácil para você ou muito, muito difícil. — Ela apertou mais forte. — Preciso dizer. Estou um pouco decepcionada. Quantas vezes preciso falar? Vigilância constante. Eu não devia ter conseguido surpreender você daquele jeito.

Doze tentou se livrar e Vitória torceu ainda mais o braço dela. Aquilo não fazia nenhum sentido. Vitória fazia parte do pavilhão, era central nele. Ela e Prata... Pensar em Prata fez Doze paralisar. De repente, estava de volta ao campo de treinamento durante o ataque do grim, vendo Prata e Vitória lutarem contra a criatura lado a lado, em perfeita sincronia... até Vitória tropeçar e acidentalmente desequilibrar Prata.

Mas fora mesmo um acidente?

Doze não conseguia respirar. Seu peito estava impossivelmente apertado.

— Prata. — Ela arfou. — Você... você...

O aperto de Vitória se soltou um pouco.

— Prata me foi muito cara por muito tempo — suspirou a Caçadora. Depois, sua voz se endureceu: — Mas ela estava ficando mole com a idade, e eu a superei. Ela nunca teria aceitado esta nova era no Pavilhão de Caça. Vi uma oportunidade e aproveitei. Ela morreu como desejava, com as espadas nas mãos.

Uma estranha dormência havia caído sobre Doze, mas as palavras de Vitória a queimaram. A raiva a inundou, incandescente e amarga como cinza.

— Morreu como desejava? — cuspiu Doze. — Traída por sua melhor amiga?

— Bem — admitiu Vitória —, talvez não *exatamente* como desejava.

Doze redobrou os esforços, chutando a Mestre de Armas, ignorando a dor ao tentar soltar o braço. Um som de arrepiar a fez parar. Morgren observava as duas e ria. As gargalhadas roucas ressoaram pelo campo de treinamento, e outros trasgos se uniram a ele. O som era igualzinho ao dos corvos.

— Ah, Vitória. — Ele ofegou. — Era desta que você falava? Tem certeza?

— Muita — disse Vitória, sombria, apertando cada vez mais até Doze gritar.

Morgren secou lágrimas dos olhos e se endireitou, a expressão séria de novo. Doze engoliu o medo quando ele deu um passo à frente, examinando-a. De perto, ela via que os olhos dele eram violeta e o cabelo, longo e escuro, preso num rabo de cavalo. Ele era uma cabeça mais alto que os outros trasgos e estava muito mais bem-vestido, com um longo casaco de peles caindo dos ombros.

— E mesmo assim ela não disse nada para você — murmurou ele, os olhos caindo em Vitória. — Não é muito cooperativa. Se bem que tenho certeza de que consigo... soltar a língua dela. Precisamos saber onde está o Guardião. Ele pode arruinar todos os nossos planos.

O sorriso que se espalhou pelo rosto dele fez a coluna de Doze gelar. Ela forçou o rosto a permanecer sem expressão e levantou o queixo para ele. Parecer assustada, pensou, seria fatal.

— Ah, mas ela tem espírito. Admiro isso. — Ele sorriu. Seus olhos encontraram os de Doze, e o sorriso dele se tornou feroz. — Espero que não esteja planejando colaborar rápido demais, novata. Faz muito tempo desde meu último interrogatório.

Doze apertou as mãos em punhos para que não tremessem quando ele tirou uma lâmina do casaco. Era curta e achatada, uma coisa feia, mas refletiu a luz verde, brilhando, sem dúvida nenhuma muito afiada.

— Isto é uma herança de família — disse Morgren a ela, seus dedos acariciando o cabo. — Chama Pele e esfolou alguns dos maiores nomes da história. Quase parece uma pena gastar com alguém tão insignificante como você, mas... — Ele deu de ombros, sem se importar, e encostou a lâmina gelada na bochecha dela. Doze parou de respirar com o toque do metal. Sussurrou: — Não adianta afiar se não usar.

Seus olhos reluziam com uma animação doentia.

— Pare com isso, Morgren — advertiu Vitória, puxando Doze para trás, longe da lâmina. — Vou conseguir as respostas de que precisamos. Enquanto isso, lembre-se de que ela não está sozinha. Para garantir, é melhor colapsarmos os túneis.

— Assim que os esvaziarmos — grunhiu ele, olhando para os trasgos que corriam atrás.

— Não, agora — respondeu Vitória, com firmeza. — O Guardião provavelmente está por perto. Se conseguir entrar, tudo isso foi à toa.

— "*Provavelmente*" não é bom o bastante para medidas tão drásticas — disse Morgren. Ele apontou a lâmina para o olho de Doze. — Ela sabe com certeza onde ele está. Deixe que eu assuma o interrogatório.

— Não — disse Vitória, sem se exaltar. — Quero mantê-la inteira, se possível.

Morgren deu uma risadinha irônica e inclinou a cabeça, depois levantou a voz e gritou:

— Onde está Croke?

Um trasgo ofegante imediatamente apareceu ao lado dele.

— É esperado a qualquer momento, meu senhor.

— Ótimo — respondeu Morgren. — Veja o que consegue fazer, Vitória. Croke pode assumir quando chegar.

Vitória fez um som evasivo e empurrou Doze na direção da casa do conselho.

— Não! — gritou Doze, lutando de verdade agora, desejando mais do que tudo estar com seus machados. — Sua traidora, como *pôde*? O que você fez com os outros Caçadores?

O punho de Vitória se encontrou, sólido, com a têmpora dela, fazendo Doze ver estrelas. Seus joelhos cederam. Sentiu Vitória arrastando-a pelos degraus para dentro do Grande Salão.

Capítulo 40

Quando voltou a enxergar, estava amarrada a uma cadeira no meio do salão cavernoso. Por todas as paredes, trasgos empilhavam engradados. Um andaime rústico de madeira fora montado e, bem acima dela, mais trasgos arrancavam as pedras da lua do teto com lâminas que pareciam malignas. Tochas de chama verde davam à cena uma característica submarina, sobrenatural.

Doze respirou estremecendo e olhou para a Mestre de Armas sentada à sua frente. Vitória parecia perfeitamente calma e composta em meio à devastação que causara.

— Eu confiei em você — sussurrou Doze, com o choque martelando sua cabeça. — Eu admirava você. Eu... eu queria ser como você.

O pensamento a deixou enjoada.

Vitória sorriu.

— É porque somos iguais, Doze — disse, gentilmente.

Doze balançou a cabeça com tanta força que ela latejou em protesto.

— Onde estão os outros Caçadores? Os outros estudantes? O que você fez com eles?

Vitória apertou os olhos.

— Quer dizer os Caçadores que só reclamavam de você? Não viam seu potencial? Os estudantes que a desprezavam?

A boca de Doze parecia cheia de areia. Não confiava em si mesma para falar.

Os lábios de Vitória se apertaram e ficaram finos.

— Eu não os matei, se é no que está pensando. Pelo menos, ainda não. Croke vai nos dizer quais vão se dobrar a nossa causa. Os que não se dobrarem vão ser... descartados. — Um sorriso fugaz passou pelos lábios dela. — Mil anos de história, centenas de ataques repelidos, e o pavilhão finalmente cai. Para mim. — O sorriso se abriu, mas não chegou aos olhos da Caçadora. — Tanta atenção no exterior, mas nenhuma no interior. No fim, foi mais fácil do que algumas caçadas em que estive.

— O que você fez? — questionou Doze mais uma vez, a voz tremendo. As cordas ao redor de seus pulsos e tornozelos estavam apertadas. Ela perdia a sensação nos dedos, e os contorceu desesperadamente.

— Coloquei drogas na água. — Vitória deu de ombros. — Dá para acreditar que algo tão simples seria a ruína deles? Que os grandes e poderosos Caçadores estariam todos trancados, esperando seu fim, simplesmente porque mataram a sede? — Dessa vez, o sorriso dela chegou aos olhos.

— Mas por quê? — sussurrou Doze.

O rosto de Vitória permaneceu impassível.

— Eu vi uma oportunidade e aproveitei — disse ela. — No pavilhão, somos escravos daquele Juramento ridículo; ele aprisiona todos os nossos movimentos. Cortei essas amarras com a ajuda de Morgren. Agora, finalmente, minhas habilidades me garantirão o respeito que mereço.

— Você *tinha* respeito — retrucou Doze, o ódio borbulhando. — Você vai ser desprezada por isso.

Os olhos dela passaram pela casa do conselho mutilada. As cordas cortavam seus pulsos, brutalmente apertadas. Vitória claramente não se arriscaria com ela. Se Widge estivesse lá, teria roído os nós. Ela sentiu um medo tão intenso por ele que ficou trêmula.

— Você está pensando pequeno demais, Doze — suspirou Vitória, cruzando os braços e se recostando na cadeira. — Isso é só o começo. Os planos que temos... — Os olhos dela examinaram Doze. — Não. Primeiro, me diga onde está o Guardião.

A mente de Doze rodopiou. Ela afastou os pensamentos de Widge e se forçou a concentrar.

— A droga não teria funcionado em Cão — disse, devagar. — Nem cem trasgos conseguiriam passar por ele.

Vitória assentiu, quase parecendo aprovar.

— Você sempre foi inteligente. Continue.

— Você precisava achar uma forma de tirá-lo do pavilhão. — Ela pausou, compreendendo a crueldade daquilo. — Mas isso significaria que o ataque do grim, o sequestro de Sete, tudo isso foi só...

— Uma distração — completou Vitória, um sorriso de lobo. — Para afastar o Guardião. Sim. Bom, mais ou menos — corrigiu. — Se a informação que tenho for confiável, Sete também tem uma habilidade extraordinária. Ela pode acabar sendo útil. — Os lábios de Vitória se curvaram. — Não acredito que estou dizendo isso sobre uma pessoa tão pateticamente fracassada.

— Mas nós seguimos os rastros dela — disse Doze, cada vez mais confusa. — Seguimos até a Floresta Congelada. A gente...

Ela parou de falar, um pensamento terrível se aproximando.

Olhou para Vitória, que assentiu com malícia, os cantos da boca se levantando.

— Acho que você entendeu.

Sete foi sequestrada porque eles precisavam tirar o Guardião das muralhas. Mas quando isso tivesse sido conseguido...

Doze queria uivar de horror. Ela mesma não tinha seguido as pegadas de Sete até os trenós, visto que os últimos rastros viravam para o lado errado, que Sete estava descalça? As pegadas dela no acampamento dos trasgos eram de novo de botas, mas em menor número e muito superficiais. Na verdade, superficiais demais para alguém do tamanho e peso de Sete. De repente, Doze teve certeza de que não fora Sete usando aquelas botas, mas outro trasgo.

O que significava que fora tudo um truque.

— Ela nunca esteve nos trenós. — Doze arfou.

— Não — confirmou Vitória, com evidente prazer. Ela estralou os dedos, um por um. — O melhor plano que já fiz. Houve um momento complicado quando aquele Guardião horrendo tentou se recusar a ir atrás dela, mas se tem uma coisa que sou é persuasiva.

Doze se sentiu enjoada ao lembrar como ficara furiosa com Cão por não querer deixar o pavilhão. Ele estivera certo o tempo todo. Com um solavanco, Doze pensou nele, em Cinco e em Seis do lado de fora das muralhas, sem saberem o perigo que corriam.

— Então ela está viva? — perguntou Doze. — Sete está aqui?

A esperança floresceu no coração dela, contra a vontade.

— Sim. — Vitória deu um sorrisinho. — Morgren usou mágica para apagar os rastros dos trenós de volta e a trouxe para um dos outros túneis. Eles esperaram até eu ter... incapacitado os Caçadores, depois emergiram. Esta, por enquanto, será nossa base. Sete permanecerá viva pelo tempo que nosso mestre acreditar que ela é útil.

— Mestre? — sussurrou Doze, um frio pegajoso subindo pelas entranhas. A luz fanática nos olhos de Vitória era aterrorizante.

— Sim — disse Vitória. — Ele vai gostar de você, Doze. Você é como eu, cheia de escuridão. Eu vi assim que você chegou.

A náusea revirou o estômago de Doze. Ela balançou a cabeça.

— Não — falou baixinho. — Não sou. Não sou nada parecida com você.

Então Vitória riu. Um som feliz, vindo da barriga, inadequado para a situação sombria.

— Mentirosa — soltou. — Você tem a mesma raiva queimando dentro de si, e o mesmo desejo feroz de usá-la. Diga, quando estava praticando na aula de batalha, não estava imaginando usar seus machados para realmente machucar alguém? Por que acha que nenhum dos outros queria fazer par com você? Eles também veem.

Doze balançou a cabeça, em silêncio, e uma nuvem cruzou o rosto de Vitória.

— Você nunca precisa esconder esse seu lado de mim, Doze — disse ela, inclinando-se para a frente, de repente, com sinceridade. — Comigo você pode aceitar isso, ser a melhor versão de si.

— Não.

— Sim. Falei sério na sala de Prata. Você tem muito talento com aqueles machados, mais do que eu tinha na sua idade, e não digo isso em vão. Ao meu lado, você será imbatível.

Os pensamentos de Doze estavam emaranhados, caóticos, mas, quando Vitória mencionou Prata, eles se acomodaram com uma clareza gelada e cristalina.

— Não fale de Prata — cuspiu Doze. — O nome dela não cabe na sua boca. Você a assassinou. Eu não sou nada parecida com você.

Uma expressão parecida com mágoa passou pelo rosto de Vitória antes de uma enorme explosão fazê-la virar na cadeira.

— Cuidado, idiotas! — gritou. — Levou anos para fazer tudo isso.

Dois dos trasgos que corriam tinham derrubado o engradado que carregavam. O conteúdo saiu voando, rolando pelo chão na direção de Doze e Vitória. Flechas, centenas delas. Uma parou no pé de Doze, que a espiou com a testa franzida.

A flecha era feita de uma madeira muito escura, um pedaço de noite contra o chão. E as penas eram de asa de morcego.

Doze pulou para longe dela com toda a sua força, quase virando a cadeira no processo. O horror correu por suas veias. Não via uma dessas desde sua última noite em Poa. O que queria dizer?

Devagar, os pensamentos de Doze se ordenaram.

Vitória e os trasgos estavam fabricando flechas — imitações perfeitas do desenho distinto do clã das cavernas. O exato desenho que tinha visto em cada flecha em cada corpo de cada pessoa morta em sua aldeia. Sua mãe. Seu pai. Sua irmã. Todos chacinados por essas mesmas flechas. Ela pudera examiná-las com muita atenção.

Afinal, levara muito tempo para enterrar todos aqueles corpos.

Respirar se tornou muito difícil e o gelo subiu pela coluna de Doze. Todo mundo culpava o clã das cavernas pelo massacre da aldeia dela por causa dessas flechas. *Ela* culpava o clã das cavernas.

Mas seria possível que a assassina de sua família estivesse bem à sua frente?

Capítulo 41

— Foi você? — Doze arquejou, a voz rachando. — Você atacou Poa?

— Ah. — Vitória franziu a testa, seu olhar indo da flecha para Doze e voltando. — Que... azar. Eu estava planejando contar a você um pouco mais tarde, quando já enxergasse melhor o contexto completo. Entendesse um pouco mais tudo isso.

Um soluço de horror saiu dos lábios de Doze.

— *Não*.

— Você não tem ideia do choque que me deu quando você chegou aqui e eu descobri de onde você era — disse Vitória, quase num tom de desculpa. — Pensei que tivesse visto algo e vindo para criar problemas. Eu devia ter confiado em mim; somos sempre muito cuidadosos.

Doze lutava contra as cordas atrás do corpo, todo o medo e a dor esquecidos. A única coisa que importava era sentir seus dedos ao redor da garganta de Vitória.

A Caçadora a mirou.

— Por favor, não faça isso, Doze. Eu sei que é um choque. Mudamos o curso da sua vida naquela noite, mas sem dúvida para melhor. Você precisa entender isso. Acha que seria mais feliz desperdiçando sua vida num lugar sem importância como aquele, aprendendo a plantar? — Vitória bufou de desdém. — Salvamos você da mediocridade.

— Vocês mataram todo mundo! — gritou Doze, sentindo lágrimas correndo pelo rosto enquanto lutava contra as amarras com toda a sua força. — Todo mundo que eu amava! Todo mundo que eu já havia conhecido! Minha irmã só tinha sete anos. E, aí, vocês se esconderam atrás de preconceitos. Culparam o clã das cavernas por seus crimes! Foi para isso que você treinou tantos anos? É por isso que merece *respeito*? — Doze cuspiu a palavra. — Você... você me dá nojo. Você é um monstro!

Vitória pressionou os lábios.

— Bem — falou Morgren, arrastado, aparecendo atrás de Vitória —, não parece que ela se uniu à nossa causa.

— Mas vai — respondeu Vitória, sombria.

— Croke vai determinar isso, não você. — Morgren a lembrou.

Vitória deu um grunhido baixo.

— Se seus soldados idiotas não tivessem derrubado essas flechas por todo lado, teria sido bem mais fácil. Ela sabe de Poa.

— Por quê? — gritou Doze, a voz saindo estrangulada. — Por que você fez aquilo?

Os olhos violeta de Morgren passaram por ela com impaciência, mal parecendo enxergá-la.

— Nosso mestre nos exigiu — disse ele. — De todo modo, sua aldeia não foi a única.

O choque foi um golpe físico em Doze. Poa não fora a única?

Morgren ainda falava.

— Quanto mais violência, mais caos e destruição, mais forte ele fica. — Um sorriso torto passou pelo rosto dele. — Ele escolheu bem quando nos escolheu, Vitória. — Os olhos dele pousaram de novo em Doze e, desta vez, ela viu desaprovação ali. — Mas acho que você talvez esteja se iludindo com essa aqui.

A Caçadora deu de ombros, os olhos ainda fixos em Doze. A expressão dela era difícil de ler.

— Estamos colapsando os túneis — continuou ele. — A próxima fase do nosso plano começa com a chegada de Croke.

Vitória se sacudiu e levantou-se da cadeira. Uma animação feroz e horrenda passou pelo rosto dela.

— Que ele comece com Sete e Doze — disse, a voz dura. — Aí, ele pode seguir para os Caçadores no ritmo que quiser.

— Plenamente de acordo — anunciou Morgren.

Atrás, duas figuras entraram pela porta, arrastando uma terceira no meio. A forma esguia e curvada tinha uma massa de cabelo ruivo-vibrante. Mesmo antes de ela levantar a cabeça, Doze soube que era Sete. Os olhos das duas se encontraram e, apesar da dor na cabeça e no coração, Doze sentiu uma onda de emoções. Tudo o que passara com os outros nos últimos dias fora por ela. Por essa menina pequena, mortalmente pálida, que fora gentil com Doze quando não precisava ser. Não devia ter valido a pena, mas de alguma forma valia.

A expressão no rosto de Sete espelhava os pensamentos de Doze. Esperança, deleite e desespero voaram pelos traços dela como nuvens num céu de tempestade.

— V-v-você está mesmo aqui — disse ela suavemente, as palavras engolidas por Morgren gritando por outra cadeira.

Os guardas a arrastaram mais para perto depois que outra cadeira foi trazida às pressas e colocada ao lado da de Doze. Sete não conseguiu resistir muito quando a amarraram. O rosto estava branco como giz e os olhos azuis se afundavam em bochechas com hematomas e um lábio cortado. Ela tremia, fraca como um filhotinho de gato. Doze suspeitava que não havia comido muito nos últimos dias. Uma raiva reconfortante surgiu em seu peito.

— Sim, estou aqui — sussurrou Doze. — Eu queria resgatar você, mas fiz tudo errado.

Sete balançou a cabeça.

— Não — disse ela —, n-n-não fez. Você não sabe o q-q-que...

— Silêncio — ordenou Morgren.

Ele tirou a luva e um fogo pálido percorreu a ponta de seus dedos. Levantou a mão e a olhou com ganância, mal parecendo acreditar que era real. Vitória parecia desconfortável.

— Veja como nosso mestre mantém suas promessas — murmurou Morgren. — A magia de meu povo será restaurada; nosso território, devolvido. Seremos recompensados por nossas gerações de humilhação.

— Ele voltou os olhos para Sete, e seu sorriso mostrava fileiras de dentes afiados. — A começar pelas cavernas. Deviam ser nossas há anos. Vou ficar na Caverna de Luz e arrancar cada pedra da lua de suas paredes. — Para o de Doze, ele tirou do bolso a pedra da lua dela. — Esta é apenas uma amostra das riquezas que serão minhas.

Ele a colocou no braço da cadeira de Vitória, onde se acendeu gloriosamente, iluminando o salão mutilado ao redor deles. Doze ficou surpresa com o puxão de culpa e tristeza que sentiu ao vê-la nas mãos dele. A pedra lhe tinha sido dada por Sete, ajudado a salvá-la do ygrex e dado luz em alguns lugares muito sombrios. Agora, ela a perdera.

— Isso nunca v-v-vai acontecer — disse Sete, seu corpo frágil tremendo com a ousadia. — Nunca.

Ele desdenhou dela.

— Logo vamos saber se isso é verdade ou um desejo em vão, suposta vidente.

Uma voz veio da porta atrás deles, estranha e inexpressiva.

— A verdade é uma coisa escorregadia, Morgren. Não posso lhe prometer isso, só o que está dentro dos pensamentos e sonhos dela.

Os cabelos da nuca de Doze se arrepiaram antes mesmo de ela ver quem havia falado. O medo a inundou, um medo puro, instintivo, como quando era criança e ouvia lobos uivando à noite.

Os trasgos saltaram para o lado como se cutucados por lanças, e até Vitória se encolheu. Só Morgren parecia inabalado e seu olhar, ao passar por Sete, se acendeu com um triunfo malicioso.

— Como sempre, chegou no momento perfeito — ronronou ele.

Capítulo 42

EMOLDURADA PELA PORTA, HAVIA UMA FIGURA ESTREITA COBERTA POR um grande manto negro. Sua forma era humanoide, mas Doze não via nada do rosto por baixo do capuz fundo. Mesmo quando ele entrou sob a claridade da luz da pedra da lua, aquele lugar continuou sem traços, coberto pela escuridão. Não emergiam pés de baixo do manto, nem havia som de passos. O coração de Doze estava na boca; a palma das mãos, escorregadias de suor. O medo parecia se enrolar como uma cobra ao redor de Croke, contaminando todos no salão. Ao lado, Sete tremia tanto que a cadeira chacoalhava.

— Que gentileza ter vindo tão rápido — disse Morgren. — Seus talentos singulares são muito necessários aqui.

Apesar do afeto na voz dele, Doze o viu dar um passo para trás quando Croke se aproximou. Vitória nem se deu ao trabalho de esconder seu nojo, os lábios se curvando quando se afastou vários passos.

A voz dentro do capuz não tinha expressão.

— Eles costumam ser.

Doze tomou coragem e olhou para a escuridão sob o manto, tentando discernir os traços do que havia embaixo. O capuz se contraiu quando Croke se virou na direção dela, e Doze deu um grito de choque. O poder da atenção dele era uma força física que a apertou e a esmagou até parecer que suas costelas iam quebrar. Pontos negros dançaram em seu campo de visão.

Quando a pressão cessou, ela viu Morgren e Vitória parados um de cada lado da criatura. Croke estava imóvel enquanto a Caçadora e o feiticeiro conversavam. Pelo menos por um momento, não prestavam atenção nas duas garotas.

— D-D-Doze — sussurrou Sete.

Doze olhou de relance para a menina ao seu lado. Os olhos de Sete estavam arregalados e o suor fazia sua testa brilhar.

— E-e-ele vê as coisas que a gente sabe — murmurou Sete. — É p-por isso que ele está aqui.

— Como? — sussurrou Doze de volta, tentando não mexer a boca. O temor pesava sobre ela. Por algum motivo, aquilo parecia pior que as torturas de trasgos nas quais tentava não pensar.

— Ele olha dentro da sua cabeça — cochichou Sete. — Não sei c-c--como, mas ele olha.

Doze lutou contra uma onda de náusea. O ygrex havia entrado dentro da mente dela, usado o que achara lá para enganá-la, encurralá-la. Martelo de Carvalho tinha visto o coração, encontrado seus segredos mais sombrios e os revelado com um prazer malicioso. O que essa nova criatura faria?

— Imagine uma m-muralha ou um oceano — sussurrou Sete, com urgência. — Algo que ele não consiga atravessar. Imagine com t-t-todas as suas forças.

Sete deu um gritinho quando Croke a olhou antes de passar para Doze. Não havia tempo de fazer nada, nem planejar. Ele se aproximou e um peso invisível a pressionou, tornando mais difícil respirar. Ele parou na frente dela, e dois braços finos como palitos de fósforo saíram de baixo do manto. Mesmo tão de perto, Doze não conseguia ver nada embaixo do capuz. Talvez simplesmente não tivesse rosto, pensou Doze loucamente, a vontade de gritar ficando quase insuportável.

Devagar e cuidadosamente, Croke removeu uma longa luva preta de cada mão. A pele embaixo era pálida como larvas e manchada pelo frio, mas foram as marcas que chamaram a atenção de Doze. Runas desenhadas num líquido escuro se enrolavam nos dedos dele, os padrões se contorcendo como se estivessem vivos, complexos, e mudavam de formato à luz da pedra da lua.

Um suor gelado desceu pelas costas de Doze. Antes que conseguisse organizar os pensamentos, Croke estava em cima dela. Suas mãos pálidas de dedos longos buscaram o rosto da garota e, não importava o quanto esperneasse, Doze sabia que não conseguiria escapar, as cordas em seus pulsos e tornozelos eram apertadas demais. Seu último pensamento coerente foi Prata, a forma como morrera ao ser tocada por um monstro.

Os dedos de Croke eram gelados o bastante para congelar sangue. Houve um momento de branco ofuscante, abrasador, como se uma chama houvesse explodido na frente dos olhos dela, e então imagens começaram a passar por sua visão. Enjoada e tonta, Doze levou um momento para perceber que não eram só figuras, mas suas memórias.

Seus sentidos entraram num tornado; sons, cheiros e emoções a fustigaram enquanto seu passado rodopiava, se acomodava como uma borboleta por um instante, depois rodopiava de novo.

Cada vez mais em pânico, Doze tentou desesperadamente levantar uma muralha, mas Croke a quebrou tão facilmente como se fosse de papel. Sob a torrente de memórias, sentia a criatura deslizando em seus pensamentos, impiedosa e escura. Então, ele mergulhou mais fundo e Doze só conseguiu ver seu passado.

Capítulo 43

ELA E POPPY SENTADAS LADO A LADO NUM PRADO BANHADO DE SOL.
— Não, assim — explicou ela, guiando os dedos de Poppy enquanto a menina trançava grama para formar uma tigela torta.

A mãe delas sentada ao lado do fogo, penteava a nuvem de cabelo de Poppy até não poder mais. A irritação vibrou no peito de Doze; Poppy estava lá há séculos — com certeza já era a vez dela, não?

Ela caminhava por uma paisagem árida. Talvez chegasse ao Pavilhão de Caça, talvez não. Havia furos em seus sapatos, e o vento cruel a empurrava. Seu coração estava partido e o futuro era um vazio vasto e escancarado.

Prata debruçada sobre ela, perguntas voando de seus lábios como estrelas quebradas. Doze estava tão cansada que não conseguia ouvir, não conseguia se mexer, não conseguia sentir nada. Os olhos de Prata infinitamente gentis quando levantou Doze do chão.

Cinco lhe ofereceu uma maçã após uma sessão de treinamento. Os braços dela tremiam do esforço de segurar os machados, e o rosto sorridente de Cinco a encheu de uma fúria inexplicável. Ela jogou a maçã dele num dos fogareiros. A casca ficou preta e rachou.

As memórias rodopiaram mais rápido e Doze sentiu a impaciência de Croke. Não era aquilo que ele procurava.

O grupo estava parado diante do desfiladeiro de falesiadores. Cinco fazia piadas, apesar de suas mãos trêmulas, Seis e Cão estáveis como sempre. Juntos, tentavam achar um jeito de sair dali em segurança.

No ninho do ygrex, Seis jogou os machados para ela, alívio em seu rosto quando Cão enfrentou a criatura.

Martelo de Carvalho olhava para eles com maledicência, e o grupo estava parado diante dele, a parca confiança uns nos outros arrasada.

— Espero que ela já esteja morta. — Ressentimentos surgiam com o pavilhão à vista. Cão saltou entre eles.

Doze sentiu a concentração de Croke mais afiada, e os pensamentos rodopiantes desaceleraram. Ela reviveu a briga com Seis, encolhendo-se sob a lembrança dos golpes e da mordida mal calculada de Cão. Croke insistiu nisso até a pressão na cabeça dela ser tão grande que Doze teve certeza de que seu crânio ia rachar. Então, abruptamente, começou a ceder. O fluxo de imagens virou um gotejamento conforme Croke se preparava para sair da mente dela. Veio uma imagem final de Faiscafiada, o espírito de fogo, falando com ela.
— *Você é diferente deles* — disse ele.
Algo nisso chamou a atenção de Croke e, de repente, ele voltou com força total, examinando as memórias dela sobre os espíritos de fogo. Revirou-as para frente e para trás como se fossem bolinhas de gude, até achar o que tinha acontecido no desfiladeiro dos falesiadores. Repassou a cena várias e várias vezes; Seis gritou o nome dela; Faiscafiada jogou uma bola de fogo nela e faíscas douradas incandescentes apareceram do nada e o engolfaram. A ponta dos dedos dela faiscavam de calor e a raiva que sentira a inundou de novo.

A atenção de Croke mudou de lugar. Memórias aparentemente aleatórias desfilaram diante dela, as emoções tomando seu corpo até ela ter certeza de que ia vomitar. Então, bem quando Doze achava que não podia piorar, Croke achou o que procurava.

Uma fogueira queimava e ela estava sentada em silêncio diante do fogo na grama, pernas cruzadas, costas muito eretas. A lua brilhava fria e uma brisa varreu Poa. Portas rangiam e janelas batiam. Ela não tinha se dado ao trabalho de fechar nenhuma delas: não havia mais ninguém para se importar com isso.

Atrás, um grande monte de terra recém-cavada montava guarda. Os braços dela ainda tremiam com o esforço de cavar, mover os ocupantes, encher de novo a terra fria. Esperava que a profundidade fosse suficiente. A terra negra marcava o rosto dela, fazendo uma casca grossa sob as poucas unhas que lhe sobravam. O monte sussurrou para que se virasse, mas ela resistiu, tentando não pensar no solo pesando sobre pálpebras, enchendo bocas. Ela tremeu, apesar da fogueira, e perguntou-se se eram verdadeiras as lendas sobre espectros.

Estava exausta, mas era impensável dormir. Os dedos dela passavam sem parar por uma das flechas, e aproveitou para examiná-la de novo sob a luz da fogueira, analisando o corpo de couro teso. Ela a colocou com cuidado na fogueira e ficou observando o fogo queimá-la.

Os machados do pai estavam ao lado e ela acariciou os cabos, amaciados pelas mãos dele durante anos de uso. Com dedos trêmulos, levantou-os, eram mais pesados do que esperava. Sabia que devia se levantar, ir embora desse lugar assombrado, mas não conseguia se mover, mal conseguia respirar.

Conforme a lua subia, a raiva irrompeu em meio ao choque. Cresceu e cresceu, um poço infinito de ódio. A cada respiração, ganhava força, expandindo-se por dentro, pressionando-a para sair, ameaçando rasgá-la inteira. Doía; era demais para um único corpo suportar, e ela respirava com dificuldade.

Tudo deveria sofrer assim. Não era certo casas ainda estarem de pé e o trigo ainda ondular na brisa quando, na verdade, o mundo tinha acabado. Ela queria retalhar a lua, arrancá-la do céu e rasgar os plátanos calmos e belos. A sensação a abrasou. Os dedos dela formigavam e o calor se espalhou por seu corpo. As chamas da fogueira se inclinaram na direção dela e de seu joelho, queimando suas calças rasgadas e fazendo bolhas em sua pele.

De alguma forma, o fogo acordou algo dentro dela que nunca notara. Havia uma espécie de janela, e se ela abrisse...

A raiva explodiu por toda a aldeia e o fogo a consumiu alegre, atingindo casas e plantações. Ela não se ouviu gritando e, quando abriu os olhos, não entendeu de onde tinha vindo a muralha de chamas ao seu redor.

Ela não ligava. Parecia certo. Nada mais importava, de todo jeito.

Croke deu um passo para trás.

Doze caiu para a frente, exaurida.

— Acho — disse Croke com sua voz inexpressiva e sem emoção — que é melhor apagarmos as tochas.

Capítulo 44

— Mas que porcaria é essa? — questionou Morgren. — Cadê o Guardião?

Um músculo se contraiu no maxilar de Vitória, e sua testa se enrugou enquanto ela olhava de Doze para Croke.

— O que você viu? — perguntou ela.

Doze ouvia as palavras deles a uma grande distância, a mente enevoada e atordoada. Só sentia nojo. Croke tinha apalpado suas memórias como se fossem roupas de segunda mão numa barraca de mercado. Mas também tinha mostrado a Doze algo vital que ela não queria lembrar. Algo que tinha feito naquela última noite em Poa. Algo impossível.

Pensou no desfiladeiro dos falesiadores e em como, do nada, chamas haviam engolido Faiscafiada. Será que ela também fizera aquilo?

Os guardas trasgos estavam apagando as tochas num balde d'água enquanto Vitória e Morgren olhavam de soslaio para Croke.

Ao lado dela, Sete mudou de posição.

— Você está b-b-bem?

Doze ficou olhando para ela, meio chocada, e se surpreendeu ao ver lágrimas rolando pelo rosto da menina.

— D-d-desculpe — sussurrou Sete. — Tem muita coisa que não está clara, os caminhos são muito emaranhados, mas eu sempre soube que você teria que d-descobrir aqui, assim. Queria contar para você antes, mas você n-n-nunca teria acreditado em mim.

Doze ficou olhando para ela, emudecida, mal conseguindo absorver suas palavras.

— Ela é uma elementar — disse Croke a Vitória e Morgren. Doze tinha imaginado ou a voz dele não estava tão sem emoção quanto antes?

Vitória deu de ombros, impaciente, e Morgren pareceu não entender.

— Um tipo de bruxa — explicou Croke. — Muito rara. As últimas registradas foram mortas durante a Guerra Sombria.

Doze sentiu um baque surdo de surpresa. *Uma bruxa?*

— Poderosa? — perguntou Morgren. Ele olhou fixamente para Doze. Ela não tinha energia nem para parecer provocadora. — Talvez, então, possa ser útil.

— Poderosa, sim — confirmou Croke, lentamente —, mas nunca vai se unir à nossa causa. O caminho dela é oposto ao nosso.

— Não. — A voz de Vitória era dura. — Ela não é uma bruxa, não pode ser! Eu a conheço há anos e teria visto se ela carregasse esse tipo de contamin... — Ela parou de falar abruptamente quando Morgren se aproximou. — Encontraremos uma forma de fazê-la enxergar — disse ela, mais baixo, num estranho tom de súplica. — Ela só precisa de tempo. Talvez, quando conhecer nosso mestre...

Doze levantou os olhos. Então, Croke não era o mestre? Ela estremeceu. Se o mestre fosse ainda mais aterrorizante do que Croke, ela não tinha pressa nenhuma de conhecê-lo.

Morgren fechou a cara.

— Quando Croke esteve errado, Vitória? Se essa criança tiver poder e usá-lo contra nós... você deve entender que não podemos permitir isso. — Ele desembainhou Pele e deu um passo à frente. — Mas, pelo seu bem, vou ser rápido e limpo.

Ele levantou a adaga e golpeou a garganta de Doze com um arco mortal, amplo.

Sete gritou e Doze se empurrou com toda a força contra a cadeira, derrubando-a de costas. Sentiu a lâmina tremer no ar a um fio de seu pescoço, depois estava caindo, rezando para a cadeira quebrar. Se conseguisse soltar um braço...

Com um xingamento, Morgren tentou de novo. Outro grito irrompeu no salão. Dessa vez veio do campo de treinamento lá fora. Todos paralisaram. Um som úmido, de algo rasgando, chegou ao ouvido deles. O estômago de Doze revirou. Alguém acabava de sofrer uma morte horrível.

O rosto de Morgren e Vitória dizia que eles tinham chegado à mesma conclusão.

— Guardas, conosco! — rugiram juntos, suas vozes se tornando uma só.

— Façam barricadas nas portas! — gritou Morgren, o fogo verde brilhando na mão.

Um dos braços da cadeira tinha rachado e Doze o forçava freneticamente, sentindo-o ceder um pouco mais. A Caçadora e os trasgos estavam com as armas em punho, reunidos ao redor da porta, esperando. E algo definitivamente estava vindo. Doze agora ouvia, enorme e se aproximando rápido, o chão vibrando embaixo dela.

Ela conseguiu soltar o braço e começou a desatar a corda ao redor do outro pulso, mantendo um olho na porta.

— Você consegue! Você *v-v-vai* se soltar — sussurrou Sete sem fôlego, os olhos arregalados e fixos nas costas dos trasgos.

Os dedos dormentes de Doze trabalhavam sem parar nos nós. O segundo braço se soltou e ela se virou para os tornozelos quando algo enorme irrompeu porta adentro, fazendo voar trasgos e lascas de madeira.

Perto, alguém deu um grito agudo, um som penetrante de agonia que foi cortado abruptamente, e o cômodo se encheu de comandos gritados e do som de metal contra metal. Desesperada, ela puxou as cordas, rezando para conseguir se libertar e libertar Sete antes de alguém lembrar delas. Finalmente, a corda se abriu e ela ficou de pé, cambaleando.

— DOZE!

Tão alto que fez o chão tremer.

A voz era muito familiar, e ela teve medo de olhar caso não fosse verdade. Mas forçou seus olhos a se levantarem.

Sua respiração ficou presa no peito.

Um Cão enlameado estava parado num círculo de trasgos, parecendo incrivelmente despreocupado com todas as armas apontadas para ele. Em suas costas, estavam Cinco e Seis, ainda mais sujos de lama e muito mais preocupados, mas segurando as armas com firmeza. Ainda mais surpreendente, pareciam felizes por vê-la.

— Você derrubou isso *de novo*! — chamou Seis, puxando os machados dela das costas e jogando por cima da cabeça dos trasgos.

Capítulo 45

HAVIA UM NÓ NA GARGANTA DE DOZE QUE TORNAVA DIFÍCIL RESPIRAR e impossível falar. Mas ela pegou os machados, o coração batendo com adrenalina e descrença.

Seis era o único com um arco e fez bom uso dele, derrubando um dos trasgos, que se virou para Doze quando ela saltou.

Vitória saiu do caminho ao ver Cão avançar. Morgren atirou punhados de fogo verde nos garotos, e Cinco desviou facilmente com a espada, devolvendo-os para ele. O feiticeiro se jogou para o lado com um grito abafado.

Doze trabalhou rápido com as cordas que amarravam Sete. Ela colocou a garota de pé, sentindo-a balançar perigosamente, as pálpebras agitadas.

— Fique comigo — sussurrou Doze, resistindo à vontade de puxar Sete para um abraço. A garota assentiu.

Houve um som agudo de metal contra metal quando um trasgo se lançou em cima de Cinco. A espada dele teria achado o alvo se não fosse Cão graciosamente saltando para o lado. As mandíbulas dele se fecharam no ombro do trasgo, e ele o jogou para longe com facilidade, como se fosse uma boneca.

O espanto e o medo cresceram em Doze. Ela tinha ficado tão acostumada com Cão que quase esquecera por que ele era tão grande, por que seus dentes eram tão afiados. Ele tinha sido criado para lutar e isso nunca estivera mais evidente do que agora. Os pelos do pescoço se eriçavam como uma cordilheira, e os lábios estavam retraídos num rosnado violento. Doze não tinha certeza de já ter visto algo tão magnífico, ou aterrorizante. Os trasgos não sabiam o que fazer: suas armas simplesmente ricocheteavam nele. Num único salto, ele estava ao lado dela e, inacreditavelmente, as mãos de Seis a puxavam para as costas da criatura enquanto Cinco agarrava Sete.

— Onde estão os Caçadores? — rosnou Cão.

O cérebro de Doze zumbiu. Vitória tinha dito que não os matara, que estavam trancados. Mas onde? Não nas masmorras, isso com certeza. Naquele silêncio total, dava para ouvir ratos correndo. Era impossível haver centenas de Caçadores presos lá sem ela ter ouvido nem um tumulto.

— Nos dormitórios dos estudantes. — Ela arfou. — Só pode ser... São os únicos cômodos com trancas por fora!

— Então é para lá que vamos! — rugiu Cão, disparando pelo meio de uma multidão de trasgos tentando bloqueá-lo na porta. Ele fez com que saíssem voando, tamanha velocidade. Vitória e Morgren berraram ordens confusas atrás deles, enquanto emergiam no ar frio da noite.

— Mirem nos garotos. — Doze escutou Vitória gritando. — Só vamos conseguir subjugar o Guardião!

O ódio borbulhou em Doze em meio às palavras da Caçadora, e suas mãos se apertaram ao redor dos machados. Ela nunca tinha ficado tão feliz de sentir o peso familiar deles.

— Como vocês entraram? — perguntou ela, virando-se para olhar Seis e sentindo seu coração aumentar.

— Achamos seus machados. Vimos o fogo dos trasgos — rosnou Cão, saltando pelo campo de treinamento em direção aos dormitórios, derrubando mais trasgos. — Ficou óbvio o que tinha acontecido.

— Tivemos sorte com o túnel — contou Cinco. — O feiticeiro não tinha apagado as pegadas na entrada. Estávamos quase no campo de treinamento quando os trasgos tentaram colapsá-lo.

Atrás dela, Seis estremeceu.

— Quase fomos enterrados vivos. Cão nos desenterrou.

À frente, pairava a porta dos dormitórios. Doze percebeu que Cão não tinha intenção de parar para abri-la. Eles a derrubaram, e fragmentos de madeira voaram enquanto Doze enterrava o rosto nos braços, agarrando-se a Cão com as pernas.

Lá dentro, ficou óbvio que Doze tinha razão. Gritos abafados e batidas vinham de cada um dos dormitórios: o som de centenas de Caçadores tentando forçar a saída.

— Rápido! — latiu Cão. — Libertem-nos. Eu guardo a porta.

Várias flechas bateram inutilmente nele, que fez um gesto de cabeça na direção das portas danificadas e apoiou o peso contra elas. Havia aberturas onde haviam estilhaçado, mas ainda ofereciam alguma proteção.

Do campo de treinamento, Doze conseguia ouvir vários passos e Vitória gritando.

— Eles não vão estar armados! — berrou ela. — Fiquem em formação na frente do arsenal. Sem as armas eles ficarão indefesos.

A garota tentou não pensar no que viria depois enquanto descia desajeitada das costas de Cão junto com os outros. Havia dois corredores de cada lado de uma escadaria central, um para garotos e outro para garotas. Ali, o fogo verde pavoroso também queimava nas tochas.

Doze disparou pelo corredor dos garotos com Seis e eles começaram a puxar trancas e abrir portas. Caçadores perplexos e desgrenhados saíram e, com o coração pesado, Doze percebeu que fosse lá o que Vitória tivesse usado para drogá-los fora poderoso. Eles estavam acordados o bastante para saber o que tinha acontecido e tentar escapar de sua prisão, mas seus olhos estavam vidrados e os movimentos, morosos. Lotaram a passagem, absorvendo com horror a luz verde, batendo nas bochechas e sacudindo a cabeça, tentando todo o possível para ficar mais alertas.

Enquanto saíam dos quartos, não havia sinal de Widge. Doze empurrou o pavor crescente para o fundo, disse a si mesma que ele não estar lá não significava que estivesse morto. Mas havia um punho gelado de medo que crescia em suas entranhas, difícil de ignorar.

Perguntas gritadas assoberbavam Doze, e mãos a agarravam enquanto os Caçadores buscavam uma explicação. Ela se soltou deles furiosamente e correu para a última porta, de onde vinham os gritos mais altos. Quando puxou a tranca, o Ancião Gear irrompeu do quarto, sua figura alta quase enchendo a soleira. Cabelos brancos saíam insanos de baixo do elmo, e olhos negros perspicazes rondaram, absorvendo tudo de uma vez. Ao contrário dos outros Caçadores, ele parecia completamente alerta e no controle. Com um olhar, o coração de Doze começou a ficar mais leve. Ela podia não gostar do homem, mas todos os Caçadores o temiam e o respeitavam. Talvez houvesse esperança para o pavilhão, afinal.

Gear entendeu a situação com um olhar: Cão guardando a porta, os Caçadores tentando passar por ele e entrar no campo de treinamento.

— Roreios rastejantes! Calem a boca, todos! — rugiu ele. — Guardião, relatório!

No mínimo de palavras possível, Cão esboçou a situação. Doze viu o rosto pálido do Ancião quando ouviu a respeito da traição de Vitória, mas, quando Gear voltou a falar, sua voz estava cheia de autoridade.

— Prioridades — estrondou ele. — Novatos, já para cima! Protejam-se nas salas dos Anciãos no andar de cima e façam barricada na área das portas. — Os alunos subiram correndo. Doze, Sete, Cinco e Seis ficaram exatamente onde estavam. Gear notou isso com apenas um ligeiro aperto dos olhos. — Agora, armas — falou. — O que temos?

Quando os trasgos levaram os Caçadores inconscientes, tinham arrancado deles todas as armas que conseguiam ver. Mas um Caçador que se preze sempre carregava pelo menos uma adaga escondida, e foram elas que apareceram: longas, curtas, curvadas e serrilhadas, mas todas extremamente afiadas. Com uma arma nas mãos e seu Ancião gritando ordens, os Caçadores começaram a parecer mais alertas e, Doze notou, muito, *muito* mais bravos.

— Guardião — chamou Gear, abrindo caminho pela multidão até Cão —, qual é a situação lá fora?

Cão deu um passo para trás para permitir que Gear espiasse por uma das aberturas irregulares na porta. Doze aproveitou a chance e disparou para a frente, apertando o olho contra um buraco. Seu coração despencou. O campo de treinamento brilhava verde à luz dos trasgos, o bastante para ver centenas das criaturas reunidas na frente do arsenal, Vitória e Morgren entre elas. Espadas, machados e armaduras cintilavam. Doze engoliu em seco; de repente, as adagas dos Caçadores pareciam bem menos impressionantes.

Gear piscou ao notá-la agachada ao lado dele.

— Bem — grunhiu —, o que acha?

Ela não tinha certeza de onde aquilo tinha vindo, mas as palavras que emergiram de sua boca não eram as que ela pretendia.

— Tem certeza de que não quer a opinião de um de seus alunos mais *confiáveis*?

Será que ela estava imaginando a leve contração no canto da boca dele?

— Você serve — disse ele, seco.

Doze mordeu os lábios.

— Vamos precisar chegar ao arsenal, e eles sabem disso — sussurrou Doze. Ele assentiu, olhos de falcão nela. — Não tem outro jeito a não ser cruzar o campo de treinamento — continuou, forçando-se a pensar. — Vitória vai defendê-lo a qualquer custo.

— Aquela cobra! — cuspiu Gear. Ele inspirou fundo. — Continue...

— Mas temos Cão — sussurrou Doze, feroz. Cão abaixou a cabeça para escutar e soltou um grunhido baixo. — O primeiro ataque, quando Sete foi levada, foi só uma distração para se livrarem dele.

— Quê? — cochichou Gear, com óbvio horror.

— A própria Vitória me contou — disse Doze, sombria. — Eles têm mais medo do Cão do que de qualquer outra coisa. Ele poderia quebrar as fileiras deles, abrir um caminho para entrarmos no arsenal.

Ela olhou para Cão em busca de confirmação, e o rosnado ficou mais alto.

— É claro que posso — concordou Cão, com um fogo feroz nos olhos. — É para isso que fui feito. E eu mesmo poderia invadir o arsenal. Aumentar a porta para vocês entrarem mais rápido.

Gear assentiu uma vez e se levantou, com as costas muito eretas. Rapidamente, transmitiu o plano aos Caçadores, que entraram em formação atrás de Cão, a tensão vibrando por eles. Seis, Cinco e Sete abriram caminho até a frente para parar ao lado de Doze.

— Vocês quatro sumam lá para cima com os outros — ordenou Gear. — Aqui fora só vão atrapalhar.

Para variar, a raiva de Doze pareceu controlada. Gear não era o inimigo aqui.

— Somos os únicos com armas de verdade — apontou ela.

— Sem a gente, vocês ainda estariam trancados — completou Cinco.

— Vamos ficar — disse Sete, a voz carregando um caráter definitivo que fez Gear olhar fixamente. Ela passou o braço pelo de Seis e enfrentou o olhar dele. — A g-g-gente tem que ficar.

— Eles me surpreenderam — rosnou Cão, os olhos se afastando da porta por um segundo. — Enfrentaram falesiadores, um ygrex e uma fiadora da morte. Fizeram o Batismo de Sangue. Ganharam seu espaço.

Doze sentiu um brilho quente dentro de si.

Gear hesitou antes de assentir.

— Está bem — falou ele, por fim. — Mas vão ter que cuidar um do outro lá fora. Podem ter sido batizados, segundo o Guardião, mas, hoje, mais sangue vai ser derramado.

Capítulo 46

Gear se virou para a multidão silenciosa de Caçadores, os olhos analisando cada rosto. Sob o olhar dele, Doze viu posturas se endireitarem, queixos se levantarem, mãos agarrarem adagas com mais firmeza.

— Para além dessas portas está a batalha de nossas vidas — conclamou Gear. — Nossa Mestre de Armas nos traiu, liderou o inimigo direto para nosso campo de treinamento. Ela acredita que pode, em uma noite, desfazer o que levamos mil anos para construir, mas eu digo que não pode, não.

Gritos roucos soaram dos Caçadores e Doze sentiu a esperança inchar dentro de si. A mão de Sete encontrou a dela e a apertou forte.

Gear voltou a falar.

— Sei que vocês estão cansados e sei que estão machucados, mas temos que lutar como nunca antes. Lutarão pela segurança que o pavilhão nos deu? Lutarão pelos nomes que fizemos aqui e pelos entes queridos que perdemos para isso?

Uma onda de energia se espalhou pelos Caçadores reunidos, o rosnado de uma grande besta se preparando.

A voz de Gear subiu para um rugido.

— Lutarão comigo por aqueles que protegemos? Por justiça? *Lutarão por nosso lar?*

Não havia mais nada de rouco no som que explodiu em seguida. O grito de batalha de cada Caçador encheu o corredor e os pés deles bateram num ritmo lento e ameaçador no chão, fazendo tremer as paredes.

Os braços de Doze ficaram arrepiados e o peito dela, apertado de novo. Nervosa, ajustou a pegada dos machados e virou-se para Cão. Toda a atenção dele estava focada no que havia atrás da porta, a tensão vibrando pelo corpo. Os dentes estavam à mostra num rosnado, e ele parecia maior do que nunca. Na luz verde macabra, era um verdadeiro pesadelo. Doze sentiu tanto orgulho que doía.

Ela levou a mão ao ombro para tocar Widge, para se reconfortar com a maciez quente do pelo dele.

Então lembrou, com um solavanco dolorido, que ele não estava lá.

— A r-r-raposa precisa ficar amordaçada — sussurrou Sete, a respiração quente na orelha de Doze.

— Quê? — Doze franziu a testa, afastando pensamentos sobre o esquilo. — O que isso quer dizer?

— Eu... eu não sei — murmurou Sete, a voz angustiada. — M-m-mas é importante.

Não havia tempo para questioná-la, nem para pensar.

— Prontos? — perguntou Gear, agarrando um lado da porta. A única resposta de Cão foi um rosnado.

Doze agarrou o outro lado da porta e puxou ao mesmo tempo.

Cão explodiu dos dormitórios com os Caçadores o seguindo. Gritos de batalha rugiram nos ouvidos de Doze quando ela disparou, o chão tremendo sob seus pés, machados em mãos.

Do outro lado do campo de treinamento, Vitória levantou a espada, os tendões do pescoço sobressaindo quando gritou:

— AVANCEM!

Capítulo 47

Doze corria na direção de uma parede de trasgos com armas em punho e dentes afiados à mostra. Pareciam formidáveis, invencíveis, e, por um momento, o coração dela se acovardou.

— Mantenham a formação! — berrou Vitória, sua determinação evidente em cada sílaba.

Com um olhar para a Mestre de Armas, Doze endureceu, seus pés voaram mais rápido. Ela *nunca* deixaria aquele monstro vencer.

Com um rugido horrendo, os dois lados se chocaram no centro do campo de treinamento. O metal cantou quando as armas se encontraram; adagas e corpos se bateram. Cão seguiu em frente, cortando as fileiras, fazendo trasgos voarem enquanto armas ricocheteavam, inúteis, no corpo dele.

— Caçadores, ao *arsenal*! — uivou Gear.

Ele bloqueou um golpe de espada mortal de um trasgo com sua adaga e deu uma cotovelada no rosto de outro, abrindo caminho.

Sete, Cinco e Seis se aproximaram de Doze e, juntos, entraram no combate. As flechas de Seis eram fatais, tirando trasgos do caminho deles antes de chegarem perto o bastante para atacar, mas, de repente, três trasgos encheram o espaço adiante. Eram todos pequenos, batendo só no ombro de Doze, mas seus movimentos eram rápidos e ágeis; o rosto deles, decididos e implacáveis.

— Sei que eles têm espadas, mas eu preferiria aqueles falesiadores — murmurou Cinco.

— Definitivamente — concordou Seis, do outro lado de Doze.

Como um, os três seguiram em frente e o mundo da garota se resumiu aos machados em suas mãos e ao chão sob seus pés. Ela desviou de um golpe de um dos trasgos e deu um chute forte na barriga dele, fazendo-o dar um passo atrás.

— Abaixe! — gritou Sete de trás dela.

Como Doze sabia que era com ela foi algo que nem questionou. Abaixou, sentiu uma lâmina passar assoviando por cima de sua cabeça e girou para enfrentar o agressor. Ele se lançou nela e Doze derrubou a lâmina dele, batendo com o cabo do machado na têmpora e o derrubando inconsciente.

Ao lado dela, Cinco e Seis lutavam juntos contra um terceiro trasgo, mas quando Doze se virou para Sete seu coração quase parou. O primeiro trasgo tinha tirado a adaga de Cinco da mão da garota e avançava com um sorriso triunfante.

Doze saltou no meio deles, a fúria pulsando quando o sorriso dele desapareceu e foi substituído por um silvo irado. Ele facilmente bloqueou o primeiro dos golpes desesperados dela e quase a pegou com um ataque mortal para baixo. Ela se jogou para trás bem a tempo, quase colidindo com Sete.

Ele era bom. Essa compreensão a assustou, mas a afastou enquanto se circundavam. Ter medo agora só a faria ser morta. Doze respirou fundo para se acalmar e lembrou que também era boa, mais do que boa. Com um grito, saltou em frente. O trasgo desviou para a esquerda antes de estocar a barriga dela com a adaga roubada. Os machados cruzados de Doze bateram na lâmina, derrubando-a da mão dele. Um chute ágil e forte o fez dar um passo para trás, e a mão dele procurou a arma embainhada em seu quadril. O pomo era uma bela raposa entalhada.

A raposa precisa ficar amordaçada.

As palavras sussurradas por Sete a encheram de uma certeza repentina: algo terrível aconteceria se o deixasse puxar aquela espada. Controlando seu terror, foi em frente, os machados um borrão rodopiante que o fez ir para trás e perder o equilíbrio. Ela avançou outra vez, cortando o cinto da espada e fazendo a arma cair no chão. O grito de fúria que ele deu foi profundamente satisfatório, mas, antes que Doze pudesse avançar, uma flecha veio do nada e se cravou no ombro dele. Com um grito agonizante, o trasgo se esquivou dela e foi engolido pela multidão em batalha. Doze se virou e viu Seis com o arco levantado.

— Valeu! — Doze arquejou, uma onda de adrenalina fazendo suas mãos tremerem.

— Estamos quase lá! — gritou Cinco, apontando para o arsenal.

Ele tinha razão. Cão havia quase aberto um caminho e os Caçadores estavam logo atrás, lutando com as fileiras de trasgos. Doze quase comemorou, mas notou algo que fez a voz ficar presa na garganta. Os Caçadores estavam aglomerados atrás do Guardião, e os trasgos faziam um círculo atrás deles, cercando-os.

— Gear! — berrou Doze, mas não adiantou. Ele nunca a ouviria em meio à cacofonia de ruídos de luta.

— Isso pode ficar muito ruim — murmurou Seis, vendo o mesmo que ela. — Se não invadirmos logo o arsenal...

— Cão vai nos levar até lá — disse Cinco com confiança, puxando-os para a frente, de volta à maré de Caçadores.

O Guardião era imparável, cortando para a frente e para trás das fileiras de trasgos, derrubando-os para o lado com tanta facilidade que pareciam peças de dominó. Ele se jogou na batalha para defender uma Caçadora que quase tinha sido dominada por seu oponente e, então, saltou para fazer o mesmo por outro.

A voz de Vitória se levantou pelo campo de treinamento:

— Boleadeiras, preparar! — rugiu, saindo do caminho quando Cão passou correndo por ela.

Doze sentiu um fiapo de dúvida ao tentar lembrar o que era uma boleadeira. Uma arma antiga, muito antiquada: uma corrente com dois pesos em cada ponta. Para que raios Vitória podia querer aquilo?

Ela entendeu um segundo tarde demais.

— Cão, não! — gritou, com o horror a rasgando.

Ele saltara do meio da massa de corpos para um espaço aberto, tentando ver onde ele era necessário. Vitória aproveitou a chance.

— Agora! — gritou, com o rosto contorcido.

Com um estalido, três engenhocas de madeira atiraram atrás de Cão, e três boleadeiras se emaranharam nas pernas dele. Uma expressão de horror passou pelo rosto do Guardião quando tentou se mover e viu que não conseguia.

Uivando, perdeu o equilíbrio e caiu no chão com um estrondo.

Capítulo 48

Um rugido triunfante soou dos trasgos, e a voz de Morgren se ouviu por cima deles:

— A vitória será nossa! O Pavilhão de Caça será nosso! — Ele jogou um feitiço em Cão, que chiou na lateral do corpo do Guardião, deixando uma marca enegrecida. O uivo dele foi dilacerante.

— Não! — berrou Doze. Aquilo não estava certo. Cão não devia sentir dor.

— Vamos — chamou Cinco por cima do ombro. — A gente *precisa* tirar aquelas correntes dele.

Os quatro novatos correram na direção do Guardião caído, mas, quanto mais perto chegavam, mais apertada a massa de Caçadores ficava. Os trasgos os tinham cercado completamente e se aproximavam, sentindo a vantagem. Doze olhou ao redor, alarmada — os Caçadores estavam desalinhados. Metade ainda tentava forçar caminho até o arsenal, enquanto a outra metade lutava para chegar até Cão.

— O arsenal — estrondou a voz de Gear, vendo o que estava acontecendo. — Caçadores, fiquem comigo!

Era impossível, Doze percebeu, horrorizada. Eles nunca chegariam. Sob ordens de Vitória, fileiras de trasgos fortemente armados tinham se organizado em frente ao arsenal. Eram muitos. Morgren também estava lá parado, segurando luz verde nas mãos em concha, o rosto monstruoso.

Doze observou o feiticeiro, com um mau presságio a alfinetando. Os lábios dele nunca paravam de se mexer, e a magia em suas mãos reagia, saindo dos dedos em fios cintilantes. Arqueou-se para o alto, por cima da cabeça dos Caçadores aguerridos, trançando-se até uma rede brilhante estar abominável pendurada acima deles. A rede se contorceu, crepitando de leve e jogando uma luz sinistra na luta. Os Caçadores agora estavam cercados por todos os lados *e* ameaçados por cima.

— PAREM! — A voz triunfante do feiticeiro estava aumentada em cem vezes seu volume normal. — OU VOU MATAR CADA UM DE VOCÊS.

Os dedos dele apontaram para a rede brilhante e seus olhos reluziam fanaticamente.

Um silêncio sobrenatural caiu sobre os grupos que batalhavam, armas imóveis e respirações presas. Os olhares de todos se voltaram para cima. Os poucos trasgos presos na multidão de Caçadores tentaram desesperadamente forçar caminho para sair de baixo da rede mágica, o rosto deles cheios de terror.

O olhar afiado de Gear absorveu tudo aquilo.

— Você não está ameaçando só meus Caçadores com essa abominação, seu pateta palérmico! — gritou ele.

— Acha que eu não sacrificaria os meus para tomar o pavilhão? — desdenhou Morgren.

Como se para provar seu argumento, uma ponta da rede caiu, roçando o braço de um trasgo abaixo. Ele caiu no chão, berrando, o cheiro de carne queimada enchendo o campo de treinamento.

Vitória enfrentou a multidão.

— Baixem suas armas! — conclamou. Os olhos dela se apertaram com a hesitação. — Agora!

O ódio borbulhou na garganta de Doze ao vê-la. Sem pensar, apontou o machado da mão direita para trás e jogou o mais forte que conseguia. Ele rodopiou direto para Vitória, mas a arma da Mestre de Armas se levantou na última hora para fazê-lo cair ruidosamente no chão. Os olhos dela encontraram os de Doze, que viu mágoa e surpresa ali.

— Boa tentativa — murmurou Seis em solidariedade.

— Ela disse "baixem" — gritou Morgren. — Não "joguem". Você quer matar todo mundo, menininha?

Do outro lado do campo de treinamento, Gear a olhou e assentiu uma vez. Com o sangue latejando, Doze deixou o outro machado cair no chão quando os Caçadores soltaram suas armas. Atrás dela, Cinco, Sete e Seis fizeram o mesmo.

Morgren sorriu quando seus olhos encontraram os de Sete.

— Vidente, venha a mim por vontade própria e o resto dos Caçadores pode sair ileso do pavilhão.

Doze estremeceu com o reflexo frio nos olhos dele. A rede se contorceu, crepitando malévola.

Sete prendeu a respiração.

— Não sei por quê, mas tenho um sentimento estranho de que ele não está falando a verdade — sussurrou Cinco, se aproximando de Sete.

Seis pegou a mão dela e a puxou para trás quando tentou ir na direção de Morgren.

— Não — sibilou ele. — Eu acabei de encontrar você!

Do chão, a voz de Cão se levantou num uivo de fúria:

— Vá embora agora, feiticeiro! Lembre-se, eu não posso morrer. Vou caçá-lo até os confins de Ember.

Morgren levantou uma sobrancelha, os olhos triunfantes.

— Você foi feito por magia e pode ser desfeito. Vou descobrir como, pode ter certeza. — Levantando a voz, ele se virou para os Caçadores. — Deem-me a garota e o pavilhão e deixo todos vocês viverem. Resistam e morrerão. — A rede sibilou acima deles, viva e cheia de intenção assassina. — Que escolha vocês têm? Não têm armas, não têm Guardião, não têm esperança.

Doze olhou ao redor, inundada de desespero e descrença. Tinha acabado; eles haviam perdido.

Mas uma voz solitária soou de onde a luta tinha sido mais intensa, tremulando de exaustão.

— *Prometo dar a vida ao Pavilhão de Caça.*

Por um instante, pareceu que a noite tinha segurado a respiração e, então, em uníssono, centenas de vozes se juntaram.

— *Juro servir a todos os sete clãs como se fossem meus, protegê-los do que está além.*

Doze esticou a mão para trás e apertou a de Seis, ouvindo a própria voz se elevando à dos outros. As palavras ecoaram nas muralhas, crescendo em volume e poder até o coração de Doze cantar junto. Era a primeira vez que falava o Juramento com intenção verdadeira.

— *Renuncio a todos os laços de sangue e disputas de sangue para oferecer meu nome e meu passado.*

Um movimento acima da rede reluzente chamou a atenção de Doze. Três faíscas rodopiavam na escuridão, cada vez maiores enquanto voavam sob as pontes aéreas. Ela olhou sem acreditar. Os espíritos de fogo. O que estavam fazendo de volta ao pavilhão? Ao redor, as vozes dos Caçadores se tornaram um rugido.

"*Os Caçadores agora e sempre serão minha família.*
Juro diante deles que nunca
abaixarei minhas armas
frente à escuridão
nem permitirei a ascensão da tirania."

Devagar, Doze se abaixou e pegou o machado de volta.

Capítulo 49

Como flechas, os três espíritos desceram para o campo de treinamento. Para o horror de Doze, Fogoclaro e Queimapé agarraram a rede sinistra. Chamas subiram em rodopios das asas deles quando tocaram nos fios mágicos e os puxaram para longe dos Caçadores lá embaixo. A rede resistiu, enorme em comparação com eles, enrolando-se, esmagando suas asas enquanto soltavam enormes bolas de fogo pelos fios.

— O que, em nome de Ember, eles estão fazendo? — Cinco arquejou.

— Parece que estão nos salvando — disse Doze, sombria, incapaz de tirar os olhos da batalha de fogo lá em cima.

Morgren xingou, furioso, e começou a jogar feitiço atrás de feitiço nos pequenos, desesperadamente emaranhados e ainda lutando. Mas a rede tremia, se desfazendo, e estava óbvio que Morgren tinha dificuldade de mantê-la.

— Caçadores, AVANCEM! — ribombou a voz de Gear, aproveitando a oportunidade. Ao redor dele, os Caçadores mergulharam atrás das adagas.

As fileiras de trasgos em frente ao arsenal levantaram suas armas ao mesmo tempo, o rosto sem expressão como uma máscara funerária.

— Nunca vamos quebrar as fileiras! — gritou Seis. — Não sem Cão.

Em torno deles, os Caçadores avançaram, carregando consigo o pequeno grupo.

— Precisamos tentar — disse Doze, preparando o machado que sobrara quando as fileiras de trasgos se aproximaram.

Foram parados por Faiscafiada, que apareceu de repente na frente de Doze, com o rosto feroz e decidido.

— O que está fazendo? — guinchou ele, as mãos minúsculas fechadas em punhos flamejantes. — Por que não usa seu poder?

— Eu... o quê? — Doze arfou enquanto Caçadores passavam por eles, soltando gritos de batalha.

Acima deles, Fogoclaro e Queimapé fizeram seu último e mais brilhante fogo vibrar pelos fios da rede antes de desparecer com uma explosão de luz violeta. Morgren rugiu sua fúria.

Faiscafiada rodopiou onde estava e teria caído no chão se Doze não tivesse estendido uma mão enluvada para pegá-lo. Por um momento, o fogo dele diminuiu até sumir, e ele pareceu impossivelmente frágil, jogado na palma da mão dela. As asas eram diáfanas e a pele, quase transparente.

— Eles...? — Doze não sabia como formular a pergunta.

— Se foram — sussurrou Faiscafiada. — Voltaram à Grande Chama.

— Sinto muito — disse Doze.

O fogo voltou a fluir pelo espírito, que voou da mão dela, os dentes se estendendo de raiva.

— Sentir muito é inútil — sibilou ele. — Prometemos servi-la e aqui estamos. — Doze engoliu a confusão quando ele voou para mais perto dela. — Já chega de brincar com machados — sussurrou no ouvido dela. — Agora você precisa lutar.

Ela teve tempo apenas para se sentir irritada antes de ele pousar no ombro e pressionar sua palma incandescente na bochecha dela. A dor irrompeu pelo rosto, mas ela não conseguiu se afastar. Como um coelho preso na luz de uma tocha, ficou paralisada pelo que ele transmitia com seu toque. O fogo fluía entre eles, irrequieto e faminto. E, lá no centro de tudo, estava o trinco da janela que ela acidentalmente encontrara em Poa.

Exceto que, agora, o via claramente e parecia risivelmente simples de abrir. Como um espírito de fogo percebera aquilo, e ela não?

Escondendo-se de si mesma.

Doze tinha quase certeza de que o pensamento afiado viera dele, não dela.

Em algum lugar longe e atrás deles, a voz de Croke, quase irreconhecível, deu um grito agudo de alerta.

— Agora! — sussurrou Faiscafiada, e ela viu que ele tinha razão.

Morgren tinha se afastado dos soldados e estava sozinho. A luz rodopiava nas mãos em concha, e ele sussurrava, fazendo nascer um novo horror.

Doze mordeu o lábio. Em Poa, tinha sido uma fúria sem forma que causara tanta destruição. Desta vez era diferente: as pessoas confiavam nela, pessoas de quem ela gostava. Se fizesse aquilo direito, talvez conseguisse salvá-los. Precisava se concentrar, assim como se concentrara nos elfos no desfiladeiro; senão, podia incinerar todos.

Pensou primeiro em Poppy, com todas as suas risadas roubadas. Depois, em seus pais e todos os seus amigos em Poa; em Sete, tão pálida e fraca depois de seu sofrimento; em tudo o que tinham passado para tentar recuperá-la; em Pele e no orgulho que Morgren sentira pelas feridas que infligira...

— Já chega! — arfou Faiscafiada, com a palma ainda queimando na bochecha dela. — Já é mais que suficiente.

O calor aumentava e se espalhava por ela. Sentiu as cordas grossas dele se contorcendo em suas veias. Fluía mais rápido e mais forte, infectando as emoções dela e ganhando intensidade. Os dedos dela latejaram dolorosamente e, sem pensar, Doze arrancou a luva e levantou a mão, ao mesmo tempo abrindo a janela misteriosa.

E, com ela, veio o fogo.

Capítulo 50

Embora soubesse o que ia acontecer, o poder puro ainda a surpreendeu. Chamas jorraram da ponta de seus dedos numa explosão dourada, retorcida. Passaram por cima da cabeça dos Caçadores e dos trasgos enquanto Morgren soltava seu feitiço mais recente. As duas magias se encontraram no ar e a de Morgren foi jogada direto de volta a ele. Atingiu-o no peito, derrubando-o no chão. O fogo de Doze rasgou e explodiu contra as muralhas do pavilhão.

De Doze, saiu uma onda de energia que fez todo mundo cair no chão e que sacudiu inclemente o pavilhão. A luz era ofuscante e branca, e o calor, escaldante. Sugou o ar dos pulmões dela com um assovio e as chamas se multiplicaram pelas muralhas. Doze e Faiscafiada eram os únicos seres ainda de pé e, em meio ao clarão, ela viu o impensável acontecer. As muralhas — muralhas que estavam de pé havia milhares de anos — começaram a rachar. Rupturas ígneas se espalharam como teia na pedra com um som de chicote.

Faiscafiada tirou a mão do rosto dela. Com a conexão deles quebrada, Doze voltou à superfície como se saísse debaixo d'água. Ela sugou o ar, ofegante, e caiu no chão, as pernas parecendo gelatina, o coração lento no peito.

— Eles têm uma feiticeira! — gritou um trasgo, o pânico audível.

— Onde está Morgren? — berrou outro.

O mundo entrava e saía de foco, e Doze lutava para permanecer consciente.

Ela viu Sete, Cinco e Seis se plantarem sólidos ao seu redor, as armas de volta às mãos.

Viu os Caçadores correrem até Gear, com espadas arrancadas das mãos dos trasgos, Caçadores entrando no arsenal com o Ancião na liderança.

Viu os estábulos pegando fogo, garrapés em pânico fugindo, fios de feno queimado flutuando por cima de tudo.

Então, não viu mais nada.

Capítulo 51

FOLHAS FARFALHAVAM NUMA BRISA QUENTE E O AR ERA PESADO DO CHEIRO inebriante de flor-de-nuvem. Uma faixa de tecido, amaciada pelo uso, estava amarrada frouxa nos olhos de Doze, mas ela tinha certeza de que sabia onde estava mesmo assim.

Próximo, uma risadinha abafada. Um galho se partiu enquanto passos leves chegavam mais perto, depois voltavam a se afastar. Doze se virou devagar, seguindo o som. Sabia que não devia remover a venda, mas, de repente, sua curiosidade ficou forte demais para resistir, então a puxou, piscando na luz.

Era como pensara. Estava na clareira, o lugar delas. Os arbustos ao redor pendiam com o peso das flores brancas, o ar vivo com o zumbido de insetos bêbados de néctar.

— Você sempre espia!

Uma figura pequena emergiu da explosão de branco, no início se movendo hesitante, depois com mais confiança, chegando mais perto até Doze finalmente conseguir vê-la claramente.

Compleição esguia. Olhos cinza. Uma nuvem de cabelo negro.

— Poppy — sussurrou Doze.

Ela procurou por Starling, que sempre a guiava nesses sonhos, mas não havia mais ninguém, só ela e Poppy.

— Ela não está aqui. — Poppy sorriu, parando na frente dela. Seu vestido azul favorito ondulava na brisa. — Desta vez o sonho é meu, não seu.

— Não entendo — disse Doze. Pela primeira vez, uma centelha de incerteza passou por ela, que deu meio passo para trás.

— Não sou um ygrex, se for isso que você está pensando — explicou Poppy. Ela soava levemente magoada. — Ele me copiou, não o contrário! Mas não vou deixar que ele tire esse lugar da gente.

Seus pequenos punhos se apertaram na lateral do corpo, o queixo se levantando em determinação.

Doze olhou de novo ao redor e buscou entender. Aquele tinha sido um dos lugares favoritos delas para brincar, os galhos densos perfeitos para esconde-esconde. O ygrex tinha usado aquilo, transformado aquelas memórias em seu truque cruel.

— Você quase nunca pensa em mim — falou Poppy, se aproximando e colocando a mão na de Doze. Não havia acusação na voz dela, nem malícia, só tristeza. — Você está se permitindo se esquecer de tudo isso, esquecer da gente. Eu queria lembrar você.

O peito de Doze doeu tanto que ela mal conseguia respirar, mas a mãozinha na dela deu um apertão encorajador, dando-lhe a força para falar.

— Dói muito lembrar — sussurrou Doze. — Eu tenho... tantos arrependimentos. Eu estraguei tudo.

A voz dela tremeu.

— Não é verdade, Starling. — Doze ficou surpresa de ouvir seu antigo nome. — A gente pode ter brigado no fim, mas não foi culpa de ninguém.

— Foi, sim — disse Doze. Disse Starling. — Foi minha. E, se eu tivesse levado você comigo, você nunca teria sido... teria sido...

— E, se os traidores não tivessem atacado nossa aldeia, ninguém teria morrido. A gente se desentendeu, acontece às vezes com as irmãs, mas você só estava sendo você mesma. Você não me matou. Precisa se perdoar.

— Não sei se consigo.

— Consegue, sim — disse Poppy, firme. — Você só pensa no fim. Mas precisa lembrar que também fomos felizes. Tantas vezes fomos felizes.

Houve um ardor revelador atrás dos olhos de Doze, a pressão das lágrimas aumentando.

— Às vezes, só consigo pensar no quanto magoei você, no quanto sinto saudade sua — disse ela. — Fomos mesmo? Felizes?

— É claro que fomos, sua boba! — A risada de Poppy foi alta, como uma flauta. — A gente brigava de um jeito cruel e se amava completamente. Éramos irmãs. Você sabe disso, não? — A risada dela sumiu com a incerteza no rosto de Doze. — Não se esqueça de nós, Starling.

Ela falou em voz baixa, o fantasma de uma súplica nas palavras.

— Não vou — sussurrou Doze.

— Que bom — falou Poppy. — Eu amo você. Sempre vou amar.

Algo escuro e espinhoso se soltou no peito de Doze, algo que carregara por tanto tempo que se esquecera do peso terrível daquilo. Lágrimas quentes transbordaram por seus cílios enquanto ela assentia, incapaz de falar.

Poppy a puxou para um abraço. Doze fechou os olhos e sentiu o cheiro da irmã: lavanda e ulmária.

— Não é tarde demais, sabe, para ser quem você quer ser.

As palavras de Poppy foram tão baixas que era como se a brisa as tivesse murmurado e, por um momento glorioso, tudo ficou bem. A irmã estava ao seu lado, e Doze se sentia em paz.

— Doze, consegue me ouvir? — A voz de Seis parecia vir de muito longe.

A cena se dissolveu ao redor dela e Poppy desapareceu. Mas *não* desapareceu. Não como antes. Havia um calor no peito de Doze, uma calma que permaneceu mesmo depois de a irmã ir embora.

— Doze?

Ela abriu os olhos e viu Seis debruçado em cima dela, o rosto cheio de medo e esperança.

— Você está acordada! — comemorou ele. Então, levantando ainda mais a voz, berrou: — Ela está acordada.

Doze se encolheu e gemeu, afastando-o, tentando se segurar aos fios do sonho que se dissipava.

Não é tarde demais...

Algo se moveu no peito dela. Ela sentiu duas patas no queixo e, de repente, sua visão se encheu com uma carinha cor de cobre e com os olhinhos brilhantes a examinando.

— Widge! — Ela arfou, levantando os braços com dificuldade e o acariciando. — Você está bem! Eu achei... achei...

Ela não conseguiu terminar a frase, não conseguia dizê-la em voz alta. Lágrimas espetaram seus olhos. Afundou os dedos, grata, no pelo dele, o nó gelado de medo dentro dela finalmente relaxando. Ele estava seguro.

— Ele é um sobrevivente. — Seis sorriu. — Devem tê-lo escondido na cozinha. — Ele franziu a testa e balançou a cabeça. — Não vamos ficar pensando no porquê. Mas, quando ela ruiu, de repente ele apareceu. Correu direto para você e, desde então, ninguém conseguiu tirá-lo. — O sorriso dele vacilou. — Mas acho que ele estava muito preocupado. Ficou comendo seu cabelo de novo. Bastante.

Widge pareceu envergonhado quando Doze levou uma mão à cabeça. Seu cabelo parecia *mesmo* bem mais curto de um lado que do outro. Ela descobriu que não ligava; não parecia importante. Não depois de ter passado tanto tempo pensando que nunca mais o veria.

— Vai crescer de novo — disse ela, para óbvio alívio do esquilo. Com um chilreio suave, ele se acomodou no pescoço dela, satisfeito por estarem juntos.

— Espere. — De repente Doze franziu a testa, fazendo careta com uma dor aguda na bochecha. — Seis, como assim "quando ruiu"? — Ela olhou ao redor e sua confusão só aumentou; pareciam estar em alguma espécie de tenda. Estava deitada numa cama de acampamento com peles empilhadas em cima de si. — Onde estamos?

— Ah. — O rosto de Seis ficou sombrio. — Bom...

Ele foi interrompido por uma aba de lona sendo aberta e várias pessoas entrando. Na frente, vinha Sete, o sorriso claro como neve, depois vinham Cinco e o Ancião Gear. Cão era grande demais para entrar, então só colocou a cabeça pela entrada.

— Eu sabia que v-você ia ficar bem — disse Sete. O alívio no rosto dela contava outra história, porém.

— Claro que ela está bem. — Seis abriu um sorriso.

— Ela *obviamente* é tão indestrutível quanto Cão — completou Cinco, dando um socozinho não tão gentil no braço dela.

— Ai.

Doze fez cara de dor. Estava cheia de hematomas, mas, por algum motivo, estava viva. Parecia nada menos que um milagre. Olhou para os outros, absorvendo com ânsia o rosto deles, incapaz de acreditar que, depois de tudo que havia acontecido, todas as coisas horríveis que foram ditas, eles ainda tinham vindo. Ela segurou Widge bem perto e deixou uma sensação quente de certeza dominá-la.

Estava entre amigos.

Capítulo 52

— É BOM VER VOCÊ ACORDADA, DOZE — DISSE GEAR BRUSCAMENTE, puxando um banquinho do canto da tenda e se sentando. Os outros o seguiram. — Esse pessoal me contou o máximo que conseguiu, mas ainda tem algumas lacunas em minha mente.

Doze se levantou na cama, com dor, e assentiu.

Gear parecia exausto, círculos escuros sob os olhos e um corte feio na testa, mas se sentava absolutamente ereto e seu olhar era mais penetrante do que nunca.

— Por que... — começou ele, suave. — Por que Vitória fez aquilo?

A respiração de Doze ficou presa, e um gosto amargo encheu a boca dela.

— Respeito. — A palavra saiu como um silvo. Os olhos de Gear se apertaram.

Palavras voaram da boca de Doze, relatando tudo o que acontecera com ela desde que deixara os outros: como Vitória tinha fingido resgatá-la das masmorras, como os trasgos a interrogaram sobre o paradeiro de Cão e permitiram que Croke invadisse a mente dela. Então, respirou fundo, trêmula, e lhes contou sobre as flechas, as profundezas insondáveis da escuridão e traição de Vitória.

Gear ficou de pé abruptamente, derrubando o banquinho.

— Fantasmelhos fantasmagóricos! Eu nunca teria acreditado se não tivesse visto com meus próprios olhos. Lutando ao lado dos malditos trasgos! A Vitória!

— Ela escapou? — perguntou Doze, já sabendo a resposta.

— Sim — grunhiu Gear. — Com o que sobrou daquele feiticeiro e o negócio que você chamou de Croke. Não pude mandar um time atrás deles, com tudo tão caótico. — Os olhos dele se apertaram. — Mas *vamos* pegá-los.

O rosto de Cinco se enrugou enquanto absorvia tudo o que Doze dissera.

— O que Vitória quis dizer com um "mestre"? — perguntou ele.

— Uma excelente pergunta — disse Cão. — Será que estava falando de Morgren?

Doze fez que não rápido e se arrependeu. A dor irradiou pelo pescoço.

— Não. — Ela fez uma careta de dor. — Morgren também falou de um mestre e... — Ela pausou e franziu o cenho. — Fiquei com a impressão de que era esse mestre que tinha dado os poderes de Morgren. — Doze se lembrou de como o feiticeiro tinha olhado para o fogo em suas mãos, o prazer, a ganância e o assombro em seu rosto. — Não acho que ele tinha esses poderes há muito tempo.

— Ele não devia tê-los, ponto — grunhiu Cão. — As bruxas baniram a magia dos trasgos.

— O que mais pode nos dizer sobre esse "mestre", Doze? — perguntou Gear.

Ela pensou.

— Quando perguntei de... de Poa, querendo saber *por que...* — A voz dela tremeu, e ela fechou as mãos em punhos. — Morgren disse que o mestre deles havia exigido. Ele disse: "Quanto mais violência, mais caos e destruição, mais forte ele fica."

Cão ganiu baixinho. Widge se apertou contra a bochecha dela.

— Essas foram as palavras exatas? — questionou Gear, franzindo a testa.

Doze assentiu.

— Uma criatura que se alimenta do Caos? — disse Seis. — Nunca ouvi falar de algo assim.

— Somos dois — respondeu Gear, devagar. — Mas, de acordo com Vitória e Morgren, ele está por trás disso e os malditos sabem bem! Ele recrutou aliados, devolveu a magia banida para os trasgos e conseguiu reunir criaturas das sombras suficientes para atacar o Pavilhão de Caça. Independentemente do que seja, é forte.

— E esperto — rosnou Cão. — Se ele se alimenta da destruição, está se sustentando muito bem.

— Está pensando no ataque à aldeia de Doze? — perguntou Gear.

— Não só Poa — lembrou-os Doze, o estômago revirando. — Morgren disse que houve outras.

Gear balançou a cabeça.

— Acredito que o pavilhão teria ouvido falar de algo assim.

— Nos últimos anos, as rixas entre os clãs se aprofundaram mais do que nunca — disse Cinco. — Alguns lugares se isolaram completamente. As aldeias flutuantes e as caravanas do deserto, de todo modo, vivem em movimento. Se essa *coisa* os atingir, pode levar algum tempo antes de alguém sentir falta deles e dar o alerta.

— Mas, quando o alerta for dado, pode ter certeza de que a culpa vai cair em algum dos outros clãs, não em alguma criatura das sombras misteriosa que ninguém nunca viu antes — constatou Doze, melancólica.

— E, assim, o c-caos se espalha — disse Sete baixinho, a expressão distante.

— Mas por quê? — questionou Seis. — O que ele quer?

— Desde quando criaturas das sombras querem algo além da próxima refeição? — desprezou Gear.

— Não — grunhiu Cão. — O menino tem razão. Essa coisa é diferente das outras criaturas. É inteligente e organizada. Já conseguiu muito. Tem um plano. Um objetivo final.

O silêncio caiu e Doze estremeceu. Os outros pareceram tão preocupados quanto ela.

— Como podemos impedi-lo? — perguntou Seis, por fim.

Gear assentiu para ele em aprovação.

— Esse é o espírito. — Ele se levantou abruptamente. — Serpentilhas sensilantes, ficarmos sentados aqui não vai resolver nada!

Sua energia irrequieta era contagiante, e Doze ficou de pé com dificuldade, sentindo que tinha sido pisoteada por um rebanho de garrapés.

Widge guinchou sua preocupação, mas ela o silenciou e mancou até Cão. Ele a cutucou gentilmente com o focinho.

— É bom ver você acordada — falou. — E viva.

— Obrigada, Cão — sussurrou ela, apoiando-se nele enquanto abaixava para sair da tenda, perguntando-se o que a esperava lá fora.

O cheiro foi a primeira coisa que notou: cinzas e pólvora. Antes mesmo de ver o pavilhão, soube que os danos tinham sido sérios. O que ela não esperava era que três das oito muralhas tivessem caído, que as belas pontes aéreas tivessem ruído e que os prédios estivessem eviscerados. Pedras chamuscadas e soltando fumaça estavam jogadas pelo chão coberto de neve. O Pavilhão de Caça estava arruinado.

— Como isso aconteceu? — Doze arfou.

Os outros tinham parado ao lado dela.

— Uma palavra: você — respondeu Cinco, parecendo impressionado contra sua vontade. — Ainda não entendo como, em nome de Ember, você fez isso!

Cão lançou um olhar irado para Cinco, mas ninguém o contradisse.

Doze ficou olhando a carnificina, cada vez mais horrorizada.

— O alvo era Morgren — sussurrou ela, balançando a cabeça. — Eu nunca... nunca pensei... — Ela parou, chocada demais para falar.

Olhar a destruição parecia fisicamente doloroso para Gear, que se virou com um gemido.

— O que você fez nos salvou. — Gear falava como se tentando se convencer, sem olhar para ela. — Os túneis estavam colapsados; os portões, trancados; não tinha para onde irmos. Teríamos massacrado uns aos outros se você não tivesse... feito o que fez.

— É v-verdade — disse Sete, se aproximando de Doze.

Os olhos do Ancião passearam entre as garotas.

— Vocês duas têm algum tipo de magia — comentou, por fim. Não era uma pergunta.

Doze olhou com incerteza para Sete.

— Sim — respondeu a menina, com simplicidade.

O olhar de Gear passou pelas ruínas mais uma vez, e ele assentiu devagar.

— Faz muito tempo que uma bruxa não chama o pavilhão de lar. Talvez esse seja o custo.

— Não foi culpa de Doze — disse Cão, com um leve rosnado na voz. — A culpa é de Vitória e dos trasgos.

— Você acha que não sei disso? — falou Gear em tom seco.

Doze também não conseguia mais olhar para os restos do pavilhão — ela se virou, pela primeira vez observando seus arredores. Estava em frente a uma de centenas de tendas, a uma distância segura do pavilhão. Fogueiras queimavam a intervalos regulares e Caçadores construíam uma muralha de paliçada de madeira ao redor do acampamento.

— E é isso? — sussurrou Doze, a culpa fazendo sua voz falhar. — Este é o pavilhão agora?

— Sim e não — disse Gear, os olhos finalmente parando nela de novo, a voz mais gentil do que ela esperava. — O pavilhão sempre foi mais do que suas muralhas, mais do que suas armas. São as pessoas que fazem um lugar, Doze. — Ele inspirou fundo e devagar. — E, aliás, acho que preciso agradecer a você.

Doze piscou, certa de que o ouvira mal. *Agradecer?*

— Você enfrentou Vitória, soltou os Caçadores e nos deu uma chance de lutar. Nenhum de nós pereceu ontem à noite, e é a você que devo agradecer por isso. Além do mais, você fez o que era certo. Foi atrás de Sete quando ela foi levada, fez tudo o que podia para resgatá-la. — Gear pausou e balançou a cabeça. — Roreios rastejantes! Deviam ser Caçadores. Não sei por que ouvi Vitória quando ela falou que devia ser Cão.

— Ela é persuasiva — rosnou Cão.

Gear assentiu ao se virar para incluir Sete, Cinco e Seis.

— Vocês todos mostraram grande perseverança e enorme coragem. — Ele pausou e uma carranca apareceu. — Então, agora, eu me vejo numa posição difícil. Está claro que algumas das regras mais importantes do pavilhão foram quebradas por vocês quatro. Seis e Sete, vocês são irmãos?

Eles assentiram, o rosto pálido como cera.

— E estão cientes das origens dos clãs uns dos outros? — perguntou ele.

Fizeram que sim em silêncio. Doze pensou em salientar que não sabia a de Cinco, mas decidiu não fazer isso. Gear pareceu particularmente feroz naquele momento.

A respiração explodiu dele num longo suspiro.

— Vocês deviam ser banidos por isso! Mas, nos últimos dias, provaram ter as qualidades de verdadeiros Caçadores. Sem suas ações, a noite passada teria sido bem diferente.

— S-sim, teria — disse Sete, confiante. Ela foi recompensada com um olhar estrondoso de Gear.

— E, além do mais, tem o fato de os três terem voltado da Floresta Congelada. Fizeram isso apesar de encontrarem um ygrex, uma fiadora da morte e qualquer tipo de criatura que Martelo de Carvalho seja.

— Tivemos sorte — disse Seis rapidamente.

Gear deu uma risadinha de desdém.

— Sorte? "Sorte", diz ele! De encontrar essas criaturas e sobreviver? Não. Cinco, Seis e Doze, vocês conseguiram um feito reservado para alunos muito mais velhos e se provaram à altura da tarefa. Conseguiram passar pelo maldito Batismo de Sangue sem nem serem mandados para ele.

O pequeno grupo absorveu isso num silêncio chocado.

— Então... somos Caçadores de verdade agora? — perguntou Cinco, com cuidado.

— Os mais jovens em cinco gerações — confirmou Gear. Olhou sério para cada um deles como se tivessem planejado aquilo. — Mas nenhum de vocês jamais, repito, *jamais* vai revelar que Seis e Sete são parentes.

Quatro cabeças assentiram em concordância. Seis ficou tão aliviado que balançou no lugar. Sete abriu um sorriso enorme para ele.

— Vão continuar os estudos até estarem prontos para caçar para os clãs. Se esse episódio for algum indício, terão grande sucesso juntos. — Um respeito contrariado apareceu fugaz no rosto dele. — Vou anunciar aos outros hoje. Vai haver o banquete de sempre para comemorar.

— Vai? — perguntou Cinco, olhando duvidosamente pelo acampamento rústico.

— Claro! — Gear olhou com irritação. — Quanto às suas *outras* habilidades — continuou, dirigindo-se a Sete e Doze —, acredito que terei que enviar um gavião às bruxas. Torço para que elas consigam identificar esse tal de "mestre" desconhecido. Vou pedir o conselho delas a respeito de vocês duas, embora espere que elas me ensurdeçam com o silêncio de sempre. Até lá, porém, proíbo-as absolutamente de usar esses... poderes.

Sete abriu a boca para falar, mas foi silenciada com um olhar de Seis. Doze assentiu para Gear, um músculo em sua mandíbula contraindo dolorosamente.

— Nenhum problema — falou, tensa.

Gear ficou olhando-a por um momento e assentiu uma vez.

— Fico feliz. Alguma pergunta?

Eles fizeram que não.

— Muito que bem — disse ele, o olhar de novo incluindo os outros —, vou fazer os anúncios. Sugiro que comecem a pensar em seus novos nomes de Caçadores. — Um sorriso tempestuoso passou pelo rosto dele e sumiu. — Vocês mereceram, que diabo.

Capítulo 53

Eles foram até a fogueira mais próxima e se sentaram nos troncos ao redor. Foram entregues a eles comida e bebidas quentes, mas, de repente, ficaram sozinhos, olhando-se com incerteza. Tanta coisa havia acontecido e ninguém sabia como começar a falar. Pés ciscaram, Seis ficou muito interessado em seu chá, Cinco enfiou de propósito um bocado enorme de bolo na boca. O olhar de Cão foi de rosto em rosto, irritantemente esperançoso.

— Obrigada por m-m-me resgatar — soltou Sete por fim, o rosto pálido ficando vermelho. A comida parecia ter dado nova força a ela, e suas palavras caíram umas por cima das outras. — Não tinha certeza de que iriam fazer isso. Fiz tudo o que podia para ser mais fácil, mas n-n--não foi muito. — Ela deu de ombros e olhou para Doze. — Eu só dei a pedra da lua pra você e t-t-torci para ser suficiente.

Uma nuvem passou pelo rosto de Seis.

— Por que não me disse nada? — perguntou ele. — Um alerta ou... ou qualquer coisa! Eu teria protegido você! Ou... pelo menos, tentado.

— Eu queria — disse Sete, infeliz, os ombros curvados com a raiva dele. — M-m-mas, na maioria dos caminhos que eu fazia, você acabava morto. E — ela hesitou — as coisas ficaram tão d-d-diferentes entre nós desde que chegamos ao pavilhão. Não conversamos direito desde que chegamos. Eu s-s-sei que só viemos aqui por minha causa — completou, rapidamente, levantando a mão contra a interrupção de Seis. — Mas parte de mim se perguntou se você não estava aliviado. De não t-t-ter que lidar mais com... tudo isso.

Ela fez um gesto vago para si mesma.

Seis pareceu magoado.

— Isso é ridículo — disse fracamente.

Sete assentiu rápido, concordando, mas sua expressão estava incerta.

— Não — disse Seis, com mais firmeza, puxando-a para um abraço. — Eu senti sua falta todos os dias e me preocupei com você. Achei que, se passássemos tempo juntos, seria mais difícil para nós dois. Eu... sinto muito. Sei que é bem mais difícil aqui para você do que para mim. Fui egoísta.

O sorriso no rosto de Sete foi como o sol, mudando seus traços completamente. Por um instante, Doze viu Poppy nela de novo.

— Não, v-v-você tinha razão. Tudo está como deve ser — falou Sete.

Seis piscou, surpreso, e se afastou dela.

— É mesmo? Você nunca diz isso.

— Sim — confirmou Sete, sorrindo contemplativa. — Pela primeira vez, estamos exatamente no lugar certo, na hora certa. Só um caminho trazia até aqui, as chances eram muito p-p-pequenas, mas conseguimos.

O alívio na voz dela era palpável.

Doze se perguntou para onde levavam os outros caminhos, que outros destinos Sete vira para eles. Tremeu apesar da bebida quente e de Widge enrolado firmemente em seu pescoço. O dom de Sete mais parecia uma maldição.

— Concordo — disse Cinco, alegre. — E o tempo e o lugar são perfeitos para dar uns sopapos em Doze!

— Você sabe que eu posso explodir você, né? — perguntou Doze, questionando-se por que estava achando graça em vez de estar irritada.

— Acho que estou seguro. — Cinco deu de ombros. — Muito bem, coisas que *claramente* precisamos discutir: seu temperamento, ser grossa, socar as pessoas e, mais importante, fugir e abandonar seus amigos. — Ele contou cada uma nos dedos e balançou a cabeça para ela. — Não é assim que amigos se tratam.

Doze sentiu a vergonha queimando suas bochechas, mesmo com o coração alegre pela palavra "amigo". Era agora ou nunca.

— Desculpe — disse ela, surpresa com como a palavra era fácil de dizer e com quanto falava sério. — Falei coisas horríveis a todos vocês, e não devia ter feito isso. — Ela olhou nos olhos de Seis. — Especialmente o que eu disse a você sobre Sete e o clã das cavernas. Foi horrível da minha parte e... e eu estava totalmente errada sobre tudo. Desculpe.

— Eu também falei algumas coisas horríveis — disse Seis, baixinho. — Fomos os dois igualmente ruins. Espero que me desculpe também.

Havia um nó idiota na garganta de Doze. Ela decidiu que era melhor não falar, então só assentiu, esperando que ele visse o quanto era importante para ela.

A cauda de Cão começou a balançar devagar e, agora, acelerou, alívio evidente em seu rosto. Andou enérgico na frente eles.

— Você está bem, Cão? — perguntou Doze.

— É. — Cinco franziu a testa. — Sei que é bom focar no positivo, mas você está *assustadoramente* alegre agora.

— Eu sei — disse ele, ainda andando de lá para cá, a voz uma mescla curiosa de rosnado e latido. — Não consigo evitar. Vocês não sabem como é. Como poderiam?

— Como assim? — perguntou Seis.

— As muralhas — explicou Cão, parando abruptamente e virando-se para olhá-los. — Elas caíram.

— Isso quer dizer... que você não pode voltar para elas — falou Seis, devagar, com a compreensão chegando.

— Sim — disse Cão. — Em algum momento, Gear vai reconstruí-las. Mas, por enquanto, estou livre. Sei que teremos tempos sombrios à frente, mas me sinto... — Ele fez uma pausa, buscando a palavra certa. — Me sinto *animado*.

— Está aí algo que *absolutamente* nunca achei que fosse ouvir — comentou Cinco.

— Gear teve notícias da tribo das montanhas — contou Cão. — Estão nos oferecendo abrigo. Começamos a jornada amanhã. Nos últimos milênios, só saí do pavilhão para lutar. Quando viajava, era para ir ou voltar das batalhas. Sempre com o esquecimento das muralhas me aguardando. Agora, talvez... — Ele parou, parecendo confuso.

— Agora, você pode viver — disse Sete, gentil. — V-você já provou que consegue fazer mais do que lutar.

Cão assentiu, a cauda balançando devagar.

— Quem sabe seja hora de expandir meu papel — concordou ele. Havia uma luz nos olhos dele que fez o coração de Doze se alegrar. — Eu me sinto diferente. Talvez Martelo de Carvalho tenha feito algo para me mudar. Eu *sinto* tudo com mais força. O vento. O frio da neve sob minhas patas. Senti o calor das muralhas queimando. E a comida. — Ele farejou o ar. — Quase acho que consigo sentir o gosto.

Cinco foi o único que franziu a testa.

— E dor — adicionou. — Os feitiços de Morgren não deviam ter machucado você, mas obviamente machucaram.

— É verdade. — Cão assentiu devagar.

— Mesmo assim, o derrotamos — falou Seis, com os olhos caindo em Doze. Uma pergunta pairou nos lábios dele.

— Você é mesmo uma bruxa *de verdade*? — soltou Cinco.

Seis, Cinco e Cão a miraram com olhos arregalados.

A língua de Doze de repente pareceu pesada na boca enquanto ela lutava para pensar em como responder. No fim, Sete a salvou.

— Ela é uma bruxa elementar — explicou, os olhos afetuosos em Doze. — O poder dela claramente é o fogo. Acho que Faiscafiada a ajudou a entender isso.

Cinco e Seis a olharam com um espanto boquiaberto.

A menção a Faiscafiada fez Doze se endireitar e olhar ao redor.

— Cadê ele? — perguntou.

Widge grunhiu no ouvido dela, obviamente irritado, mas, desta vez, ela o ignorou. Sentia uma afinidade com o espírito que ao mesmo tempo a animava e a aterrorizava. Ele lhe mostrara como usar seus poderes e tinha ajudado a salvá-los, a um enorme custo pessoal. Mas ela sabia, sem qualquer dúvida, que ele teria sentido prazer com a destruição do pavilhão, enquanto ela só sentia culpa e horror.

— Gear o mandou embora — disse Cinco, sombrio. — Ele gostou demais de ver o pavilhão queimando. Talvez tenha até ajudado um pouco.

— É claro — falou Doze, baixinho, sufocando uma onda de tristeza.

— Ele v-v-vai voltar — afirmou Sete com confiança, cutucando Doze.

— Não diga isso! — exclamou Cinco, se encolhendo de terror. — Se bem que... — Ele pausou e olhou para Doze. — Agora entendo por que ele gostava tanto de você. — Ele assoviou. — Uma bruxa elementar.

— Não sei — disse Doze, ficando vermelha. — Quer dizer, a coisa do fogo aconteceu antes, mas nunca com tanta força. Ainda não entendo o que quer dizer. — Ela olhou para Cão. — Croke disse que as últimas elementares viveram durante a Guerra Sombria. Você sabe algo sobre elas?

A expressão feliz de Cão sumiu, e ele colocou a cauda entre as patas. O coração de Doze ficou pesado.

— Sei um pouco — falou ele, devagar, como se escolhendo as palavras com cuidado. — A magia delas era... ingovernável. E elas não nasciam com ela. Uma bruxa dos Jardins de Gelo nasce com sua magia. Já as elementares surgem.

— Surgem? — perguntou Cinco, enrugando o nariz.

— Elas são feitas pelas circunstâncias — explicou Cão. — Circunstâncias sempre desagradáveis. — Ele assentiu devagar e se virou para Doze. — Elementares aparecem em tempos perturbados. Tempos de grande escuridão. Há séculos não há nenhuma. Agora há você.

Um frio percorreu Doze e Widge se aproximou dela.

— Ahn, dá para a gente ficar feliz por um segundo? — pediu Cinco, quebrando o silêncio. — Afinal, Vitória não matou a gente, trasgos não mataram a gente, estamos juntos e achamos Sete. — Ele contou os itens nos dedos. — Pela geada, tem muita coisa para nos deixar alegres aqui!

Um grito chamou a atenção deles. Um grupo de Caçadores tentava posicionar a seção seguinte do muro de paliçada. Cão correu para ajudá-los.

Doze andou ao redor da fogueira na direção de Cinco, sabendo que precisava esclarecer algo entre eles. A briga dos dois ainda sussurrava em seu ouvido como um espectro. Os olhos dele estavam em Seis, cujo braço estava ao redor dos ombros de Sete, os dois rindo de algo, sorrisos idênticos.

Doze respirou fundo e se sentou ao lado de Cinco.

Era a última coisa. A peça final a consertar.

Capítulo 54

— Não tem nada entre mim e Seis, sabe? — disse Doze, baixinho, olhando para qualquer lugar exceto Cinco.

Ao lado dela, Cinco deu uma risadinha de desdém.

— Idem!

A resignação e a mágoa na voz dele foram suficientes para que ela olhasse diretamente para ele.

Para surpresa de ambos, Widge pulou com leveza para o ombro de Cinco. Doze teve certeza de que o viu dar uma lambida rápida na bochecha do garoto. Há alguns dias, teria ficado com um ciúme furioso daquilo. Agora, o prazer e a surpresa no rosto de Cinco a fizeram rir.

— Ele quer que você faça carinho nele. — Ela sorriu. — Só para avisar, quando você começar, ele provavelmente não vai deixar que pare.

— Por mim tudo bem. — O rosto de Cinco se iluminou. Por um minuto, mais ou menos, ele passou os dedos no pelo de Widge, com uma expressão pensativa. Doze esperou que ele falasse. — Seis e eu ainda somos amigos — falou Cinco, por fim. — Mas ele não tem os mesmos sentimentos por mim.

— Ah — disse Doze, com cautela. — Mas não é melhor os dois saberem onde estão?

Cinco deu de ombros, mas Doze viu a incerteza sob o gesto casual.

— Espero que sim. Não posso mentir sobre quem sou.

Doze assentiu, sentindo-se num território mais sólido.

— Não, você só pode ser você mesmo. Ninguém mais vai fazer isso por você.

— Mas é mais fácil quando você sabe quem é — murmurou Cinco.

Doze pensou no pai e na Anciã Prata. *Pense em que você quer ser.*

— Sabe, isso é você quem decide — disse Doze, lentamente. — Eu decidi.

Um calor líquido passou por ela quando colocou as palavras para fora. *Não é tarde demais...*

Widge saltou de volta para o colo dela, com felicidade saltando dos olhos.

— O que você decidiu? — chamou Seis, do outro lado da fogueira. — Seu nome de Caçadora?

Ele correu para se sentar ao lado deles.

— Não era *disso* que a gente estava falando — respondeu Cinco. — Mas o seu nome de Caçador é óbvio. Lebre. Por causa das orelhas grandes para escutar as conversas dos outros.

— E o seu devia ser Cobra, em homenagem ao seu mau humor. — Seis sorriu em resposta.

— Na verdade, eu estava pensando em Lobo — disse Cinco, com dignidade. O rosto dele mostrou decepção quando Seis caiu na risada.

— E v-você, Doze? — perguntou Sete, sentando-se ao lado dela. — Alguma ideia?

Doze franziu a testa para a fogueira e pensou.

— Ainda não — disse, balançando a cabeça. — Nunca esperei me tornar Caçadora, então nem pensei nisso.

— Que tal Brasa? — falou Cinco, de imediato. — O que foi? — perguntou, quando todos lhe deram um olhar sério. — Seria um aviso para não mexer com ela.

— Faísca? — sugeriu Seis. — Um pouco menos óbvio?

Cinco revirou os olhos.

Doze fez que não.

— Com certeza nenhum dos dois. — Ela riu.

— T-tenho uma ideia — disse Sete um momento depois. — Que tal Fênix?

— Fênix? — zombou Cinco. — É uma criatura mágica. Caçadores nunca assumem nomes mágicos.

— Mas Doze *tem* magia — retrucou Sete. — E não c-consigo pensar num nome de Caçadora mais perfeito para ela. É uma criatura de fogo que r-renasce das próprias cinzas.

Os outros ficaram em silêncio e uma estranha eletricidade perpassou Doze. Fênix. Seria uma escolha incomum, ousada. Um título que precisaria merecer, honrar todos os dias. Ela não acabaria como Vitória, com um nome glorioso que não merecia.

— Fênix — repetiu Doze, sentindo o gosto da palavra e gostando. — Vou pensar. — Os olhos dela encontraram os de Sete, e a outra menina sorriu.

— Então, você... vai ficar com o pavilhão? — perguntou Seis, esperançoso.

— Sim, vou ficar — confirmou Doze, devagar. — Tudo parece diferente depois do que fizemos juntos. Agora, acho que posso ser feliz aqui.

Feliz. A palavra parecia estranha em sua boca.

Seis assentiu, um sorriso se espalhando no rosto dele.

— A vida agora também vai ser diferente — adicionou Cinco, um tremor de animação passando por ele. — Eu *sempre* quis conhecer o clã das montanhas.

— Eu também. — Seis abriu um sorriso. — Você acha que eles realmente constroem asas como as que tinha na casa do conselho?

— C-constroem, sim — disse Sete, sonhadora, olhando para a fogueira. — E voam com elas, inclusive. O chefe deles tem asas f-feitas de penas de águia-do-gelo.

— Uau! — falou Cinco. — Como você sabe disso?

Sete deu de ombros.

— Eu sonho com eles, às vezes.

— Incrível! — Cinco arfou, o rosto se iluminando. Ele se virou para Seis. — Você acha que vão nos ensinar a usá-las?

Doze observou Sete, questionando-se o que mais ela sabia, mas com medo de perguntar.

Sete a viu olhando e deu um sorriso amargo.

— A-acredite em mim, é melhor não saber. A maior parte nem faz sentido. Bom... — Ela pausou. — Não f-faz até fazer.

— Como manter a raposa amordaçada? — perguntou Doze, lembrando o alerta críptico de Sete.

— I-isso. — Sete franziu a testa. — Aquilo me veio tão de repente e com tanta clareza que eu sabia que era importante, mas...

Ela parecia frustrada.

— Não faz sentido até fazer — ecoou Doze, baixinho. Um pensamento ocorreu a ela. — O que teria acontecido se o trasgo tivesse conseguido puxar aquela espada?

Sete estremeceu e balançou a cabeça, os lábios finos em uma linha. Ela não ia responder.

Um momento depois, pôs a mão no bolso e, para o deleite de Doze, tirou a pedra da lua. À luz do dia, parecia só uma pedra bonita, a superfície leitosa e iridescente.

— Eu q-queria que você ficasse com ela — disse Sete, estendendo para Doze como se não fosse nada mais que um pedaço de pão.

— Você a pegou de volta! — Doze expirou, passando os dedos pela superfície macia e familiar.

— Eu sabia o-o-onde estaria se espantássemos os trasgos. — Sete deu de ombros. — Achei para v-v-você.

— Como assim? Não! — exclamou Doze. — É sua.

— Não mais — respondeu Sete, com firmeza, ignorando os protestos de Doze e colocando-a na não dela. — Só p-prometa que sempre vai guardar com você.

Doze olhou nos olhos decididos de Sete e sentiu seus argumentos morrerem nos lábios. Havia medo no rosto da outra garota. Medo e certeza.

— O que foi? — perguntou Doze. — O que você sabe...?

Mas Sete já estava se afastando.

— Eu já f-falei — disse por cima do ombro. — É m-melhor não saber. Além do mais, o importante agora está do outro lado do acampamento: jantar!

Doze sorriu quando Cinco e Seis saltaram e correram atrás dela. Cão seguiu também, vindo da seção agora finalizada da paliçada.

— Você vem, Doze? — chamou Seis. — Ou agora é Fênix?

— Em um minuto — respondeu ela, acenando para ele seguir em frente.

Quando Doze e Widge ficaram sozinhos, ela puxou os joelhos ao peito e olhou para as chamas, sentindo um eco de calor pulsando pelo corpo, respondendo.

— Fênix — disse ela, pensativa, testando de novo. Olhou para Widge. — O que acha?

Os olhos escuros dele se acenderam e sua cauda balançou em aprovação.

Um sorriso curvou os lábios de Doze.

— Eu também gosto. Então, é isso.

Havia um brilho suave no peito dela, uma sensação de pertencimento. Queria que esse sentimento tão suado durasse para sempre e se sentou em silêncio com o esquilo, saboreando.

Pensou em sua família e em Prata, na traição de Vitória, em todos os perigos a que tinha sobrevivido com os outros. Dessa vez, não precisou se perguntar o que os pais teriam achado, nem se Prata teria aprovado: ela soube em seus ossos que teriam orgulho.

O mundo escurecia, forças poderosas se reuniam, mas pela primeira vez em muito tempo ela tinha companheiros e um lar.

Valia a pena lutar por isso.

Fênix se levantou, sacudiu as cinzas dos joelhos e foi se juntar aos amigos.

Este livro foi impresso pela Lisgrafica, em 2021, para a HarperCollins Brasil. O papel do miolo é pólen soft 80g/m², e o da capa é cartão 250g/m².